VLMA

SUSANN ROSEMANN

Die falsche Patrizierin

ULM IM JAHR 1524 Laila ist die Tochter eines Buchbinders. Sie hat sich nach der Geschäftspleite und dem spurlosen Verschwinden ihres Vaters einer Gruppe von Spielleuten angeschlossen. Auf dem Marktplatz in Ulm wird sie von einer reichen Patrizierin entdeckt. Laila soll die Frau, der sie sehr ähnlich sieht, bei einer Tanzveranstaltung vertreten. Dann begeht ihre Doppelgängerin Selbstmord. Ihr angeblicher Liebhaber Maxim will ihren Tod vertuschen und bittet Laila, die Rolle weiterzuspielen. Sie braucht das Geld, deshalb stimmt sie zu. Ohne es verhindern zu können, gerät sie immer mehr in die Ränkespiele der reichen Patrizier. Als sie alles durchschaut, ist es fast zu spät. Sie muss handeln, nicht nur, um ihr eigenes Leben zu retten, sondern auch das ihres Vaters …

Susann Rosemann wurde 1969 in Bremen geboren und ist im Saarland aufgewachsen. Zum Studium der Ur- und Frühgeschichte sowie der Archäologie zog es sie nach Heidelberg an den Neckar. Zwischen Magisterarbeit und Abschlussprüfungen kam zum Interesse für Geschichte noch die Liebe zur Literatur hinzu. Seither widmet sie sich dem Schreiben. Sie lebt heute mit ihrem Mann in der Nähe von Stuttgart. Die falsche Patrizierin *ist ihr dritter Roman.*

Bisherige Veröffentlichungen im Gmeiner-Verlag:
Die Tochter des Tuchkaufmanns (2012)

SUSANN ROSEMANN

Die falsche Patrizierin

Historischer Roman

GMEINER *Original*

Besuchen Sie uns im Internet:
www.gmeiner-verlag.de

Im Ehnried 5, 88605 Meßkirch
Telefon 07575/2095-0
info@gmeiner-verlag.de

1. Auflage 2014

Herstellung: Mirjam Hecht
Umschlaggestaltung: U.O.R.G. Lutz Eberle, Stuttgart
unter Verwendung der Bilder von: © http://commons.wikimedia.org/wiki/File:Agnolo_Bronzino_-_Eleonora_of_Toledo_-_Google_Art_Project.jpg und http://commons.wikimedia.org/wiki/File:Albrecht_Dürer_-_Two_Musicians_-_WGA6952.jpg
sowie des Stiches von: © http://commons.wikimedia.org/wiki/File:Nuremberg_chronicles_-_ULMA.png
Druck: GGP Media GmbH, Pößneck
Printed in Germany
ISBN 978-3-8392-1578-4

PROLOG

Ulm, 1518, Spätsommer

Die Mutter weinte. Laila hörte das Schluchzen, als sie die Tür des kleinen Hauses mit dem windschiefen Dach öffnete. Schon gleich beim ersten Mal, als sie es gesehen hatte, hatte sie gedacht, es würde in Kürze einstürzen und halte nur, weil es sich an die Nachbarhäuser lehnte. Bislang aber stand es, aus welchem Grund auch immer. Lailas Familie lebte hier erst seit Kurzem und das Gebäude sah so ganz anders aus als jenes, in dem sie zuvor gewohnt hatten und die Buchbinderwerkstatt des Vaters untergebracht war. Warum es dieser plötzlichen Umstellung bedurfte, nach all den Jahren, in denen es ihnen immer besser ging und ihr bescheidener Wohlstand stetig wuchs, das wusste sie nicht. Als Kind hatte man kein Anrecht auf Erklärungen.

Laila hörte die Stimmen, noch bevor sie die Menschen im Raum sehen konnte, und hielt inne. Die Tür nur einen Spalt breit geöffnet, schloss sie die Augen und lauschte. Ihre Flöte, die sie mit der Rechten umklammerte, fühlte sich glatt an und tröstlich. Das Instrument entstammte einer anderen Zeit, als sie noch alle glücklich gewesen waren. Laila hatte es von ihrer Großtante Jolanthe, die mit ihrer Familie in Paris lebte, als Geschenk bekommen. Bei einem ihrer seltenen Besuche hatte sie es mitgebracht und Laila gezeigt, wie man darauf spielt. »Du hast Talent«, hatte die Tante gesagt und ihr über den Kopf gestreichelt.

Um ihr zu imponieren, hatte Laila täglich geübt. Das kam ihr nun in diesem neuen Leben zugute. Die Mädchen im hiesigen ärmlichen Stadtteil ließen sich nur durch das Spiel ihrer Flöte davon abhalten, sie in die Gosse zu stoßen und Schabernack mit ihr zu treiben. Sie gehörte nicht zu ihnen, würde es niemals. Allein ihr ungewöhnlicher Name, den sie von ihrer Großmutter geerbt hatte, erinnerte sie immer wieder daran. Aber Laila hatte gelernt, sich ihnen anzupassen und das, was sie dachte, für sich zu behalten.

Drinnen im Haus sagte ihr Vater ein paar Worte. »Es wird euch gut gehen«, oder etwas Ähnliches, Laila verstand ihn nicht genau, er sprach zu leise. Deshalb schob sie die Tür noch ein Stück weiter auf. Sie wusste, wie es im Inneren aussehen würde, aufgeräumt und ordentlich wie immer, die wenigen Habseligkeiten in einer Truhe verstaut. In der Wohnküche im unteren Stock drängten sich ein sauber gescheuerter Tisch neben einem gemauerten Herd und ein paar wenigen Töpfen, die an der Wand hingen. Hinter dem Tisch ging eine kleine Vorratskammer ab sowie die schmale Stiege ins Obergeschoss, wo sie zu viert auf Strohmatten schliefen. Direkt unter dem windschiefen Dach.

Laila öffnete die Tür ganz und sah sie alle drei dort am Tisch sitzen, den Vater, die Mutter und ihren Bruder, der in den nächsten Tagen seine Lehre als Steinmetz beginnen sollte. Ein Freund des Vaters hatte ihm die Stelle vermittelt und trug die Kosten. Sie beneidete den Bruder darum, dass er älter war als sie und sich nicht mit den Kindern auf der Straße anfreunden musste. Er würde einen anständigen Beruf erlernen und keiner würde fragen, wo er herkam.

Ihr Vater sah kurz hoch, als Laila eintrat, dann aber blickte er erneut auf seine Frau und strich ihr eine Strähne von der Wange, die sich aus ihrer Haube gelöst hatte. Die Mutter saß nur da, die nach vorn gebeugten Schultern zitterten im Rhythmus ihres Schluchzens.

Der Bruder starrte auf den Tisch und sagte nichts, spielte mit einer Münze in seiner Hand, die er immer und immer wieder zwischen den Fingern drehte.

»Ich muss alleine für mein Unrecht und meine Dummheit büßen. Ihr werdet gut versorgt sein.« Ihr Vater erhob sich, blickte sich um und nahm dann ein Bündel, das er neben dem Tisch abgelegt hatte. Zögernd wandte er sich in Richtung Tür, dorthin, wo Laila stand, die Hand am unebenen Holz.

Plötzlich hörte sie ein leises Klirren, das die nervösen Finger ihres Bruders erzeugten, als er die Münze immer wieder gegen das einzige Glas, das ihnen geblieben war, stieß. Es stand auf dem Tisch, ein kleiner, durchsichtiger Pokal mit Fuß und geriffelter Oberfläche, ein paar von Lailas gepflückten Sommerblumen darin.

»Hör auf damit, sofort!«, rief der Vater. »Hör auf!«

Hastig schob er Laila aus dem Weg. Sie stolperte, verlor das Gleichgewicht und fing sich mit den Händen auf dem festen Lehmboden der Hütte ab. Ihr Handgelenk schmerzte.

»Es tut mir leid«, sagte der Vater leise, dann verschwand er hinaus auf die Gasse.

KAPITEL 1

Ulm, 1524, kurz vor der Fastnachtszeit

Endlich war sie wieder zu Hause. Wenn es auch nur für absehbare Zeit sein sollte, in diesem Augenblick zählte das nicht. In der Gruppe der Gaukler schritt Laila voran und blickte nach vorn, wo die Stadt sich in der klaren Luft des Wintertages aus der Umgebung hervorhob. Sie konnte bereits die Quader erkennen, aus denen die Stadtmauer bestand. Hinter dem massiven Mauerwerk duckten sich die Dächer der Häuser, als suchten sie Schutz. Einen nach dem anderen musterte Laila die Türme der Wehranlagen, dann blieb ihr Blick in der Mitte an dem imposanten und doch so filigran gearbeiteten Bau des Ulmer Münsters hängen, dessen Westturm immer noch der Vollendung harrte. Ja, sie freute sich.

Mit jedem Schritt kam sie der Stadt näher, in der sie aufgewachsen war, und in die sie sich zurücksehnte, wenn es ihr schlecht ging. Wenn sie ehrlich war, fühlte sie sich in letzter Zeit immer häufiger so, als stecke sie in einem Kleid fest, das ihr viel zu eng war und welches Löcher und Flicken aufwies, die sie nur nach und nach entdeckte, weil sie sich vom verführerischen Glanz der Samtbordüre hatte täuschen lassen. Doch auch das verdrängte sie. Sie wollte nichts Trauriges denken an diesem herrlichen Wintertag. Sie wollte sich den Kopf vom kalten Wind freiwehen lassen und mit sich selbst und Gott im Reinen sein.

»Freust du dich?« Irene, die neben ihr ging, ließ ihr Bündel von der Schulter gleiten und schob es auf die andere. Ihre dunklen Haare hatte sie sich von Laila am Morgen zu einem faustdicken Zopf flechten lassen. Er verschwand unter ihrem Umhang, der so bunt war, wie man es bei Spielleuten erwartete.

Laila nickte nur als Antwort und blickte weiter geradeaus. Auf der Donau wurden zwei Lastkähne flussabwärts gerudert, die Männer stemmten sich gegen die Kraft des Wassers. In beiden Booten stapelten sich Fässer dicht aneinander gepackt, Laila konnte die hölzernen Rundungen erkennen. Hinten stand ein Steuermann, vorn befanden sich zwei Ruderer. Die Kähne lagen tief im Wasser. Vermutlich war es eine Weinlieferung für einen der Gastwirte. Ein Floß trieb mit dem Strom. Die zusammengebundenen Stämme schmiegten sich aneinander, wurden von Wellen überspült oder hochgehoben, um gleich darauf wieder einzutauchen.

Laila fröstelte und war froh, nicht auf dem Fluss unterwegs zu sein. Ein kalter Windstoß fuhr ihr unter die Haube. Sie zog ihren wollenen Umhang enger um den Körper und überblickte ihre kleine Gruppe. Die beiden jüngsten Burschen zogen die zweirädrigen Karren mit den Habseligkeiten und den Musikinstrumenten. Nur langsam holperten sie über den Weg. Vor Laila knirschten und knarrten die Räder. Als einer der Karren in ein Schlagloch geriet und festsaß, konnte er nur mithilfe des Trompeters und der Harfenspielerin wieder herausgezogen werden. Sie packten vorn mit an und zogen.

»Du hast deine Mutter seit Sommer nicht gesehen«, nahm Irene neben ihr das Gespräch wieder auf.

»Doch, ganz kurz zu Weihnachten. Als die Wege so verschneit waren und wir in Blaubeuren bei diesem Bauern untergekommen sind, obwohl wir doch beim Grafen von Württemberg aufspielen sollten, den ganzen Winter über. Im Rusenschloss. Du erinnerst dich?« Die Reise nach Ulm damals war beschwerlich gewesen, aber sie hatte keine andere Möglichkeit gesehen, ihrem Ärger über die falschen Versprechungen Herr zu werden. Sie musste für ein paar Tage nach Hause.

»Ja, ja, ich weiß. Aber auf der Burg lebte nur ein Forstmeister und der wollte keine Musik.«

»Reginald hätte das wissen müssen. Ich denke, er kennt sich in Fürstenkreisen aus.« Lailas bitterer Unterton veranlasste Irene, ihre Hand zu greifen.

»Du wirst nicht mehr lange bei uns bleiben, nicht wahr?«

Laila erwiderte Irenes Händedruck. »Wo soll ich denn hin, so ganz ohne euch?«

»Er hat dir zu viel versprochen. Zu viel, was er nicht halten kann.« Irene nickte in Richtung ihres Anführers Reginald, der mit seinen rot-grünen Beinlingen und dem aus bunten Flicken bestehenden Überwurf den Anfang der Gruppe bildete.

»Er verspricht immer zu viel, das liegt in seinem Wesen«, antwortete Laila. Ihre Worte sollten neckisch klingen, doch sie konnte den bitteren Unterton nicht verhindern. Irene hatte recht.

»Er ist ein guter Anführer und ein hervorragender Spielmann. Hab Geduld.«

»Das sagst du mir, seit ich euch kenne.«

»Und du glaubst es nicht mehr?«

Laila verzog den Mund und schaute wieder nach vorn auf das irritierende Farbenspiel von Reginalds Kleidung. Er schien ständig in Bewegung zu sein. Genau ein Jahr war es her, dass sie in Ulm den Fastnachtsdarbietungen dieser Spielleute zugesehen hatte und sich von der ausgelassenen Stimmung hatte anstecken lassen. Reginald hatte sie angeworben, nachdem er erfuhr, dass sie nicht nur gut tanzen, sondern auch vortrefflich Flöte spielen konnte. Und Laila brauchte Geld, jetzt, ein Jahr danach, mehr als je zuvor. Die Zeit rann ihr durch die Finger, ohne dass sie etwas Greifbares hinterließ.

»Nein.«

»Nein?«

»Lass uns nicht über diese Dinge reden«, Laila deutete in Richtung Stadt. »Dort ist Ulm, dort wartet unser Publikum.« *Das hoffentlich zahlreich sein wird und freigiebig*, setzte sie in Gedanken hinzu.

Es dauerte länger als erwartet, bis sie die Donau erreichten und sie überqueren konnten. Unter ihnen knarzten die Holzbohlen der Brücke. Durch die Lücken zwischen den unregelmäßigen Stämmen konnte Laila den trüben Fluss erkennen und Enten, die vorbeitrieben, mitgenommen vom Strom. Die Gruppe der Spielleute näherte sich dem Torturm. Von der anderen Seite der Mauer waren die Rufe eines Quacksalbers zu hören, der lautstark ein Mittel gegen Warzen anpries. Zwei Frauenstimmen begannen zu zetern und übertönten die Rufe des Mannes. Offenbar waren sie mit der angepriesen Wirkung nicht zufrieden gewesen.

Ihre Gruppe geriet ins Stocken, musste warten, weil die zwei Stadtwachen einen großen Wagen angehalten hatten und sich mit dem Besitzer unterhielten. Münzen wanderten in die ausgestreckte Hand des einen Wachmanns, und endlich setzte sich das Gefährt wieder in Bewegung.

Reginald lief mit seinem typischen Schwung auf die Wachen zu und verbeugte sich gekonnt vor ihnen. Er wedelte mit einem Pergament, wohl wissend, dass die Männer es nicht lesen konnten und nur das Siegel prüfen würden. Er redete auf sie ein. Laila rückte ein Stück an die Freundin heran, legte den Kopf auf ihre Schulter und schloss die Augen, um das Geschehen um sich herum auszusperren. Doch die Ruhe hielt nicht lange.

»Was ist da los?«

Die Worte Irenes schreckten Laila auf. Offenbar schien es Schwierigkeiten zu geben, einer der Männer studierte das Empfehlungsschreiben Reginalds und schüttelte den Kopf. Reginald sagte etwas, doch er schien nicht überzeugend zu sein. Vermutlich war er heute nicht richtig in Schwung. Laila seufzte, zog sich den Umhang noch enger um die Schultern und war wieder einmal froh darum, dass sie die bunte Kleidung der Spielleute bis heute verweigerte. Sie trug die Sachen auf, die sie von zu Hause mitgebracht hatte. Ihren Umhang hatte sie von einem wohlhabenden Gönner in Buchhorn bekommen. Es war ein netter Mann gewesen, dem ihr Flötenspiel gefiel und der sie wohl besonders dafür belohnen wollte. Er hatte Laila bei sich behalten wollen, damit sie für seine Frau und das Kind musizierte, doch zu der Zeit hegte Laila noch Hoffnungen, dass sich die Lage der Spielleute bald verbessern würde.

»Wie sehe ich aus, eher wie eine Magd?« Sie zog die Schultern hoch und knickste, verschämt zur Seite blickend. »Oder doch eher wie eine Bürgersfrau?« Laila stellte sich wieder gerade hin und richtete sich mit spitzen Fingern die Haube.

Irene antwortete mit einem kurzen Blick zum Geschehen am Wachhaus: »Mit dem teuren Umhang auf jeden Fall die Bürgersfrau. Aber nur, wenn du nicht zu kokett mit dem Hintern wackelst.«

Laila ging zwei Schritte mit wiegenden Hüften, zwinkerte ihrer Freundin zu und lief dann geradewegs zu Reginald.

»Warum geht es hier nicht voran?«, fragte sie mit einem harten Ton in der Stimme, den sie für ihre Auftritte geübt hatte. Sie musterte den Wächter und schaute ihm offen in die Augen.

»Wir haben über die Fastnacht bereits genug Spielleute in Ulm«, antwortete er.

»Mein Bruder hat diese Musiker für seine Hochzeit gerufen. Die Vorbereitungen sind fast vollendet. Ihr werdet doch jetzt den Leuten den Einlass nicht verwehren?« Sie suchte weiter den Blick des Mannes, aber er wich ihr aus und zögerte. Laila spürte, dass sie noch zulegen musste. Also machte sie eine herrische Geste, um das Empfehlungsschreiben zurückzufordern.

»Dieser Schrieb ist wohl kaum von Nöten. Wenn Ihr Fragen habt, wendet Euch an meine Familie, ganz im Vertrauen.« Sie wandte sich an Reginald und dachte bei sich, ob der Wachmann wohl nach Namen fragen würde? Er tat es nicht. Es wäre ihr nicht schwer gefallen, irgendeine Ulmer Familie zu nennen. Überzeugend Unwahrheiten von sich zu geben, das hatte sie gelernt. Aber sie wandte es nur an, wenn es wirklich nötig war. »Lasst uns gehen. Mein Bruder wartet ungern.«

Die Wachleute hielten sie nicht auf, als sich die Gruppe wieder in Bewegung setzte. Sie schritten durch das Tor, Reginald mit einem Lächeln auf den Lippen, das Laila aus den Augenwinkeln sehen konnte. Als sie ein gutes Stück die angrenzende Gasse entlang gelaufen waren, meinte er:

»Dass Gott dich hat meinen Weg kreuzen lassen, welch Glück war das.«

»Ein noch größeres Glück wäre es, wenn du statt dieses Pergaments mit gefälschtem Siegel ein echtes Empfehlungsschreiben vom Herzog mit dir herumtragen würdest.«

»Du bist im Schauspiel ebenso bewandert wie im Spielen der Flöte. Mit mir gemeinsam wirst du bald den hohen Herrschaften dienen.«

»Und das, mit Verlaub, hör ich auch nicht zum ersten Mal.« Laila gab Reginald das gefälschte Schreiben zurück, der es in seiner Umhangtasche verwahrte. Dann ging er in seinem beschwingten Schritt voran, verbeugte sich nach hier und grüßte nach dort. Sie würden in einem Gasthof unterkommen, wie meist in einem mit Stroh ausgelegten Raum, mit freiem Essen, um am Abend die Gäste zu unterhalten. In ein paar Tagen, da stünden die Fastnachtstage an, die waren der Grund, warum sie überhaupt in die Stadt gereist waren. Laila hoffte, dass sie wenigstens hier eine entsprechende Entlohnung erhalten würden und ihr Anführer nicht schon wieder zu viel versprochen hatte.

Kurze Zeit später erreichten sie den Platz vor dem Münster. Wie immer, wenn sie den imposanten Kirchenbau nach längerer Zeit wiedersah, spürte sie Stolz, dass die Ulmer in der Lage waren, ein derartiges Gebäude zu errichten. Gut, es hatte Schwierigkeiten gegeben, ihr Bruder Jabbo war als Steinmetz bestens informiert gewesen. Die Fundamente hielten nicht, also hatte man vor zwei Jahrzehnten einen neuen Baumeister bestellt, einen, der aus Augsburg kam. Als wenn Ulm nicht selbst genügend ausgezeichnete Baumeister vorzuweisen hätte, zumindest glaubte das ihr Bruder. Der begonnene Westturm brauchte ein neues Fundament, die Gewölbe der Seitenschiffe waren zu schwer. Laila hatte sich nicht alles merken können, was Jabbo ihr erzählt hatte. Ihre Bewunderung für die Arbeit der Steinmetze war ungebrochen und auch jetzt blickte sie voll Ehrfurcht auf die Fassade mit ihren filigranen Säulen und den hohen Fenstern. Von den Baugerüsten an den Seitenschiffen konnte sie von ihrem Standpunkt aus nur einen Teil sehen, doch sie wusste, dass die Arbeiter dort weiterhin beschäftigt waren.

»Nicht träumen, helfen«, Irene gab ihr einen sanften Stoß. Die Karren waren mittlerweile am Rande des Platzes abgestellt und die anderen hatten ihre Instrumente herausgeholt. Laila zog ihre Flöte aus ihrem Beutel, spielte ein paar Töne, während sich die Spielleute in Positur brachten. Ein paar Handwerksburschen blieben erwartungsvoll stehen. Ihre Kleidung war weiß vom Gesteinsstaub. Offenbar kamen sie von der Münsterbaustelle und wollten sich zum Mittag etwas zu essen besorgen. Laila musterte sie flüchtig, doch ihren Bruder konnte sie nicht unter ihnen ausmachen. Sie wollte nicht, dass er sie bei der Arbeit mit den Spielleuten sah. Das hätte nur seine üblichen Vorwürfe nach sich gezogen, dass sie sich herumtreibe, dass sie endlich etwas Anständiges tun solle und so weiter …

Sie begann zu spielen und wiegte sich im Takt der Musik hin und her. Irene hatte ihren Zopf gelöst und den Umhang über einem der Karren abgelegt. Mit in die Hüften gestemmten Händen trat sie vor die Burschen und machte ein paar tippelnde Schritte. Dann drehte sie sich unvermittelt und begann einen sanften Tanz, nur begleitet von Lailas Flötenmusik. Laila liebte diese Anfänge, wenn sie versuchten, die Aufmerksamkeit der Leute zu erhaschen. Im Gegensatz zu vielen anderen Spielleuten bevorzugten sie den leisen, sich stetig steigernden Beginn. Reginalds Ansicht nach reagierten die Leute darauf nachhaltiger und blieben länger stehen.

Eine Laute begann, die Melodie zu unterstützen. Nach und nach stimmten die anderen Instrumente ein und Irene bekam Gesellschaft von einer weiteren Tänzerin.

Laila beobachtete erstaunt, wie sich bereits eine größere Menge an Zuhörern eingefunden hatte, doch dies war Ulm, das durfte sie nicht vergessen. Hier gab es mehr Menschen als in den abgelegenen Dörfern, in denen sie auf ihrer Reise immer wieder auftraten. Sie würde sich jetzt im Hintergrund halten, den anderen die Aufführung überlassen und sie nur noch begleiten. So hatte sie es mit Reginald verabredet. In Ulm galt für sie: Je weniger sie auffiel, desto besser. Es sollte sie niemand erkennen. Wenn erst öffentlich wurde, dass sie sich einer Gruppe Spielleute angeschlossen hatte, dann würde es kein Zurück mehr ins bürgerliche Leben geben. Spielleute waren rechtlos und blieben es auf alle Zeit. Sie fühlte sich nicht bereit zu diesem Schritt, Reginald respektierte das.

Laila wich nach hinten aus, um den Tänzerinnen mehr Raum zu geben, stieß gegen den Karren und stolperte nach links. Der hölzerne Rand bohrte sich in ihren Rücken, sodass sie keuchen musste. Doch sie fiel nicht. Stattdessen rempelte sie gegen einen anderen Körper. Als sie hochsah, blickte sie in ein Augenpaar, das sie durch und durch zu mustern schien. Laila richtete sich auf, knickste, tat bewusst beschämt und spürte die Hitze an den Wangen. Die Frau, die sie angestoßen hatte, musste sehr wohlhabend sein. Ihr Gegenüber trug ein unter der Brust gegürtetes rotes Gewand, dessen Ausschnitt mit Perlen besetzt war. Der schimmernde Umhang über ihren Schultern bedeckte nur ihre Arme und den Rücken. Laila fragte sich, ob ihr nicht kalt war. Ihr selbst war jedes Frösteln vergangen.

»Entschuldigt«, brachte sie hervor und knickste noch einmal, immer noch bemüht, möglichst demütig zu erscheinen. *Hoffentlich geht sie einfach weiter*, dachte sie, *und schaut mich nicht mehr so an, als würde sie in meinem Inneren lesen.*

Ein Mann hielt die Frau am Ellbogen fest, hatte sie offenbar beim Zusammenprall gestützt. Er blickte Laila ebenso an, wenn auch eher belustigt. Die grüne Kappe, die er trug, saß ein wenig schräg auf seinen dunkelbraunen Haaren, die breiten aufgenähten Streifen seines Übergewandes hatten dieselbe Farbe.

»Es tut mir leid«, sagte Laila.

Ein paar Augenblicke sprach niemand. Hinter ihr ging die Vorstellung der Spielleute weiter. Sie hörte den Gesang von Reginald, der bereits vor einer Weile eingesetzt haben musste und der die Leute nun einlud, seiner Geschichte zu folgen.

Plötzlich lächelte die Frau versonnen und nickte. Dann wandte sie sich ab und ging weiter, begleitet von einem weiteren, kleineren Mann, so unscheinbar, dass Laila ihn bislang gar nicht bemerkt hatte. Ein Diener, vermutete sie, obwohl er nicht die Kleidung eines einfachen Lakaien trug. Sie strich sich die Hände am Stoff ihres Umhangs ab. Ihre Handflächen mussten trocken sein, damit ihr die Flöte nicht durch die Finger glitt. Erneut setzte sie das Instrument an. Es bereitete ihr keine Probleme, wieder Anschluss an die Darbietung der anderen zu bekommen, dennoch fing sie einen fragenden Blick Irenes auf. Zumindest die Freundin hatte etwas bemerkt.

Laila spielte eine Weile, bevor sie es wagte, wieder hochzusehen. Die reiche Frau war immer noch da. Sie hielt sich mit ihrer Begleitung im Hintergrund und blickte zu den Spielleuten. Nein, nicht zu den Spielleuten, sie blickte zu ihr, Laila. Warum nur?

Mit einer Hand zupfte Laila die Haube tiefer ins Gesicht, dabei gerieten ihr ein paar schräge Töne. Dann zog sie sich noch weiter zurück, bis sie fast zwischen den beiden Handkarren stand. Sie spielte auf ihrer Flöte, den Blick auf die Menge gerichtet, doch die Leute schienen nur Augen für die Tänzerinnen und Reginald zu haben, der gerade mit ausgreifenden Armbewegungen zum Höhepunkt seiner Geschichte ansetzte. Er machte kleine Hüpfer, verbeugte sich vor zwei Mädchen, die kichernd die Köpfe einzogen vor so viel Übermut. Laila sah die zwei Burschen aus ihrer Gruppe, wie sie mit ihren vom Kopf gezogenen Kappen durch die Menge gingen und um Münzen baten. Es sah so aus, als bekämen sie reichlich. *Gut*, dachte Laila, *dann hat sich wenigstens dieser Auftritt gelohnt*.

KAPITEL 2

Maxim beobachtete seine Mutter Kyrilla von der Seite, sah wie sich Lachfältchen um die Augenwinkel gebildet hatten, obwohl ihr Mund kaum die Spur eines Lächelns verriet. Aufmerksam blickte sie nach vorn. Nach dem Zusammenstoß mit der Flötenspielerin hatte sie darauf bestanden, etwas abseits stehen zu bleiben und sich die Darbietung der Spielleute anzusehen. Etwas, was sie sonst nie tat.

Ungeduldig nestelte er an seinem Beutel, den er eben hatte öffnen müssen. Der Junge, der ihm herausfordernd seine verfilzte Kappe hingehalten hatte, wäre sonst nicht mehr von seiner Seite gewichen und hätte als Nächstes seine Mutter angebettelt. So ließ er sie in Ruhe, bedankte sich artig und lief weiter.

Es gelang Maxim, die übrigen Münzen wieder sicher zu verstauen und den Beutel unter seinem Umhang zu verstecken. Gerade bei solchen Menschenansammlungen gab es genügend Beutelschneider, die genau wussten, in welchem Säckel etwas zu holen war. Maxim ärgerte sich darüber, dass er hier gemeinsam mit Kyrilla stehen musste, bis sie genug hatte von den Darbietungen der Musikanten. Obwohl ihm das Flötenspiel, der Gesang und Tanz durchaus gefielen, fühlte er sich nicht in der Stimmung, dem länger als nötig beizuwohnen. Er konnte sich nicht helfen, aber der bittere Gedanke, dass er sich sein Leben anders vorgestellt hatte, als hier auf dem Marktplatz neben seiner Mutter zu warten, drückte ihm auf das Gemüt.

Den Blick auf die Gruppe gerichtet, strich Kyrilla wie in Gedanken über die Perlen an ihrem Ausschnitt. Ihr Umhang hatte sich gelöst bei dem Zusammenstoß. Maxim fragte sich, wie lange es dauern würde, bis sie die Kälte wahrnehmen würde. Etwas schien sie zu beschäftigen.

Er schaute zu Johann, der dicht hinter Kyrilla stand und ausdruckslos auf ihren Rücken starrte. Als mache es ihm nichts aus, hier zu warten, selbst dann nicht, wenn er bis in den Abend ausharren musste. Er war einen guten Kopf kleiner als Maxim und machte seine geringe Körpergröße mit einer kräftigen Statur wett, die man unter dem langen Gewand nur erahnen konnte. Maxim hatte sich oft gefragt, wie seine Mutter es schaffte, gleichzeitig so treues wie anständiges Personal zu bekommen. Zugegeben, sie hatte ein gutes Händchen mit Menschen. Anders als er selbst. Seine Unaufmerksamkeit hatte ihn nicht nur sein so mühsam aufgebautes Geschäft gekostet, sondern auch das wenige Geld, welches er nach dem Tod seines Vater geerbt hatte. Wer mit zwei älteren Brüdern aufwuchs, konnte keine Ansprüche stellen. Der musste froh sein, wenn für ihn überhaupt etwas blieb. Maxim wischte sich mit dem Handrücken über die Nase, die Kälte machte ihm zu schaffen. Er war bis vor Kurzem noch in wärmeren Gefilden unterwegs gewesen. Nun aber war er wieder zu Hause und stand in Abhängigkeit zu seiner Mutter. Ihm gefiel es nicht.

Der Spielmann, der vor der Gruppe mit Musikern und zwei Tänzerinnen auf und ab gehüpft war, verstummte. Er verbeugte sich tief und kam mit einem breiten Lächeln wieder nach oben. Das Publikum applaudierte. Dann ertönten Harfenklänge, die so leicht in die Luft emporstiegen, dass die Menge den Atem anzuhalten schien. Die

Flöte kam hinzu. Das Mädchen, das sie spielte, hatte sich ganz nach hinten zurückgezogen, als wolle sie sich verstecken. Maxim musste zugeben, dass sie einen guten Zeitpunkt gewählt hatten für ihren Auftritt. Das Marktgeschehen war abgeflaut, die Feilschereien und Einkäufe waren zum großen Teil getätigt. Dennoch befanden sich weiterhin viele Menschen auf dem Platz. Nicht weit von sich hörte Maxim das Stöhnen eines Mannes, dem ein Zahnbrecher mit einer Zange im Mund bohrte. Mit einer Hand hielt er den Unterkiefer des Mannes fest, mit der anderen betätigte er die Griffe des Instrumentes. Der Zahn, um den es ging, war wohl nicht leicht zu entfernen. Maxim fasste an seine Wange und dankte Gott, dass er ihn bislang vor derartigen Eingriffen bewahrt hatte.

Die Fischersfrau mit ihrem überdachten Stand hatte weiter regen Zulauf; morgen war Freitag, offenbar schien der Fischmarkt vor dem Haus der Tuchkaufleute bereits beendet zu sein. Sie bewahrte die Fische in mehreren Holzschüsseln auf und war gerade damit beschäftigt, die Schuppen von einem besonders großen Exemplar mit einem Messer abzuschaben. Neben ihr verkaufte ein Bäcker frisch gebackenes Brot. Ein paar Ratsherren in mit Pelz gefütterten Roben standen beisammen und diskutierten, flankiert von zwei Stadtdienern, die ihnen auf Geheiß den Weg bahnen würden. Doch sie nahmen weder Notiz vom Geschehen auf dem Platz noch vom vorherrschenden Lärm. Was sie wohl Wichtiges zu beraten hatten, dass sie es in der Kälte außerhalb der beheizten Räume des Rathauses taten? Vielleicht ging es um diese neue Lehre. Die Thesen, die dieser Luther angeschlagen hatte, versetzten seither den gesamten Klerus in Aufregung. Die Stadt Ulm machte keinen Hehl daraus, dass sie mit Luther sympathisierte. Wohin das führen würde, wusste kein Mensch. Nicht nur Maxim sah die Entwicklung mit Sorge.

Er richtete seine Aufmerksamkeit erneut auf die Gruppe von Spielleuten. Es war zu erkennen, dass sie zu den Meistern ihres Faches gehörten und so wie der Anführer sich gab, war er gewiss nicht aus Armut heraus zum Spielmann geworden. Er schien Maxim eher wie einer, der das ungebundene Leben und das Abenteuer suchte und genoss. Und er schien sich seine Gefährten sorgsam ausgesucht zu haben.

»Sie sieht ihr so ähnlich, Maxim«, meinte Kyrilla unvermittelt.

Ja, das hatte er in der Tat auch bemerkt, dass die Flötenspielerin seiner Schwägerin ähnelte. Deshalb wusste er sofort, was seine Mutter mit ihren Worten meinte. Nun, so etwas kam vor, dass ein Mensch dem anderen glich, obwohl sie nicht zu derselben Familie gehörten.

»Das tut sie, Mutter.«

Doch was tat es zur Sache? Außer dass es vielleicht ärgerlich sein mochte, wenn eine rechtlose Spielleutefrau der hochgeborenen Dietlind ähnelte. Seine Mutter konnte sich über derlei ärgern, das wusste er. Schließlich hatte sein Vater mit dem wenigen Einfluss, den er als Kaufmann mittleren Ranges besessen hatte, Maxims beiden älteren Brüdern zu Verbindungen zum Adel verholfen. Der soziale Rang der Familie war ihnen wichtig. Er durfte nicht beschmutzt werden.

»Mit dem entsprechenden Kleid würde man sie mit Dietlind verwechseln.«

»Das nun auch wieder nicht.« Ihm war kalt, er wollte in sein aufgewärmtes Arbeitszimmer und einige Geschäftsbriefe verfassen, in der Hoffnung, doch noch die ein oder andere Münze zurückzubekommen. Stattdessen stand er hier auf dem Platz und machte sich über Flötenspielerinnen Gedanken. Das Mädchen würde sich nie wie Dietlind kleiden, zudem wäre es nach den Feiertagen sicher aus Ulm verschwunden, wozu also die Aufregung.

»Doch, sieh dir diese hohen Wangenknochen an und die vollen Lippen trotz des schmalen Gesichtes. Die Brauen, man müsste sie nur etwas zupfen, die Wangen etwas bleichen, damit sie nicht gar so aussieht, als käme sie direkt vom Feld. Obwohl der Winter das Seine tut und ihre Haut gebleicht hat. Sicher ist sie im Sommer viel dunkler. Sie hat sogar dieselbe Augenfarbe. Grün.«

Das musste seine Mutter bei dem Zusammenprall mit dem Mädchen festgestellt haben, denn von dem Standort aus, an dem sie sich jetzt befanden, konnte man derlei Details nicht erkennen. Maxim rieb sich die Hände und wollte zum Aufbruch drängen, da fügte Kyrilla hinzu: »Dietlind braucht eine Weile zur Besinnung. Sie soll Ulm verlassen und zu deinem Bruder Friedrich auf unser Landgut fahren. Er wird sich dort um sie kümmern. Aber es muss niemand davon wissen, hörst du?«

»Zur Besinnung?« Was hatte das mit der Ähnlichkeit der beiden Frauen zu tun? Nun hatte Kyrilla seine Aufmerksamkeit, denn diese Wendung im Gespräch hatte er nicht erwartet.

»Ihre Kinderlosigkeit scheint ihr aufs Gemüt zu schlagen. Sie macht Dummheiten.« Seine Mutter wich ihm aus, das spürte er. Etwas schien ihr Sorge zu bereiten.

»Sie wird kein Kind bekommen, wenn sie von Guntram getrennt ist.« Sein Bruder war ohnehin viel zu häufig unterwegs, das schien Maxim als Ursache des Übels wahrscheinlicher als alles andere.

»Dietlind braucht unsere Hilfe. Sie muss zur Besinnung kommen, sie weiß, was von ihr in ihrer Stellung erwartet wird.« Kyrilla drehte sich zu Johann und gab ihm Anweisung, der Flötenspielerin nach Ende der Darbietung zu folgen und herauszufinden, wo sie Quartier bezogen hatte. Dann nickte sie Maxim zu und setzte sich in Bewegung.

»Was hast du vor? Dietlind kann jederzeit verreisen, ohne dass wer nach ihr fragt.« So wichtig war sie schließlich nicht, ergänzte er in Gedanken.

Seine Mutter zögerte. »Dietlind agiert zu eigensinnig«, sagte sie schließlich. »Sie gefährdet alles, was wir uns erarbeitet haben, was dein Vater erarbeitet hat. Sie muss weg aus Ulm. Dein Bruder wird sie zur Einsicht bringen, ich vertraue ihm. Und es ist gut, wenn sie merkt, dass sie nicht unersetzbar ist.« Mit einem Lächeln nickte sie zu der Flötenspielerin. »Mal schauen, was wir für einen Nutzen aus dieser Begegnung ziehen können.«

Maxim folgte ihrem Blick und beschloss, neugierig auf das zu sein, was ihn in den kommenden Tagen erwarten würde. Begebenheiten, die ihn von seinen eigenen kleinen und großen Problemen ablenken konnten, waren ihm willkommen. Vor allem, wenn sie so gut Flöte spielten wie diese hier.

Laila erwachte unvermittelt, als habe sie etwas aus dem Schlaf hochschrecken lassen. Sie stützte sich auf die Ellbogen und schaute sich um, konnte jedoch nichts Ungewöhnliches entdecken. Ein leises Schnarchen kam aus der Ecke rechts von ihr, ein Schmatzen von links neben ihr, wo sich der dicke Emmrich hingelegt hatte, der in der Nacht näher gerückt war. Vielleicht war es seine Wärme gewesen, die Laila aufgeweckt hatte, oder sein Atem in ihrem Ohr. Ihr war das unangenehm. Vorsichtig rückte sie ein Stück weit in die andere Richtung und stieß dort an Irene, was ihr lieber war. Offenbar hatte die Freundin sich nicht neben Reginald legen wollen in dieser Nacht, obwohl sich die beiden das Lager häufig teilten. Doch es war beengt in diesem Raum, in dem man den Boden mit frischem Stroh ausgelegt und jedem eine kratzige Decke gegeben hatte. Dieses Gasthaus lag mitten in der Stadt, man merkte es am geringen Platz, den man ihrer elfköpfigen Gruppe zu Verfügung gestellt hatte. Hier war es nicht so wie bei den Herbergen auf dem Land mit ihren großzügigen Räumlichkeiten. Aber sie hatten es sauber und einigermaßen warm, was wollte man mehr.

Am Abend hatten sie bis spät in die Nacht im Wirtsraum für die Gäste musiziert. Der Wirt kannte Reginald offenbar gut, also hatte ihr Anführer ausnahmsweise einmal nicht geschwindelt, als er ihnen versprochen hatte, für Unterkunft sei gesorgt. Im Gegenzug füllten sie mit ihren Darbietungen die Wirtsstube. Die Stimmung war immer ausgelassener geworden, es floss Bier in Krüge und von dort weiter in trockene Kehlen, Mahlzeiten wurden in Holzschüsseln aus der Küche gereicht. Einer Schankmagd war eine verschwitzte Haarsträhne aus der Haube gerutscht, ohne dass sie es bemerkte.

Das Feuer im Kamin knisterte, wenn der Junge ein Holzscheit nachlegte. Er saß daneben, mit von der Hitze gerötetem Gesicht, stocherte mit dem Schürhaken in der Glut und achtete auf den Gewürzwein, der in einem Kessel daneben stand. Ab und an griff er sich einen Korb und lief nach draußen in den Hof, um neues Holz zu holen. Immer, wenn er zurückkam, leuchteten seine Wangen vor Kälte. Laila hoffte, er würde sich im Flur in einen wärmenden Umhang hüllen, bevor er hinausging. Dieser ständige Wechsel zwischen Hitze und Kälte konnte einen umbringen, wenn man nicht auf sich achtgab.

Sie hatte Flöte gespielt, Reginald trug seine Spottlieder vor, in den Pausen führten die Frauen Tänze auf. Alles in allem hatten sie den Besuchern so gute Unterhaltung beschert, dass sie sich erst weit in der Nacht zur Ruhe begeben konnten. Zwei der Gäste mussten abgewehrt werden, weil sie wie so viele glaubten, wenn Frauen ihren Körper mit offenem Haar im Tanz wiegten, dann seien sie auch für andere Dinge käuflich. Reginald duldete so etwas nicht, und er wies die Männer mit seiner üblichen Spitzzüngigkeit in ihre Schranken. Sie waren anständige Spielleute, das sollte sich jeder merken.

Laila setzte sich noch weiter auf und zupfte sich die Strohhalme aus dem Haar. Im Raum war es dämmrig, nur wenig Morgenlicht drang durch die Ritzen der geschlossenen Fensterläden. Es musste noch früh sein. Keiner der anderen regte sich, die Anstrengung der letzten Nacht ließ sie tief schlafen. Nur Laila fühlte sich hellwach. Aus dem Bündel, das neben ihr lag, zog sie einen Knochenkamm. Sie begann unten an den Haarspitzen, erst als die sich locker in ihre Hand legten, setzte sie den Kamm ein

Stück weiter oben an. Es dauerte einige Zeit, bis sie sich einen Zopf flechten und die Haube aufsetzen konnte. Dann erhob sie sich.

Bemüht, auf keinen Arm oder Bein zu treten, stieg sie über die Körper der Schlafenden am Boden hinweg. Bei der Tür angelangt, genügte es, sie ein Stück weit zu öffnen, um durchzuschlüpfen. Leise drückte sie die Tür wieder zu und lauschte. Offenbar hatte sie niemanden geweckt.

Auch im Flur war es ruhig. Die Dielenbretter knarrten, als sie zur Treppe ging. Von unten aus dem Schankraum roch es abgestanden nach verbrauchter Luft und verschwitzten Körpern, nach kalter Bohnensuppe und verschüttetem Bier. Gestern war ihr das gar nicht so sehr aufgefallen, aber heute empfand sie es als unangenehm. Die Tür stand offen, das sah Laila, als sie über die Stiege in den unteren Flur gelangte. Sie wandte sich nach hinten, zum Hof des Gasthauses. Die Hintertür war mit einem Riegel gesichert, der ein schabendes Geräusch verursachte, als sie ihn zur Seite schob. Die Tür ließ sich nun aufziehen und herein kam kalte Luft, die sich frisch auf Lailas Gesicht anfühlte. Wie eisklares Wasser aus einem Gebirgsbach. Sie blinzelte. Tatsächlich hatte draußen gerade die Dämmerung eingesetzt. Der Himmel färbte sich rot von der aufgehenden Sonne. Laila fand es irritierend nach der langen Zeit auf dem Land, nun nicht mehr den Stand der Sonne sehen zu können, weil die Häuser ihr lediglich ein kleines Blickfeld auf den Himmel ließen.

Sie sah sich um und entdeckte einen Brunnen in der Mitte des Hofes. Dahinter schlossen sich Stallungen an, unter einem Dach hing Wäsche an einer Leine, die sicher nicht nass gewesen war, als man sie dort aufhängte, sonst wäre sie über Nacht gefroren.

Laila nahm den Eimer und ließ ihn am Seil nach unten. Sie machte behutsame Bewegungen, damit er nicht allzu sehr gegen die Brunnenwand polterte. Unten angekommen ließ sie ihm Zeit, im Wasser zu versinken, dann zog sie ihn über die Winde wieder hoch. Zuerst trank sie ein paar Schlucke und wischte sich mit den Fingern über die Zähne, spülte mit Wasser nach. Dann wusch sie sich mit Kernseife Gesicht, Arme und Hände. Das eiskalte Wasser auf ihrer Haut tat weh. Das Gefühl ging über in dumpfe Taubheit, ihre Haut färbte sich rot. Zuletzt nahm sie die Haube ab, löste den Zopf und seifte ihr Haar ein. Sie tat gut, diese Kälte. Sie vertrieb die letzte Müdigkeit aus ihrem Körper. Als sie fertig war, schüttete sie das restliche Wasser über ihre Haare. Nun fühlte sie sich bereit für diesen Tag.

Zurück im Haus stibitzte sie aus der Küche ein Stück trockenes Brot und einen Becher Milch, hielt ihr nasses Haar an den noch warmen Herd, um es zu trocknen. Die anderen würden sicher noch eine Weile weiterschlafen und das war gut so. Es gab Laila die Möglichkeit, unbehelligt ihre Mutter zu besuchen. Die begann ihr Tagwerk immer mit dem ersten Licht des Morgens, also war sie sicher schon aufgestanden.

Irene würde sich denken können, wo sie hingegangen war, also entschied sie sich dagegen, Bescheid zu geben. Sie spülte den Becher aus, nahm ihren Umhang, zog ihn sich über die Schultern und trat auf die Gasse vor dem Haus. Zögernd blieb sie stehen, um sich zu orientieren. Sie hatte sich den Weg vom Münster am Tag davor gemerkt, doch im ersten Moment wusste sie nicht, ob sie sich nun nach rechts oder links wenden musste.

»Kann ich Euch helfen?«

Der Mann, der sie so unvermittelt angesprochen hatte, kam ihr bekannt vor. Woher, das wusste sie nicht. War er am Abend unter den Gästen gewesen? Hoffentlich nicht einer der aufdringlichen. Sie hatte das Gefühl, dass er vor dem Haus auf sie gewartet hatte.

»Ich würde Euch gerne ein Stück begleiten.«

Sein forschender Blick wanderte über ihr Gesicht, so als wolle er sich vergewissern, dass er mit der Richtigen sprach. Laila blickte sich um. Als sie hinter ihm den Erker des Hauses an der nächsten Ecke sah, wusste sie auf einmal wieder, in welche Richtung sie gehen musste. Sie setzte sich in Bewegung, in der Hoffnung, der Mann würde sich schon abschütteln lassen, sobald sie den Münsterplatz erreicht hatten. Er ging neben ihr, nicht zu dicht, aber doch so, dass sie seine Nähe spüren konnte. Sie entschied, nichts zu sagen und abzuwarten.

Sie waren vielleicht zwanzig Schritte gegangen, da stellte er sich als Johann vor. »Ihr seid die Flötenspielerin vom Marktplatz.«

Als er das sagte, wusste Laila wieder, woher sie ihn kannte. Er war der unscheinbare Mann, der die reiche Frau begleitet hatte, mit der sie am Tag zuvor zusammengestoßen war. Wenn er sich nun nachträglich in ihrem Namen beschweren wollte, würde es ungemütlich für sie werden.

»Was wollt Ihr?«, fragte sie deshalb und konnte einen missmutigen Unterton nicht verhindern.

»Ihr spielt nicht nur die Flöte, sondern tanzt auch, seid es gewohnt, Euch vor anderen sicher zu bewegen?«

»Wie man es nimmt.« Laila zog an ihrem Umhang, obwohl er richtig saß.

»Bekommt Ihr viel Lohn?«

Wenn er ihr die Rechnung für ein zerrissenes Kleidungsstück überreichen oder eine Entschädigung einfordern wollte, dann würde dieser Aufenthalt in Ulm zu einem Reinfall für Laila werden. So viel würde sie hier nicht verdienen, um diese Kosten ausgleichen zu können. »Nicht wirklich«, antwortete sie deshalb. »Wisst Ihr, wir spielen meist auf Dorffesten, ganz selten mal in einem größeren Gasthaus, das am Wegesrand liegt. Wir sind zu elft und müssen uns alles teilen, da bleibt nicht viel. Wir hungern nicht … nun, im Winter schon.« Sie probierte einen demütigen Blick von unten und musste dafür unmerklich in die Knie gehen, weil er nicht sehr viel größer war als sie selbst. Sie war sich sicher, dass ihre Bemühungen ihr Ziel nicht verfehlen würden. Und wenn doch, so würde sie als Bezahlung einen exklusiven Vortrag mit der Flöte vorschlagen. Sie sah das Gesicht der Frau vor sich, wie sie da stand und der Musik lauschte. Es hatte ihr gefallen, ganz bestimmt.

»Ihr könntet Geld verdienen, ich hätte da was für Euch.«

Überrascht blieb Laila stehen. »Was?«

»Könntet Ihr Euch vorstellen, nun, sagen wir, eine Aufgabe zu übernehmen, die etwas ungewöhnlich ist?« Er zögerte. »Nur Ihr allein.«

Laila sah ihr Gegenüber durchdringend an. Was wollte dieser Kerl ihr sagen? Warum sprach er nicht geradeheraus? »Ich bin eine Flötenspielerin und nur weil ich zu einer Gruppe von Spielleuten gehöre, heißt das nicht, dass ich meinen Körper verkaufe. Wenn Ihr eine Hure braucht, geht ins Hurenhaus. Wenn Ihr eine Tänzerin braucht, die unanständig für Euch tanzt, so findet Ihr gewiss eine in diesen Tagen in Ulm, aber nicht bei uns. Wir sind anständige Spielleute. »

»Ihr habt mich missverstanden.«

»Ach ja?« Laila setzte sich wieder in Bewegung. Sie mahnte sich selbst zur Vorsicht.

»Mich schickt Frau Dietlind Nehlin. Es steht eine Tanzveranstaltung an, bei der sie nicht teilnehmen möchte. Sie sollte es aber. Ihr wisst es vielleicht nicht, aber in den gehobenen Schichten gibt es gewisse Regeln. Da der Ehemann sich auf Reisen befindet, sollte wenigstens einer von beiden der Höflichkeit halber anwesend sein. Ihr könntet sie vertreten.«

Dieses Angebot hörte sich derart merkwürdig an, dass Laila abwog, ob sie vielleicht gerade auf den Arm genommen wurde. »Ich soll eine reiche Ulmerin beim Tanz vertreten?« Wie um Himmels Willen sollte das vonstatten gehen? Vielleicht war es ein Maskenball? Es entstand eine Pause, in der sie überschlug, wie viel sie für eine solche Aufgabe würde verlangen können. Sie hatte keine Erfahrung damit, so etwas verhandelte Reginald immer für die ganze Gruppe. Deshalb kam sie nicht weit.

»Sehe ich ihr denn ähnlich?«, fragte sie, um ihre Unsicherheit zu überspielen.

»Aber gewiss«, antwortete Johann. »Sehr. Das ist mir auf dem Marktplatz, als ich Euch zum erstem Mal sah, gleich aufgefallen.«

»Und diese Ähnlichkeit wollt Ihr Euch nun zunutze machen.«

»Ihr dürft mit großzügiger Entlohnung rechnen. Eure Auftraggeberin ist aus reichem Haus. Sie hat wenig Freude an den ständigen gesellschaftlichen Verpflichtungen.«

Er schien es ernst zu meinen. Laila beschloss, dass es nicht schaden konnte, mehr darüber zu erfahren. Wenn sie es geschickt anstellte und ihn auf keinen Fall spüren ließ, wie unsicher sie in Geldfragen war, würde sich vielleicht ein gutes Sümmchen verdienen lassen.

KAPITEL 3

AM MÜNSTER HATTE SICH LAILA von Johann verabschiedet mit der Vereinbarung, dass er am folgenden Morgen wiederkommen würde. Bis dahin müsse sie sich entschieden haben, ob sie die Aufgabe annehme oder nicht. Wenn sie ganz ehrlich war, dann wusste sie nicht, was sie von alldem halten sollte. Das alles hörte sich so verrückt an.

Je weiter Laila sich vom Münsterplatz entfernte, desto enger wurden die Gassen, die Häuser rückten dichter aneinander. Doch sie bemerkte es kaum, so sehr fesselte sie der Gedanke an das Gespräch mit diesem Johann. Erst als die Umgebung immer ärmlicher wurde, fiel ihr auf, dass sie fast am Haus ihrer Mutter angelangt war. Auf dem Lehmboden des Weges lag gefrorener Unrat. Laila erinnerte sich an den Gestank, den er im Sommer verursachte, hier im armen Viertel Ulms, in dem nur selten jemand unterwegs war, um Ordnung zu halten. Im Winter schon gar nicht. Damals, als sie hierher gezogen waren, hatte sie sich an den Geruch erst gewöhnen müssen. Eine Tochter eines anständigen Buchbinders verirrte sich normalerweise nicht hierher. Nicht, wenn sie nicht musste.

Ein Straßenköter kläffte ihr entgegen, doch sie beachtete ihn nicht. Stattdessen musste sie erneut an Johann und sein verlockendes Angebot denken. Ob es ihr vielleicht ungeahnte Möglichkeiten eröffnen würde, mithilfe dieser Frau noch mehr Geld zu verdienen? Wenn sie sich nur einigermaßen geschickt anstellte und niemand etwas bemerkte? Sie musste Irene davon erzählen.

Ein Bursche kam ihr entgegen, er trug einen großen schweren Korb vor sich her, dessen Inhalt abgedeckt war. Laila wusste, was sich darin befand: das Tagwerk ihrer Mutter vom gestrigen Tag, das der Buchbinder nun abholen ließ. Gleichzeitig hatte er sicher die Arbeit für heute vorbeibringen lassen. Laila grüßte und der Junge nickte freundlich zurück. Sie kannte ihn nicht. Offenbar war er ein neuer Lehrling, vielleicht auch nur ein einfacher Laufbursche. Die Buchbinderei lief laut den Aussagen von Lailas Mutter sehr gut.

Sie arbeitete also immer noch für ihn, den neuen Besitzer von Vaters Werkstatt. Er rühmte sich vermutlich weiterhin, einer armen Frau damit zu helfen, dass er ihr ein Auskommen bot. Dabei war ihre Mutter so exakt und genau, wie es sicher kein Zweiter in der Werkstatt vermochte. Der Lohn, den sie dafür erhielt, war ein Almosen. Von wegen Güte und Großzügigkeit, der Buchbinder konnte froh sein, dass Miltraut keine andere Wahl hatte, als sich zu fügen. Noch nicht.

In der Gasse schmiegten sich zweistöckige Häuser aneinander, bei einem fehlte ein Laden, bei einem anderen blätterte die Farbe ab. Aus manchen stieg nur wenig Rauch aus den Kaminen. Sie mussten sparen in dieser Ecke von Ulm, und Brennholz war wertvoll. Laila hörte ein Hämmern und erblickte eine Leiter, die am Haus ihrer Familie lehnte, und nahezu die ganze Gasse versperrte. Sie führte hoch auf das Dach.

»Bist du da oben, Jabbo?«, rief sie, in der Hoffnung, dass es ihr Bruder war, der auf dem Dach arbeitete. »Ich bin es, Laila!«

Das Hämmern erstarb. Stattdessen hörte sie ein Knarren und Ächzen der Holzschindeln und sah Jabbo, wie er sich vorsichtig darüber bewegte, um zur Leiter zu gelangen. Bedächtig stieg er herab, bei jedem Schritt tiefer federte das Holzgestänge der Leiter nach. Er war groß und kräftig geworden, ihr Bruder. Ein junger Mann, der nach der Lehre nun als Steinmetzgeselle arbeitete und darauf hoffte, irgendwann genug Geld zu verdienen, um eine Familie zu gründen.

»Du bist wieder da.« Jabbo lief auf Laila zu, hob sie hoch und drehte sich mit ihr einmal im Kreis. »Du wirst immer leichter, kleine Schwester. Geben sie dir nichts zu essen?«

»Du wirst immer kräftiger, das ist der Grund.« Er roch nach Steinstaub und nach Holz. Als er sie abgesetzt hatte, ergriff sie seine Hand. »Wie geht es Mutter?«

»Es ginge ihr besser, wenn du bei ihr bliebest.«

Sie schaute seitlich an ihm vorbei auf die Haustür des Nachbarhauses, die im unteren Bereich eingetreten und notdürftig mit Brettern repariert worden war. »Das glaube ich nicht.«

»Immer noch auf der Suche nach dem schnellen Geld?« Jabbo drückte ihre Schulter so kräftig, dass es schmerzte. »Gib es auf, Laila, komm zurück. Komm zurück, solange es noch möglich ist und nicht ganz Ulm weiß, dass du mit rechtlosen Spielleuten umherziehst.«

»Was weißt du schon?« Laila brachte einen Schritt Abstand zwischen sich und ihren Bruder. Sie hatte sich auf ihn gefreut, doch wie immer machte er ihr nichts als Vorwürfe, kaum dass sie sich begrüßt hatten. Immer wollte er ihr vorschreiben, was das Beste für sie und ihre Mutter sei. Es führte zu nichts, denn sie wollte seinen Ratschlägen nicht mehr folgen. Sie hatte es lange genug versucht, mit der Mutter gemeinsam an den Büchern gearbeitet, die der Buchbinder schickte. Es brachte ihnen nicht einmal genug ein für ihre Mitgift. Der Gedanke daran brachte Laila auf eine Idee, wie sie Jabbo vom leidigen Thema ablenken konnte.

»Will dein Wohltäter immer noch, dass du das von ihm bezahlte Lehrgeld für deine Ausbildung zurückzahlst?«

Jabbo seufzte. »Nicht ganz, nur einen Teil. Es ist sein gutes Recht. Und er gibt mir genügend Zeit.«

»Wenn Vater noch da wäre, würde es ihn ärgern, schließlich waren sie Freunde; und arm ist der Hubert nicht.« Sie dachte wieder an ihre Mitgift, das Versprechen, das im Raum lag, bevor sie alt genug war und das danach nie wieder erwähnt wurde.

»Vater ist aber nicht da. Und er kommt auch nicht wieder. Das weißt du ganz genau.«

»Ich weiß nichts. Mir erzählt ja niemand etwas. Wo ist Vater hingegangen? Bis heute ist er nicht zurückgekehrt. Und wo ist das ganze Geld geblieben, das beim Verkauf der Buchbinderei geflossen sein muss? Ich weiß nichts!«

»Vater hatte Schulden. Und er hat seinen Fehler wiedergutgemacht, die Familie besitzt dieses Haus hier, Mutter und ich haben Arbeit. Mehr kann ich auch nicht sagen, aber es reicht mir. Wir müssen nach vorn schauen, nicht nach hinten. Ich werde nicht mehr lange brauchen, bis ich mein Lehrgeld zurückgezahlt habe.«

»Und wie hoch ist die Summe, die noch fehlt?«

Er antwortete nicht, rieb sich nur die Hände, damit sie warm wurden. Offenbar hatte er oben auf dem Dach in der kalten Luft gefroren. Auch Laila spürte die Kälte und all ihre hochtrabenden Gedanken lösten sich auf, als sie in das Gesicht ihres Bruders sah, der seine Sorgen mit einem Lächeln zu überdecken versuchte.

»Geh schon mal rein, ich komme gleich nach. Muss nur vor dem nächsten Schnee das Gröbste abdichten.«

Laila blickte nach oben, sah das windschiefe Dach, von dem sie immer noch annahm, dass es jeden Augenblick in sich zusammenfallen konnte. Sie wusste, dass der Bruder nur das Notwendigste tat, um es zu reparieren. Für alles andere fehlte das Geld.

»Keine Arbeit auf der Baustelle heute?«

Jabbo deutete auf das Dach. »Ich hab einen freien Tag und dies hier ist dringend.«

Laila beobachtete, wie er wieder auf der Leiter nach oben kletterte. Dort angekommen, zwinkerte er ihr zu und winkte. Dann verschwand er auf der anderen Dachseite und das Hämmern setzte kurz darauf wieder ein.

Laila ging zur Haustür, klopfte kurz und öffnete sie. Angenehme Wärme kam ihr aus dem Wohnraum entgegen, zumindest an Holz musste die Mutter also nicht sparen. Mit klammen Fingern arbeitete es sich nicht gut an empfindlichen Buchrücken und Blättern, die gebunden werden mussten. Miltraut stand am Küchenherd und rührte in einem Topf, der an einem Haken über dem Herdfeuer hing. Der Geruch nach Kohl lag in der Luft. Sie drehte sich um. Bei dem Lächeln, das auf dem Gesicht ihrer Mutter erschien, bekam Laila ein schlechtes Gewissen. Sie kam viel zu selten nach Hause. Dabei wäre sie so gerne öfter hier. Sie umarmte ihre Mutter, schmiegte die Wange an ihre und drückte sie fest. Die Tür stand noch offen und Miltraut machte sich los, um sie wieder zu schließen. Das Feuer auf dem Herd wärmte den ganzen Raum. Laila spürte, wie das Frösteln nachließ. Sie legte ihren Umhang ab, faltete das kostbare Stück sorgsam zusammen und legte ihn auf eine Truhe.

»Ich hatte gehofft, dass du an Fastnacht nach Ulm kommst.«

»Es gibt genug zu verdienen in einer Stadt, die sich auf Festlichkeiten vorbereitet.«

»Warum übernachtest du nicht hier bei uns?« Miltraut wandte sich erneut dem Herd zu und schnitt Rüben in das köchelnde Essen.

»Ich werde sehen, was sich machen lässt«, antwortete Laila ausweichend und wusste doch, dass Reginald es nicht dulden würde, wenn sie sich absonderte. Er wollte nicht, dass sie zu sehr an ihr früheres Leben erinnert wurde, er hatte Pläne mit ihr, das betonte er immer wieder. Auch wenn sie bislang davon noch nichts gesehen hatte.

»Geht es dir gut?«, fragte Miltraut, ohne sich umzudrehen.

»Ich habe wieder ein paar Münzen zurücklegen können.«

Laila nahm sich einen Hocker und stellte ihn vor eine Wand, an der Regale befestigt waren, auf denen Töpfe, Schüsseln und Becher standen. Sie kletterte auf den Hocker und griff ganz oben nach einem grünglasierten Topf mit Deckel. Mit beiden Händen hob sie ihn herunter.

Laila stellte das Gefäß auf den Tisch, setzte sich und kippte den Inhalt auf die Holzoberfläche. Ein paar Münzen kullerten heraus, sie ließ das Metall durch ihre Finger gleiten. In diesem Topf verwahrte sie all ihre Einkünfte, die sie hatte ansparen können.

»Dein Bruder hat etwas dazugetan«, sagte Miltraut. »Er möchte, dass du genug beisammen hast, damit wir dir mit einer anständigen Mitgift einen Mann suchen können. Er macht sich Sorgen um dich.«

Laila tat ihr Erspartes zurück in den Topf und ließ die wenigen Münzen aus dem Beutel hinterherklimpern. Dann spähte sie in das dunkle Innere, in dem es lediglich am Boden etwas glitzerte, und stellte sich vor, dass der Topf bis oben gefüllt wäre. Wie viele Münzen würden hineinpassen? Sie setzte den Deckel darauf und verstaute das Gefäß an seinem ursprünglichen Platz.

»Hat er nachgezählt, wie viel drin ist?«

»Natürlich nicht. Er hat es nicht angerührt, nur seine Münzen hineingeworfen. Er wollte auch nicht, dass ich es dir erzähle.«

Wenn er nachgezählt hätte, dann wüsste er, dass die bislang angesparte Summe nicht ansatzweise für eine Mitgift ausreichte. Zudem wollte sie noch nicht heiraten, sondern sich und ihre Mutter aus dieser Armut herausholen. Was nutzte es ihr, wenn sie am Herd eines anständigen Handwerkers stand, wenn ihre Mutter sich hier die Finger wund schuftete?

»Magst du etwas essen?«

Sie beschlossen, auf Jabbo zu warten, und so ließ Miltraut das Essen köcheln und setzte sich zu Laila an den Tisch. Eine Weile schwiegen sie.

»Seid ihr erfolgreich gewesen, du und die Spielleute?«

Laila hob die Schultern und ließ sie wieder sinken.

»Im Winter gibt es wenig Feste, bei denen man aufspielen kann.«

»Ich dachte, euch wollte ein Herzog aufnehmen.«

»Bald«, antwortete Laila und wusste doch, dass sie ihre Mutter nicht täuschen konnte. Sie verfluchte Reginald für seine andauernden leeren Versprechungen. »So Gott will.«

»Mir scheint, dieser Spielmann weiß nicht so recht, was er eigentlich will.«

»Das schon.« Resigniert starrte sie auf ihre Hände, die sie auf den Tisch gelegt hatte.

Miltraut beugte sich über den Tisch und legte ihre Hände über Lailas. »Willst du nicht aufhören damit? Siehst du nicht, dass es zu nichts führt?«

Die Stimme ihrer Mutter war weich, ohne Vorwurf. Laila spürte die Wärme und den sanften Druck der Hände auf ihren. »Was habe ich denn für eine Wahl?«

»Du hast immer eine Wahl.« Miltraut lehnte sich wieder zurück. »Du musst dir nur ab und an genau ansehen, was du tust, und du musst Gott vertrauen.«

Jabbo polterte in die Stube und zog seine Stiefel aus. Wieder rieb er sich die Hände, das Gesicht gerötet von der Kälte. Laila erhob sich, um Schüsseln und Brot auf den Tisch zu stellen. Miltraut folgte mit dem Essen. Eine Zeit lang lauschten sie den unbekümmerten Erzählungen von Lailas Bruder über Dinge, die er auf der Baustelle erlebt hatte, auf der er derzeit arbeitete. Dennoch spürte Laila die unausgesprochenen Fragen und Vorwürfe, die in der Luft hingen und die sich nicht vertreiben ließen. Dabei wusste sie, dass sie auf dem richtigen Weg war, dass sie es schaffen würde, so oder so. Der Mann aus Buchhorn, der ihr damals den Umhang geschenkt hatte, war nur der Beginn gewesen. Und das, was sie in den nächsten Tagen erwartete, war die Fortsetzung. Mit einem Mal wusste sie, was sie Johann antworten würde. Es befiel sie eine unruhige Vorfreude. Was auch immer geschehen würde, es würde ihr Geld einbringen.

»Kennt ihr eine Frau, die Dietlind Nehlin heißt? Kennt ihr diese Familie? Sie muss zu den Patriziern Ulms zählen.«

»Mit solchen Menschen haben wir nichts zu schaffen. Denk dran, was ich dir immer gesagt habe, reiche Leute wollen dir nur Schlechtes. Von ihnen hält man sich besser fern.« Miltraut nahm das Messer, schnitt energisch eine Scheibe Brot ab und reichte sie Laila. »Iss, du siehst aus, als hättest du seit Tagen nichts mehr bekommen.«

KAPITEL 4

AUCH AN DIESEM MORGEN WACHTE LAILA FRÜH AUF. Es war wohl die Aufregung, die sie nicht länger schlafen ließ, denn kaum hatte sie die Augen geöffnet, dachte sie an die bevorstehende Aufgabe. Sie schlich sich aus dem Schlafraum, wusch sich am Brunnen im Hof das Gesicht, und setzte sich dann mit einem Kanten Brot wartend vor die Tür des Gasthauses. Es herrschte noch Dämmerlicht, doch der Morgen konnte nicht mehr weit sein. Im Haus schräg gegenüber hatte jemand im unteren Raum die Läden geöffnet, eine Magd schürte das Feuer im Herd und setzte dann einen Kessel darauf. Die Straße selbst war wie ausgestorben. Kein Mensch ging an Laila vorbei, die einen kleinen Brotrest einer Katze hinwarf, welche sich neben sie gesetzt hatte und sie unverwandt anstarrte. Das Tier schlang das Brot hastig hinunter.

»Ich hab nichts mehr«, meinte Laila und zeigte ihre leeren Handflächen. Die Katze begann zu maunzen und rieb sich an Lailas Bein.

Sie saß eine ganze Weile da und beobachtete, wie es hell wurde. In den Gebäuden um sie herum erwachten die Bewohner, sie hörte Stimmen und Geräusche. Ein paar Mägde liefen zum nahe gelegenen öffentlichen Brunnen und kamen mit gefüllten Eimern zurück. Kichernd steckten sie die Köpfe zusammen, um irgendeine Neuigkeit zu besprechen. Schließlich verschwanden sie in unterschiedlichen Häusern.

Laila erkannte den Mann nicht sofort, als sie ihn auf sich zukommen sah. Es war der Kerl von gestern, er trug ein verschnürtes Paket, das er mit beiden Armen umklammern musste, so groß war es. Dennoch kam er allein, was Laila verwunderte. Die reichen Herrschaften hatten doch immer jemanden, der ihnen die unangenehmen Dinge abnahm, und sei es das Tragen von Paketen. Stand Johann so tief in der Hierarchie bei diesen Leuten, dass er nicht einmal einen Träger beordern konnte? Oder waren sie am Ende doch nicht so wohlhabend, wie Laila sich das erhoffte?

Er grüßte sie, als er sie erreicht hatte, äußerte seine Erleichterung, dass sie bereits wach und munter sei, und fragte, ob sie sich drinnen im Gasthaus unterhalten könnten. Laila führte ihn in die Wirtsstube, in welcher der schale Geruch von abgestandenem Bier in der Luft hing. Es war niemand in dem Raum. Sie öffnete zwei der Läden, damit Licht hereinfiel, dann bat sie Johann, sich an einen der Tische zu setzen. Sie beobachtete gespannt, wie er das Paket aufschnürte und biss sich auf den Fingerknöchel, als sie das Kleid sah, welches er herausholte. Ein Traum aus feinem roten Stoff, der glänzte und sich edel anfühlte, als sie ihn mit den Fingerspitzen berührte. Eine golden bestickte Haube und ein Gürtel mit Perlen ergänzten die Ausstattung, zudem ein Paar Schuhe aus weichem Leder.

Laila brauchte einen Augenblick, bis sie begriff, wie groß die Kluft zwischen ihr und der Frau war, der das Gewand eigentlich gehörte. Was für ein Leben führte jemand, für den so etwas nichts Ungewöhnliches darstellte?

»Mir scheint, Ihr seid Euch Eurer Sache sehr sicher.« Laila hatte am Tag zuvor nicht zugesagt, dass sie den Auftrag übernehmen würde, und trotzdem brachte Johann ihr heute dieses Kleid.

Johann schaute sie irritiert an und wischte sich ungeduldig einen Fussel von den Lippen, bemüht, das Kleid vom Schmutz des Bodens fernzuhalten. Er antwortete: »Ihr braucht Geld, warum solltet Ihr mein Angebot ausschlagen?«

Laila fühlte sich durchschaut. Spätestens beim Anblick dieses Stoffes wäre sie schwach geworden. Ihr Gegenüber schien genau daran gedacht zu haben.

»Es müsste Euch passen, Ihr habt dieselbe Statur wie Dietlind.« Vorsichtig verstaute er das Gewand wieder in seiner Verpackung und legte den Rest darauf. »Habt Ihr Hilfe beim Ankleiden?«

Laila nickte und dachte an Irene, der sie am Abend zuvor alles erzählt hatte mit der Bitte um Verschwiegenheit.

»Ihr wisst, wie Ihr Euch anmutig bewegen müsst?«

Wieder nickte Laila und sah, wie sich auf Johanns Stirn eine Sorgenfalte bildete. Offenbar schienen ihm Zweifel zu kommen. Er griff so unvermittelt nach ihrem Haar, dass sie zurückwich. Doch er wollte nur die Farbe prüfen, hielt ein paar Strähnen gegen das Licht, dann schien er zufrieden mit dem, was er sah.

»Es dürfte nicht auffallen, dass Euer Haar etwas heller ist. Aber die Länge stimmt nicht.« Er dachte nach. »Lasst es Euch zu zwei Zöpfen auf dem Rücken flechten, vielleicht bemerkt es so niemand.« Er musterte ihr Gesicht, dann meinte er: »Sprecht noch einmal, ich möchte Eure Stimme hören.«

Ohne zu zögern, sagte Laila die Worte, die ihr als Erstes in den Sinn kamen. »Wir kommen von weit her und wenn Ihr denkt, Ihr könntet uns verjagen, so will ich Euch was sagen.« Reginalds Spruch, den er oft zu Beginn einer Vorstellung aufsagte.

Johanns Sorgenfalte wurde tiefer. »Eure Stimme ist völlig anders als die von Dietlind. Ganz und gar.«

»Ich könnte einen Schnupfen vortäuschen«, meinte Laila und deklamierte mit näselnder Stimme »Wir kommen von weit her und wenn Ihr denkt …«

Johann winkte ab. »Ihr könnt nicht mit einer Krankheit auf so eine Tanzveranstaltung kommen.«

»Heiserkeit? Das geschieht auch, wenn man nur zu laut und zu viel redet.« Als sie nun erneut mit leiser Stimme ihren Satz aufsagte, glättete sich Johanns Stirn.

»So wird es gehen. Ich werde Euch heute Abend hier abholen. Ihr richtet Euch her, lasst Eure Wangen ein wenig bleichen, aber benutzt sonst keine Schminke. Diese Haube besitzt einen Schleier, den Ihr euch ein wenig ins Gesicht ziehen könnt, wenn Euch jemand zu intensiv mustert. Ihr werdet nicht tanzen, auch nicht, wenn man Euch auffordert. Mit der Heiserkeit könnt Ihr kaum reden, nickt also nur, hört höflich zu. Euer Name ist Dietlind Nehlin. Euer Ehemann heißt Guntram und ist zur Zeit auf Reisen, wo hat Euch nicht zu kümmern. Ich werde im Saal anwesend sein und Euch beistehen, sollte es zu Schwierigkeiten kommen.«

Es hörte sich einfach an. Auch wenn Laila wusste, dass die zunächst einfachen Dinge oft ungeahnte Schwierigkeiten bargen, wollte sie hier und jetzt daran glauben, dass dieser Auftritt gelingen würde. Johann erhob sich, verbeugte sich leicht, drehte sich um und ließ sie mit dem kostbaren Kleid alleine. Ob er keine Sorge hatte, dass sie es stehlen könnte? Sie fühlte erneut mit dem Zeigefinger den Stoff. So ein Kleid für immer zu tragen – eine wundervolle Vorstellung. Unvermittelt dachte sie an die langen Fußmärsche der Spielleute, die Unterkünfte, die oft genug in irgendeinem Stall lagen, und musste über sich selbst lachen. Zu welcher Gelegenheit wollte sie so etwas anziehen? Zur Hochzeit ihres Bruders? Zur Geburt eines Schafes von der Herde, die der Schäfer neben ihrer nächsten Unterkunft hüten würde?

Sie wusste nicht wohin mit dem Paket und nahm es mit zu ihrem Schlafplatz. Dann legte sie sich neben Irene und versuchte, noch ein wenig Ruhe zu finden bis die anderen wach wurden. Mit Reginald würde sie noch sprechen müssen, da sie für die Vorstellung heute Abend ausfiel. Doch sie war sicher, dass er nichts gegen ihre Abwesenheit haben würde. Sie würde ihm erzählen, dass sie bei reichen Herrschaften Flöte spielen sollte, die hätten sie auf dem Marktplatz gesehen und sie angesprochen. Er musste nicht alles wissen und mit einem Anteil von ihrem Lohn würde sie ihn zufriedenstellen können.

Die Vorbereitungen dauerten länger, als Laila gedacht hatte. Irene hatte darauf bestanden, rechtzeitig damit zu beginnen, und hatte sie als Erstes in einen Badezuber genötigt, um ihr den Rücken mit einer kratzigen Bürste zu schrubben. »Die feinen Herrschaften tanzen nicht miteinander, stinkend nach feuchtem Stroh und Kohlsuppe«, erklärte sie. Dann kämmte sie Laila die Haare und flocht sie zu zwei Zöpfen auf dem Rücken. Sie bleichte Lailas

Haut mit einer Paste, die sie benutzte, um die Spielleute zu schminken, wenn diese ein Schauspiel aufführen wollten. Allein dieser Vorgang dauerte eine gefühlte Ewigkeit, in der Laila unruhig wurde. Reginald verließ zum Nachmittag hin das Haus, endlich konnte sie das Kleid anziehen. Es passte, so als hätte man es für sie geschneidert. Die Haube befestigte Irene mit Nadeln, ebenso den Schleier, den sie nach hinten umschlug und den Laila je nach Bedarf über ihren Mund ziehen konnte, wenn sie sich unsicher fühlte.

»Wenn du heiser daherkommst, wird keiner fragen, warum du dein Gesicht verdeckst«, meinte Irene nur.

Die Warterei danach vertrieb Irene ihr, indem sie aus einem Büchlein vorlas, ein Fastnachtsspiel vom Nürnberger Poeten Hans Sachs, welches sie aufführen wollten. Irene konnte nicht so flüssig lesen wie Laila, die es von ihrer Mutter gelernt hatte. Aber unterhaltsam und ablenkend war ihr Vortrag dennoch.

Endlich erschien Johann in der Gaststube und verneigte sich höflich. Er musterte Laila, hieß sie, sich zu drehen und ein paar Schritte zu gehen. Dann begutachtete er ihr Gesicht und ihre Frisur. Er gab Irene Anweisungen, hatte eine Paste dabei, mit der sie Lailas Lippen ein wenig voller schminkte. Sie sollte eine Strähne über die Wange ziehen. Schließlich bedeutete er ihr, den bodenlangen Rock etwas anzuheben, damit er ihre Füße sehen konnte. »Ihr solltet Eure eigenen Schuhe anziehen und diese hier schonen, bis wir im Tanzhaus angekommen sind.«

Sie gehorchte, tauschte das Schuhwerk und verabschiedete sich dann von Irene mit einer kurzen Umarmung.

»Ich komme später nach, sobald ich mich hier heraus schleichen kann, und warte vor dem Gebäude auf dich«, sagte die Freundin und tätschelte ihr aufmunternd den Rücken.

Johann stand bereits in der Gasse und wartete. »Vorsicht! Hebt das Kleid an. Der Dreck am Boden macht es unbrauchbar, wenn Ihr es schleifen lasst.«

Laila raffte den Rock, während Johann ihr einen Umhang um die Schultern legte, ihn vorn befestigte und sorgsam über ihren Kopf zog, sodass man nicht mehr viel von ihrem Gesicht sehen konnte. Es wurde bereits dunkel und die Kälte der Nacht lag in der Luft. Laila folgte ihrem Begleiter bis zu einer Querstraße, von dort dann weiter in Richtung des Münsters. Sie fröstelte. Ihre Hände, mit denen sie immer noch das Kleid ein Stück weit hochhielt, um den Saum zu schützen, fühlten sich eiskalt an und sie spürte, wie ihre Unruhe wuchs. Alles hing davon ab, wie souverän sie wirkte. Die Menschen sahen nur das, was sie sehen wollten, und die Frau eines hochgestellten Mannes bewegte sich mit einem anderen Selbstverständnis, was Laila schon oft beobachtet hatte. Sie versuchte, sich an Begebenheiten zu erinnern, um zu verinnerlichen, wie sie sich geben musste. *Es ist einfach nur ein kleines Schauspiel*, dachte sie, um sich Mut zu machen, während sie auf ihre Füße achtete und darauf, wohin sie trat.

»Ist sie eigentlich eher zurückhaltend oder redet sie viel?«

Johann ging weiter und antwortete auf Lailas Frage nur unwirsch: »Macht Euch über Dietlind keine Gedanken. Sie ist sehr vornehm aus altem Adelsgeschlecht, also haltet Euch gerade. Reden sollt Ihr nicht und tanzen auch nicht, das sagte ich doch. Hört zu, was Euch andere erzählen, nickt freundlich und macht sonst nichts. Diese Herrschaften sind eitel und darauf bedacht, sich selbst und ihre Anliegen vorteilhaft zu präsentieren. Wenn Ihr Euch zurückhaltet, fallt Ihr nicht auf.«

Kurz vor dem Münster bog Johann ab und führte sie zum Haus der Tuchkaufleute. In einer dunklen Ecke hieß er sie, die Schuhe wieder zu wechseln und versprach, auf ihre eigenen achtzugeben. Er klopfte sie ab und verstaute sie in seinem Beutel. Dann gab er Laila mit einem Nicken zu verstehen, dass es weitergehen konnte, nun gemäßigten Schrittes und erhobenen Hauptes. Die Sorgenfalte auf seiner Stirn hatte sich wieder gebildet und er wirkte nicht sehr überlegen, als er sie hastig an seine Seite winkte. Kurz kam ihr der Gedanke, dass Johann nicht überzeugt von dem Arrangement war, jedoch als Diener seiner Herrin tun musste, was sie von ihm verlangte. Aber sie verscheuchte diesen Gedanken, bevor er sie völlig verunsichern konnte.

Sie schritten schließlich auf die *Obere Stube* zu, das Haus, in dem der Patriziertanz stattfinden sollte. Der zweigieblige Bau, dessen obere Fensterreihe durchgehend beleuchtet war, strahlte Erhabenheit aus mit seinem Säulengang vor dem Untergeschoss und den Verzierungen zwischen den gleichförmigen Fensterreihen.

Laila hätte sich nie träumen lassen, dieses Gebäude einmal betreten zu dürfen. Es war den reichen Familien und ihren Zusammenkünften vorbehalten, eine einfache Handwerkertochter hatte hier nichts verloren. Unvermittelt fiel ihr ein, dass sie sich keine Gedanken darüber gemacht hatte, was geschehen würde, wenn ihre Verkleidung durchschaut und ihre wahre Identität aufgedeckt würde. War es verboten, was sie hier tat? Sie atmete einmal tief durch, hielt aber weiter an der Seite ihres Begleiters auf den Portikus zu.

Im Eingangsbereich wurden ihnen die Umhänge abgenommen. Laila zog den Schleier etwas ins Gesicht, was zur Folge hatte, dass sie sich nicht allzu neugierig umschauen konnte. Auf der breiten Treppe ins Obergeschoss begegneten sie andern Gästen, alle ähnlich kostbar gekleidet wie sie. Laila ging davon aus, dass ihre Doppelgängerin hier alle Personen kannte, und so lächelte sie höflich und grüßte mit einem Nicken, bemüht, möglichst unauffällig zu wirken. Keiner hielt sie auf, bis sie in den großen Tanzsaal kamen.

»Na also, da ist sie ja.« Eine Frau mittleren Alters drehte sich mit offenem Lächeln zu ihr um, stutzte kurz, sah dann auf Johann und überspielte ihr Zögern, indem sie auf Laila zukam.

»Barbara Besserer, die Gattin der Bürgermeisters«, raunte Johann, bevor die Frau sie erreicht hatte, Laila mit festem Griff am Arm nahm und sie mit sich zog. Johann ließ sie einfach stehen.

»Wie geht es Euch, meine Gute, ich befürchtete schon, Ihr würdet auf die Idee verfallen, zu Hause zu bleiben, doch die Abwesenheit Eures Gatten ist ja kein Grund, sich der gesellschaftlichen Zusammenkünfte zu entziehen, nicht wahr?«

Offenbar fühlte sich die Frau als Gastgeberin, denn sie dirigierte Laila zu einer Bank am Rande und hieß sie, sich zu setzen.

»Danke«, flüsterte Laila und wusste nicht, welche der drei Bankreihen nun für sie angemessen war. Ganz hinten die schien für Nonnen gedacht, vier dunkel gekleidete Frauen saßen dort, die das Geschehen beobachteten, ihre weiß umrahmten Hauben streng um das Gesicht gelegt.

»Was ist mit Eurer Stimme, seid Ihr krank?«, fragte Frau Besserer und die Goldkette um ihren Hals funkelte in dem Licht, welches die Kerzen an den Wänden spendeten. Echte Kerzen, fuhr es Laila durch den Kopf. Die gibt es doch nur in der Kirche.

Sie winkte lächelnd ab und wich dem durchdringenden Blick ihres Gegenübers aus, indem sie zu Boden sah. »Nur zu viel gesprochen gestern. Meine Schwägerin war zu Besuch.« Laila gab ihren Worten etwas mehr Ton, damit sie nicht allzu kränklich wirkte, und betete darum, dass Dietlind tatsächlich eine Schwägerin besaß. Ihr Gegenüber schien zufrieden.

»Das geht vorbei«, meinte die Frau des Bürgermeisters. »Setzt Euch, setzt Euch.« Damit wandte sie sich ab.

Gerne, nur wohin?, dachte Laila und spürte den Schweiß im Nacken. Vorn saßen sicher die bedeutenderen Personen. Gehörte Dietlind nun dazu oder eher nicht? Sie blickte sich nach Johann um, der immer noch neben dem Eingang stand. Er beobachtete sie, schien ihr Zögern zu bemerken und machte ihr ein Zeichen, das sie nicht deuten konnte. Das fing ja gut an. Entschlossen wählte sie die zweite Bankreihe, in der sich bereits ein paar Frauen versammelt hatten. Sie sahen hoch, als sie sich zu ihnen gesellte.

»Dietlind, wie schön, Euch zu sehen. Euer Gatte ist noch unterwegs?«

Auch bei ihnen genügten ein paar halb geflüsterte Worte, um Lailas Wortkargheit zu begründen. Fortan redeten sie und Laila hatte nicht das Gefühl, dass die Themen sich von denen unterschieden, welche die Frauen der Handwerker auf dem Markt miteinander austauschten. Sie fühlte sich besser bei dem Gedanken, nickte, lächelte, lachte heiser, wenn die anderen lachten. Ihre Gesprächspartnerinnen waren alle in etwa demselben Alter wie sie selbst. Und offenbar kannten sie sich gut. Glückliche Fügung hatte sie den richtigen Platz wählen lassen und mit zunehmender Sicherheit blickte sie sich im Raum um.

Die Kerzen hingen so zahlreich in Leuchtern an den Wänden, dass man das Gefühl hatte, es sei taghell. Was für eine ungeheure Verschwendung, dachte Laila. Tische gab es keine, Bänke nur an den Wänden, Männer und Frauen saßen getrennt. Die Gespräche wurden übertönt von einer Gruppe von Musikern, die nun kräftiger aufspielte. Sie standen auf einem Podest und musizierten auf einer Querflöte, einer normalen Flöte, einer Trommel und zwei Lauten. Die ersten Paare begaben sich in die bis dahin leere Mitte des Saales. Laila konnte prächtige Gewänder bestaunen. Eines in einem leuchtenden Rot besaß eine lange Schleppe, sodass Laila sich fragte, wie die Trägerin unbeschadet hierher gekommen war. Eine andere Frau trug ein schwarz-weiß gestreiftes Kleid mit gewagtem Ausschnitt, auf dem Kopf ein farblich passender Hut mit großer Feder. Auch Schmuck gab es reichlich. Mit gemessenen Tanzbewegungen gingen die Paare im Kreis. Es hatte so gar nichts von den übermütigen Marktvergnügungen, die Laila mit den Spielleuten immer in den Dörfern erlebte.

Sie überlegte, weil ihr kein richtiger Begriff für das einfiel, was sie gerade fühlte. Es war berauschend, sich als Teil dieser Gesellschaft wiederzufinden. Je weiter der Abend voranschritt, desto mehr mischte sie sich in die Gespräche der Frauen ein, brachte sie mit Bemerkungen zum Kichern und wurde ganz Teil der Gruppe. Wenn es um den besten Schneider der Stadt Ulm ging, konnte sie schließlich mitreden, denn den kannte sie persönlich. Nur eben nicht so, wie die Frauen das dachten, nicht als Kundin. Er war ein Freund ihres Vaters gewesen und seine Frau schaute heute noch ab und an bei der Mutter herein.

Zwei Mal musste Laila Aufforderungen zum Tanz ablehnen, doch es schien ihr niemand übel zu nehmen. Wie einfach diese Aufgabe doch war. Sie hatte sogar den Schleier wieder sinken lassen, weil es ihr zu dumm wurde, ihn ständig vor ihren Mund zu halten. Hier und da erkannte sie ein Zögern, wenn sich jemand neu zu ihnen gesellte, doch keiner zweifelte wirklich, dass sie die richtige Dietlind war. Wer sonst auch sollte sie sein? Sie lächelte, während sie erneut einen Tänzer abwies, blickte dann zu Johann in Richtung Eingang und erstarrte.

Eine Frau stand dort. Sie wedelte aufgebracht mit dem freien Arm, den anderen hielt Johann gepackt und wollte sie aus dem Saal ziehen. Ein weiterer Mann erschien und Laila erkannte ihn sofort. Er war mit der reichen Patrizierin zusammen gewesen, mit der sie auf dem Marktplatz aneinander gestoßen war.

Entsetzt betrachtete Laila das Geschehen. Als die Frau in den Saal schaute, konnte sie das Gesicht noch besser erkennen. Ja, sie sahen sich in der Tat ähnlich, diese Dietlind und sie selbst. Laila hatte das irritierende Gefühl, in ihr Spiegelbild zu schauen. Doch was um Himmels Willen wollte ihre Auftraggeberin hier, wenn sie Laila doch dafür bezahlte, sie zu vertreten? Johann gelang es mithilfe des zweiten Mannes, Dietlind ein Stück weit zurückzuschieben, sodass sie vom Saal aus nicht mehr so leicht zu erkennen war. Zudem verdeckten die Tanzenden den Blick.

Laila erhob sich hastig, entschuldigte sich, und verließ ihren Platz auf der Bank. Sie brauchte ein Versteck, in dem sie zumindest eine Zeit lang unauffällig bleiben konnte, bis sich die Lage geklärt hatte. Zum Eingang konnte sie nicht, ohne dass diese ganze Verkleidung aufgefallen wäre. Noch einmal erhaschte sie einen Blick auf das Gesicht der Frau, die sich energisch an dem anderen Mann vorbei drängte. Laila entschied sich für eines der nahen Fenster, lehnte sich mit dem Rücken zum Geschehen gegen die Brüstung und schaute hinaus. Ruhe bewahren, sagte sie sich. Sie musste das alles nicht verstehen. Sobald sie hier herauskam, war sie wieder Laila, die einfache Tochter eines Buchbinders. Das allerdings nur, wenn man sie nicht vorher entdeckte und wegen ihrer Täuschung weiß Gott was mit ihr anstellte. Sie versuchte, aus den Geräuschen im Saal herauszuhören, was vor sich ging, aber die Musik spielte zu laut, Lachen übertönte die Gespräche. Als sie es endlich wagte, sich wieder umzudrehen, waren sowohl Johann als auch Dietlind vom Eingang verschwunden. Nur der Mann vom Marktplatz stand noch da, sah sich suchend um und betrat dann den Raum zur anderen Richtung hin. Ein Blick zu den Frauen, bei denen Laila gesessen hatte, zeigte ihr, dass die sich nur um sich selbst und ihre lebhaften Gespräche kümmerten. Offenbar hatten sie nichts bemerkt.

Ohne weiter darüber nachzudenken, begab Laila sich zum Ausgang. Der Weg kam ihr endlos vor und sie hatte Mühe, das Lächeln und den aufrechten Gang durchzuhalten. Endlich hatte sie es aus dem Saal geschafft, lief die Treppe hinunter, ließ sich unten den Umhang geben und hastete dann nach draußen. Sie bekam einen Schreck, als sich ein Gebäude weiter ein Schatten löste und auf sie zukam. Dann erkannte sie, wer es war.

»Irene, Gott sei Dank!« Laila zog die Freundin in eine Seitengasse.

»Was ist geschehen?«

»Diese Dietlind ist dort oben. Ist diese Frau verrückt? Was denkt sie sich dabei, sie bringt uns doch beide in Bedrängnis.« Erst jetzt drang die Frage der Freundin wahrhaftig zu Laila durch und sie spürte, wie sie zu zittern begann. »Es ist alles wunderbar gewesen, niemand hat Verdacht geschöpft, aber plötzlich kam sie in den Saal, wir waren zweifach anwesend. Zum Glück hat es niemand bemerkt. Ich will jetzt so schnell wie möglich weg hier, komm.«

»Was ist mit dem Kleid?«

»Das nehm ich als Pfand mit. Dieser Johann weiß, wo er uns findet und er schuldet mir noch Geld.«

Nie wieder, schwor sie sich, würde sie so etwas mitmachen. Diese hohen Herrschaften mit ihren Schrullen und Unmöglichkeiten konnten ihr gestohlen bleiben, und wenn sie ihr noch so viel Geld boten für absonderliche Dienste. »Trau keinem der reichen Leute über den Weg«, der Spruch ihrer Mutter kam Laila in den Sinn und sie war versucht, ihr recht zu geben.

KAPITEL 5

Johann hatte Dietlind aus dem Raum gezerrt und weggebracht. Maxim hatte in dem Saal zwischen den vielen Tanzenden eine ganze Weile nach der Flötenspielerin gesucht, um ihr zu sagen, dass ihre Aufgabe beendet sei und sie nach Hause gehen solle. Aber er hatte sie nicht finden können und sich viel zu lange mit der Suche aufgehalten, auch weil er immer wieder von Bekannten angesprochen und in ein Gespräch verwickelt worden war.

Schließlich machte Maxim sich auf den Rückweg, lief durch die dunklen Gassen mit einer Laterne in der Hand, in der ein Talglicht brannte, das ihm den Weg leuchtete. Als er am Haus seiner Familie eintraf, hörte er ein Geräusch und ging in die Gasse daneben, zu der eine Seitentür hinführte. Er vermutete, dort auf Dietlind zu treffen, die sich aus dem Haus schleichen wollte, doch stattdessen fand er Johann, der sich an einem Karren zu schaffen machte, vor den ein Pferd gespannt war. Erst als Maxim das Licht hochhob, erkannte er die Tote auf der Ladefläche und konnte die Lampe gerade noch auffangen, die ihm vor Schreck aus der Hand zu gleiten drohte.

Johann blickte hoch, als er das Geräusch hörte. Seine Haltung wirkte angespannt. Erst, als er Maxim erkannte, glättete sich die Sorgenfalte auf seiner Stirn. »Wir haben alles versucht, aber es war nichts mehr zu machen. Sie ist kopfüber aus dem Fenster gesprungen. Hat sich das Genick gebrochen. Ich werde sie auf das Gut der Familie zu Friedrich bringen wie geplant.«

Maxim hatte den Eindruck, es wäre Johann lieber gewesen, wenn er ihn nicht in der Gasse überrascht hätte. »Wie konnte das geschehen?«, fuhr er ihn an und beugte sich über seine Schwägerin. Er leuchtete mit seiner Laterne in ihr Gesicht. Die Hände hatte sie über der Brust gefaltet, das Kleid war verschmutzt, zerrissen. Ansonsten sah sie friedlich aus und so ruhig, wie er sie nicht gekannt hatte. Johann hatte sie nur notdürftig hergerichtet. Jetzt schob er Maxim weg und bedeckte sie mit einem Tuch, welches er mit Steinen am Rand beschwerte. Ein letztes Mal sah Maxim die bleichen Züge und konnte es nicht glauben, dass Dietlind hier so leblos vor ihnen lag. Es schien ihm nur Augenblicke her, seit er versucht hatte, sie daran zu hindern, an der Tanzveranstaltung der Patrizier teilzunehmen. Sie war so voller Wut gewesen. So lebendig.

»Wie! Sag mir, wie das passiert ist!«, wiederholte er.

Johann fuhr bei den Worten zusammen, seine Anspannung war aus jeder seiner Bewegungen spürbar. Er griff nach den Zügeln des Pferdes.

»Ich habe es Euch geschildert. Nun lasst mich meine Arbeit tun, bevor die Nachbarschaft durch Euer Geschrei aufmerksam wird. Gottlob hat noch niemand etwas bemerkt.«

Maxim blieb reglos stehen, während Johann den Karren in Bewegung setzte. Die Geschehnisse der letzten Stunden liefen vor seinem inneren Auge ab, so als könne er darin eine Erklärung für Dietlinds Tod finden. Warum war sie so aufmüpfig gewesen, warum hatte sie unbedingt ihren Willen durchsetzen und ins Haus der Patrizier eilen müssen, und warum hatte er sie nicht aufhalten können?

Er war sicher, dass sie jetzt noch leben würde, wenn er nicht derart versagt hätte.

Während Johann sich auf den Karren setzte und das Pferd mit einem Zungenschnalzen antrieb, spürte Maxim eine innere Leere, die er zum letzten Mal gefühlt hatte, als sein Vater gestorben war. Er starrte dem Karren hinterher und dachte an seinen Bruder Guntram, daran, wie er reagieren würde, wenn er vom Tod seiner Frau erfuhr. Und ob er ihm Vorwürfe machen würde. Er wusste nicht, wie lange er so dagestanden hatte. Die Kälte kroch durch seine Kleidung und schließlich setzte er sich wieder in Bewegung.

Maxim fand die Seitentür verriegelt vor und nahm die Vordertür des Hauses, dessen Inneres im Dunkeln wie ausgestorben war. Sämtliche Tonlämpchen waren gelöscht. Offenbar hatten sich Diener wie Bewohner schon lange zu Bett begeben. Eine würde noch wach sein, das wusste er. Weil er durchgefroren war, behielt er seinen Umhang an und nahm die breite Treppe, die ihn ein Stockwerk höher führte. Am Zimmer seiner Mutter klopfte er. Nach ihrer Aufforderung trat er ein und sah sie am Fenster stehen. Ihre Gestalt wurde erhellt von einer Öllampe auf einem Tisch. Sie starrte hinunter auf die Gasse, blieb reglos ein paar Atemzüge lang. Endlich drehte sie sich um.

»Was ist geschehen, Mutter?«, fragte er und stellte seine Laterne auf dem Boden ab.

Kyrilla verdeckte mit beiden Händen ihr Gesicht und atmete einmal tief ein. Dann ließ sie die Hände wieder sinken. In ihrem Blick konnte er sehen, dass sie Dietlinds Tod ebenso wenig begriff wie er selbst.

»Sie ist gesprungen. Von ihrem Zimmer aus. Wir konnten nichts tun.«

»Aber warum? Sie kann sich doch nicht derart gegrämt haben, nur weil sie ein paar Wochen von hier weg sollte?« Er dachte an Dietlinds Aufbegehren, nachdem sie darüber unterrichtet worden war, dass sie nicht heute Abend zum Tanz gehen durfte. Sie hatte zunächst ruhig reagiert, sich dann geweigert, um ihm schließlich mit der flachen Hand ins Gesicht zu schlagen und sich so den Weg nach draußen zu bahnen. Erst mit Verzögerung erkannten sie, wohin sie sich begeben wollte. Zwar bekam er sie noch zu fassen, aber sie hatte getobt und war ihm entwischt. Und nun dieses schreckliche Ende.

»Sie wird zu Friedrich gebracht und im Grab der Familie beerdigt. Wir können hier keinen Aufruhr gebrauchen, in Ulm darf niemand von ihrem Tod wissen, hörst du?«, drangen die Worte seiner Mutter an sein Ohr.

»Wir haben sie auf dem Gewissen.«

»Sie hat sich getötet aus Kummer darüber, dass sie ihren Liebhaber verlassen sollte. Ich trauere genauso wie du. Glaub mir, ich hätte es verhindert, wenn ich gekonnt hätte.«

»Sie hatte einen Liebhaber?« Das war ihm neu, verwunderte ihn allerdings nicht.

»Woher sollte ich wissen, dass ihre Gefühle für diesen anderen Mann so tief gingen? Sie war mit Guntram verheiratet, Maxim!«

»Es ist widersinnig. Sie war so voller Leben.« Ja, er empfand es tatsächlich als unglaubwürdig. Dietlind hätte jeden anderen Weg gewählt, aber nicht diesen, das passte nicht zu ihr.

»Gott wird sie trotz ihrer Verfehlungen zu sich nehmen, davon bin ich überzeugt.« Kyrilla kam auf Maxim zu und fasste ihn fest am Arm. »Aber du willst sicher genauso wenig wie ich, dass sie in ungeweihter Erde ruhen muss, nur weil sie sich im Wahn selbst tötete.« Kyrilla machte eine Pause. »Sie hat das nicht verdient, also hör mir zu: Kein Wort zu niemandem. Das Mädchen, das heute Abend Dietlind vertrat, hat seine Sache gut gemacht. Wir werden sie weiter beschäftigen. Sie ist für uns nun wichtiger denn je. Niemand darf erfahren, wie Dietlind umgekommen ist!«

Seine Mutter wollte Dietlind tatsächlich durch die Flötenspielerin ersetzen. Die Täuschung war bei dem Ball offenbar gelungen, keiner der Anwesenden hatte Verdacht geschöpft. Nur, würde es gelingen, sie dauerhaft auszutauschen? Was stand auf dem Spiel, wenn diese Maskerade scheiterte? Sie konnten nicht einfach eine Tote nach Ulm zurückrufen, sollte irgendwer Verdacht schöpfen. Mit der lebendigen Dietlind hingegen wäre das jederzeit möglich gewesen.

»Ich werde mich wie bisher im Hintergrund halten«, fuhr seine Mutter fort. »Du und Johann, ihr weist das Mädchen in seine Rolle ein. Rike, Dietlinds Magd, wird euch unterstützen, sie wird befolgen, was ich ihr sage. Ich selbst tue so, als wisse ich von nichts. Je weniger Personen beteiligt scheinen, desto besser und desto glaubwürdiger wird unser kleines Arrangement. Du gibst dich gegenüber dem Mädchen als Dietlinds Liebhaber aus. Du willst, dass ihr Tod und der Grund dafür vertuscht werden, damit eure Liebschaft nicht herauskommt, schließlich bist du der Bruder des Ehemanns.

Ich weiß offiziell von nichts und werde wie alle anderen getäuscht.«

»Und dann, wie soll es weitergehen? Sie kann diese Rolle nicht ewig spielen.«

»Dietlind wird auf dem Gut deines Bruders durch einen Unfall umkommen, aber vorerst muss der Schein gewahrt werden. Denk an deine beiden Brüder, an das, was dein Vater für sie aufgebaut hat. Wir dürfen jetzt nicht ins Gerede kommen. Ich werde mich um alles Weitere kümmern, aber bis dahin müssen wir dieses Mädchen als Dietlind ausgeben. Schau zu, dass du sie dazu bringst mitzuspielen. Ich brauche deine Hilfe. Dein verstorbener Vater hätte das von dir ebenso erwartet. Wir sind eine Familie und müssen zusammenstehen.«

Er wusste, dass sie recht hatte. Sie waren eine Familie und standen füreinander ein. So wie sie ihm geholfen hatte, als er am Boden lag, weil seine missratenen Geschäfte ihn in den Ruin getrieben hatten, so musste er jetzt für sie da sein und das tun, worum sie ihn bat. Auch wenn er ihr Vorgehen nicht wirklich verstand, sie würde wissen, was sie tat, das war bislang immer so gewesen.

Maxim ging zum Fenster und starrte hinaus in die Dunkelheit. Was hatte Dietlind dazu bewogen, einfach auf die Brüstung zu steigen und sich hinunterzustürzen? Sicher, sie war aufgebracht gewesen, doch er hatte sonst keinerlei andere Regung bei ihr gespürt außer Ärger. Er und Dietlind, das waren zwei Welten, die nicht zueinander passten, vielmehr gepasst hatten, korrigierte er sich in Gedanken. Ihn beschlich das Gefühl, dass er sie nie richtig gekannt hatte. Er verspürte Trauer über ein viel zu früh beendetes Leben und schwor ihr, dass er sie wenigstens vor den

Folgen ihrer unbedachten Tat schützen würde. *Damit du deinen Frieden findest*, dachte er, drehte sich zu seiner Mutter, die ihn immer noch beobachtete, und nickte.

»Ich werde tun, was du von mir verlangst.«

»Gut. Dann lass es mich dir noch einmal genau erläutern.«

Fast bedauerte Laila es, als sie am folgenden Morgen Johann die leere Gaststube betreten sah. Natürlich war er in erster Linie wegen des Kleides gekommen, darüber machte sie sich keine falschen Hoffnungen. Sie glaubte nicht, dass er es ihr mit großzügiger Geste überlassen würde, wenn sie ihn darum bitten würde. Obwohl diese Dietlind doch sicher genügend solcher Gewänder besaß und das Fehlen dieses einen sicher nicht bemerken würde.

Laila saß mit Irene beim Frühstück. In der Küche hatten sie ein paar übrige Leckereien vom Vortag entdeckt, kalte Pastetchen, Käse, frisch gebackenes Brot. Jemand hatte ein kleines Fest gefeiert. Laila ließ die angebissene Pastete sinken und erhob sich, um das Kleid zu holen, welches sie wieder sorgsam verpackt hatte. Sie bedeutete Johann, sich zu setzen, und lief in den Schlafraum. Beim Zusammenfalten hatte sie ein letztes Mal über den Stoff gestrichen, nun überreichte sie Johann das Paket. Von ihm bekam sie einen kleinen Stoffbeutel, in dem sie die harten Münzen erfühlen konnte, und sie wusste, dass sie die Münzen notwendiger brauchte als alles andere sonst. Auf keine einzige konnte sie zugunsten des Kleides verzichten. Sie traute sich nicht, die Börse zu öffnen und nachzuzählen, wollte nicht misstrauisch erscheinen.

»Ihr habt Eure Sache gut gemacht«, sagte Johann.

Laila nickte nur. Irene hingegen blickte erwartungsvoll zu ihrem Gast. Auch Laila spürte, dass es noch nicht alles war, was der Mann ihr sagen wollte. Er räusperte sich. »Es ist ein Unglück geschehen. Wir brauchen Euch und Eure Dienste noch für ein paar Tage länger.«

Laila verschluckte sich und musste husten. »Aber …«, sie mahnte sich dazu, nicht unüberlegt zu reden und dachte kurz nach, bevor sie den Satz fortführte. »Eure Herrin ist gestern im Saal erschienen, offenbar war es ihr doch nicht so wichtig, eine Vertreterin für die Veranstaltung zu haben. Sie hätte uns alle damit in Schwierigkeiten bringen können, das ist Euch sicher klar und ihr auch.«

»Dietlind war außer sich, weil ihr Liebhaber sich von ihr getrennt hat. Er ist der Bruder ihres Ehemannes und die Vernunft hat es ihm geboten, die Affäre zu beenden.«

»Ein Liebhaber?«, fragte Laila irritiert.

»Er ist es, der mich heute zu Euch schickt.«

Laila erinnerte sich an den zweiten Mann, der am Abend zuvor im Raum erschienen war und den sie bereits auf dem Marktplatz gesehen hatte. Sie schüttelte den Kopf. Die Ermahnung ihrer Mutter kam ihr wieder in den Sinn. *Halte dich fern …*

Eine Weile herrschte Stille, die nur durch ein erneutes Räuspern Johanns durchbrochen wurde. Schließlich schien ihm genug Zeit vergangen, um die Neuigkeiten zu vervollständigen, und er fuhr fort: »Meine Herrin lebt nicht mehr. Sie ist gestern Nacht aus Gram um die Trennung aus dem Fenster gesprungen.«

Laila erhob sich, ging ein Stück vom Tisch weg, drehte sich dann um und blickte in das fragende Gesicht ihrer Freundin Irene.

»Ich soll also in die Rolle einer Toten schlüpfen, ist es das, was Ihr mir hier antragen wollt? Ich soll sie …«, sie zögerte, »ersetzen? Wie stellt Ihr Euch das vor?« Sie verschränkte die Arme vor der Brust und blieb stehen.

Johann musterte sie durchdringend, doch er sagte nichts. Schließlich schüttelte Irene unmerklich den Kopf. Laila biss sich auf die Lippe. Ihr Gefühl sagte ihr, dass sie sich hier auf etwas einlassen würde, was ihrer Kontrolle entglitt, weil sie es nicht durchschaute. Sie spürte den Widerspruch mehr, als dass sie ihn hätte benennen können. Johanns Gesicht war ausdruckslos, er bemühte sich sichtlich um Überlegenheit, doch er war kein guter Schauspieler.

Ihr Blick fiel auf das verschnürte Bündel mit dem Kleid, das neben ihm auf dem Tisch lag.

»Ihr werdet gut bezahlt und es wird nur ein paar Tage dauern. Wir werden die Dinge regeln, einen Unfall Dietlinds auf dem Landgut der Familie vortäuschen, doch all das braucht Vorbereitung. Ihr versteht sicher, dass niemand von der Verbindung Maxim Nehlins zu seiner Schwägerin erfahren darf. Und somit auch nicht den Grund für ihren Tod«, erklärte Johann. »Und kommt nicht auf die Idee, dieses Wissen unrechtmäßig für Euch zu nutzen. Ich erzähle Euch das alles im Vertrauen. Damit Ihr versteht.«

Wieder traf sich Lailas Blick mit dem ihrer Freundin und ihr war klar, was Irene dachte. Sie hatte verstanden, in welcher Verhandlungsposition sie sich befanden.

»Als Entlohnung bekomme ich den doppelten Verdienst pro Tag als bisher?«

»Mein Wort darauf«, antwortete Johann, ohne zu zögern.

Laila ging langsam zurück zum Tisch und setzte sich. Sie hätte gerne Zeit gehabt, um sich alles in Ruhe zu überlegen, doch ihr war klar, dass Johann sich nicht vom Fleck rühren würde ohne eine Antwort von ihr. Trotzdem versuchte sie nachzudenken, das Für und Wider abzuwägen. Die Spielleute würden sich bis nach Fastnacht noch in Ulm aufhalten, es bestand also keine Gefahr, dass sie ohne Laila weiterzogen. Sicher würde Reginald ihr auch weiterhin die Möglichkeit eines lukrativen Zubrotes nicht verwehren, auch wenn sie immer noch nicht vorhatte, ihm die Wahrheit über die Art der Beschäftigung zu erzählen. Er hätte sich sonst nur allzu leicht ausrechnen können, dass sie deutlich mehr Münzen bekam als für einfache Flötenspielerei.

Sie holte tief Luft, blickte von Irene zu Johann und zurück. Die Freundin zog eine Braue hoch, aber Laila wusste, dass sie auf ihre Unterstützung würde zählen können, ganz gleich, was geschah.

»Ich mache es unter zwei Bedingungen. Die eine ist, dass es nur vier Tage dauern darf, länger nicht. Alles, was danach geschieht, geht mich nichts an.«

»Und die zweite?«

»Das Kleid. Das will ich zusätzlich zu meinem Lohn behalten.«

KAPITEL 6

Irene blickte Laila nach, als die in Begleitung von Johann die Gasse entlang lief. Sie wünschte, sie könnte der Freundin beistehen bei ihrer Aufgabe, sie vielleicht als falsche Dienerin begleiten. Ihr war klar, dass die nächsten Tage nicht einfach für Laila werden würden, fast bereute sie es, ihr nicht deutlicher abgeraten zu haben. Laila drehte sich noch einmal kurz um und winkte. Irene erwiderte den Gruß mit einer aufmunternden Geste. *Mach, Mädchen, das schaffst du*, dachte sie und hoffte, dass ihre Gedanken die Freundin erreichten.

Sie zog sich ins Innere des Hauses zurück, räumte die Essensreste vom Tisch und wischte dessen Oberfläche mit einem feuchten Lappen sauber. Dann ging sie in die Küche zurück und beschloss, auch hier etwas Ordnung zu schaffen. Mit einem Eimer holte sie im Hof am Brunnen Wasser. Eiskalt schwappte es über ihre Hand, als sie das Gefäß zurück zum Haus trug. Dort schürte sie das Feuer, um das Wasser zu erhitzen.

Während sie damit beschäftigt war, in die Glut zu blasen und leicht entzündliches Kleinholz auf dem Herd zu schichten, wurde sie unvermittelt von hinten an der Hüfte gepackt und einmal herumgewirbelt. Dabei stieß sie sich ihr Bein schmerzhaft am gemauerten Herd.

»Las mich, du Trampel!«

Reginald setzte sie auf dem Boden ab und zwinkerte ihr zu. Immer wieder erstaunte sie seine Kraft. Obwohl er schmal und schlank von Statur war, konnte er sich mit so manchem messen, der ein breiteres Kreuz besaß.

»Hier bist du also«, meinte er lächelnd. »Ich hab dich vermisst, es war so kalt auf meinem Lager.«

Sie stellte sich auf die Zehenspitzen und gab ihm einen Kuss auf die Wange, doch ehe er sie wieder festhalten konnte, entwand sie sich ihm und ging zurück an den Herd, auf dem das Feuer wieder erloschen war. Sie fluchte.

»Dafür, dass du meine Lieblingstänzerin bist, hast du ein ganz schon ruchloses Mundwerk.«

»Was hat denn das eine mit dem anderen zu tun?« Irene war abgelenkt durch ihre Bemühungen, die Glut wieder anzufachen. Sie legte noch ein wenig Reisig dazu und blies kräftig. Endlich züngelten Flammen um das Holz.

»Erzähl mir, wie ist es unserer Laila ergangen bei ihrem gestrigen Flötenspiel vor den hohen Herrschaften?« Reginald setzte sich an den Tisch und schaute Irene zu, wie sie einen Topf mit Wasser füllte und ihn über das Feuer hängte. Der Geruch nach Rauch hing in der Luft. Irene öffnete ein mit Tierhaut bespanntes Fenster, ehe sie antwortete.

»Gut, mein Lieber. Sogar so gut, dass die Herrschaften sie heute und die nächsten Tage gleich weiter beschäftigen wollen.«

Reginald schaute sie fragend an. Irene ging die Lüge nicht leicht von den Lippen, es war ihr unangenehm, dass sie ihm nicht die Wahrheit sagen durfte. Sie fühlte sich Lailas Bitte um Verschwiegenheit verbunden, doch nicht minder wichtig war ihr Reginalds Vertrauen. Zwischen den beiden Menschen zu stehen, die ihr am meisten bedeuteten, missfiel ihr, und sie wandte sich wieder zum Kochtopf, damit er ihr Gesicht nicht sehen konnte.

»Sie fällt für die Fastnachtspiele aus?«

Irene hörte Reginalds Stimme in ihrem Rücken, doch sie drehte sich nicht um, sprach stattdessen in Richtung Kochtopf. »Sie verdient dort gutes Geld. Du weißt ebenso wie ich, dass sie uns verlassen wird, wenn sie bei uns nicht bald mehr als den jetzigen Hungerlohn einstreicht.«

Das Wasser fing an zu dampfen, deshalb nahm sie es vom Herd und schüttete es in einen Bottich mit dreckigem Geschirr. Mit kaltem Wasser füllte sie es auf und begann, Teller, Becher, Schüsseln und Messer zu reinigen.

»Ich hab es mir auch anders vorgestellt, das weißt du«, nahm Reginald nach einer Pause das Gespräch wieder auf. Bei seinen Worten sah Irene von ihrer Arbeit hoch.

»Ich wollte dir keinen Vorwurf machen. Ich wollte dir nur erklären, wie wichtig es für Laila ist, zu diesem Zusatzbrot zu kommen.«

»Geld, Münzen, schnöder Mammon, was ihr immer damit habt!«, meinte Reginald unwirsch.

»Was wir immer damit haben?«, gab Irene zurück. »Vielleicht haben wir Hunger, wollen etwas Vernünftiges zum Anziehen, um nicht zu frieren. Du verstehst nicht. Wenn wir mit unseren Aufführungen nicht auf Dauer Erfolg haben, dann stehen wir mit nichts auf der Straße. Du hingegen kannst zurück in dein warmes Nest.«

»Hör auf damit!«, Reginald schlug mit der flachen Hand auf den Tisch, sodass es ein dumpfes Geräusch gab und das saubere Geschirr, das sie darauf gestellt hatte, aneinander klapperte. »Halte mir nicht immer vor, dass ich aus gutem Hause stamme. Du kannst mir glauben, dass es dorthin keinen Weg zurück gibt, und ich hungere genauso wie ihr, wenn wir nicht genug erwirtschaften.«

Irene hob ihre nassen Hände aus dem Bottich und wischte sie an ihrem Rock ab. Sie dachte darüber nach, wie sie ihn wieder beruhigen konnte. »Laila braucht Geld für ihre Mutter. Lass sie welches dazu verdienen, damit sie uns weiter begleitet.«

Reginald starrte auf den Tisch und antwortete nicht.

»Sie ist meine Freundin, Reginald. Ich möchte nicht, dass sie geht.«

»Schon gut«, er winkte sie zu sich her und zog sie auf seinen Schoß. Seine Arme umschlossen ihre Hüfte und mit dem Gesicht in ihrem Haar murmelte er: »Ich bin kein Abenteurer.«

Irene musste lächeln und antwortete leise: »Bist du doch.«

»Ich übernehme Verantwortung.«

»Das stimmt.«

»Ich lasse euch nicht im Stich.«

»Auch wahr.« Sie spürte seinen Atem an ihrem Nacken. Es kitzelte, doch sie rührte sich nicht. »Trotzdem bist du ein verwöhntes Adelssöhnchen.«

»Stimmt nicht.«

»Du versprichst zu viel und hältst zu wenig.«

»Das sind die Umstände.«

Irene drehte sich zu ihm hin, um ihn zu umarmen. Sie wusste, wann sie gewonnen hatte. Dennoch konnten ein paar zusätzliche mahnende Worte kein Fehler sein. »Du musst schauen, dass du die Leute bei Laune hältst. Es sind gute Musiker und gute Tänzer. Wenn wir im kommenden Jahr wieder nur auf Dorffesten mit Naturalien entlohnt werden, wirst du nicht mehr lange eine Truppe von solch hervorragenden Spielleuten anführen.«

»Und Laila wird die Erste sein, die geht. Ich weiß. Glaube nicht, dass ich darüber nicht nachdenke. Ich denke sogar, dass wir sie sowieso nicht halten können. Sie weiß nicht, wo sie hingehört und was sie will. Sie spielt eine Rolle und sie spielt sie gut. Aber sobald sich was Besseres auftut, wird sie uns verlassen – und in eine andere Rolle schlüpfen, wirst sehen. Wie heißen die Leute, bei denen sie Flöte spielt?«

»Das hat sie mir nicht gesagt.« Irene machte sich los und erhob sich, um wieder zu dem Bottich zu gehen. Reginalds Worte gefielen ihr nicht. Im Grunde besagten sie, dass Laila nicht zu ihnen gehörte und es auch nie tun würde. Das gefiel ihr nicht und sie wollte es auch nicht glauben.

»Wofür brauchen sie den ganzen Tag eine Flötistin?«

»Sie haben sie auf dem Marktplatz gehört. Es hat ihnen gefallen. In der Familie ist jemand krank und der Medikus hat Musik als Heilmittel verschrieben.«

»Dann hätten sie uns alle einladen können.«

»Haben sie aber nicht.« Das Gespräch führte auf dünnes Eis und Irene überlegte fieberhaft, wie sie es in unverfängliche Bahnen zurückführen konnte. »Ich dachte, wir wollen ein Fastnachtspiel vorführen, nicht in muffigen Krankenzimmern den ganzen Tag über immer dieselbe Melodie spielen.«

Damit nahm sie den Bottich, in dem nun eine trübe Brühe schwappte, trug ihn in den Hof und entleerte ihn dort. Als sie zurück in die Küche kam, hatten sich zwei ihrer Gefährten zu Reginald gesellt und sprachen mit ihm über das Stück, das sie vorführen wollten. Erleichtert wandte sich Irene dem Herdfeuer zu und bereitete ein kräftiges Frühstück für die ganze Gruppe. Wenigstens hier in Ulm würden sie dank der Freundschaft des Gastwirtes keinen Mangel leiden müssen. Was danach geschah, das wusste sie nicht; und sie hatte den Verdacht, dass Reginald sich auch noch keine Gedanken darüber gemacht hatte. In der Fastenzeit bis Ostern mussten Spielleute sich zurückziehen, Auftritte waren verboten. *Gib Gott, dass wir genug verdienen, um irgendwo den restlichen Winter zu überstehen*, dachte sie.

Johann führte Laila etwas abseits vom Zentrum zu einem Haus, das ihr weniger imposant vorkam, als sie es erwartet hatte. Es besaß die für die Patrizierhäuser üblichen Erker und bestand aus Stein, aber weder lag es am Münsterplatz noch in einem Teil der Stadt, der direkt daran anschloss. Es überragte die anderen Gebäude in der Straße um ein gutes Stockwerk, hätte aber neben einem Haus einer alteingesessenen Ulmer Patrizierfamilie vermutlich klein gewirkt. Johann ließ ihr keine Zeit, das Gebäude zu bewundern, er zog sie in eine Seitengasse. Ein paar Straßen vorher hatte er darauf bestanden, dass sie die Kapuze des Umhangs so weit wie möglich in die Stirn zog und den Blick senkte. Sie sollte nicht auffallen, keiner durfte ihr Gesicht sehen, schließlich war sie ab sofort für die nächsten Tage Dietlind – und die schlich sich nicht heimlich mit Johann in das Haus, in dem sie wohnte.

Durch einen Seiteneingang gelangten sie in ein enges Treppenhaus, welches wohl den Bediensteten vorbehalten war. Es roch nach frischem Brot und sie vermutete hinter der nächsten Tür, die vom dunklen Flur wegführte, die

Küche. Johann schob Laila weiter, sie nahmen die Stufen nach oben, ein Stockwerk höher, dann ein weiteres Stockwerk. Die Bretter knarrten, in ihrer Mitte befanden sich leichte Vertiefungen, dort, wo das Holz unter dem Schaben etlicher Schuhe dünner geworden war.

Laila konnte die Nervosität ihres Begleiters spüren, obwohl er sich so unnahbar gab wie zuvor. Er zwängte sich an ihr vorbei, öffnete eine Tür und spähte nach rechts und nach links. Dann winkte er sie zu sich.

»Dietlinds Zimmer ist schräg gegenüber auf der anderen Seite des Flures. Das Haus werdet Ihr Euch in den nächsten Tagen zur Genüge anschauen können.«

Laila nickte und gehorchte ihm. Sie huschte hinter ihm her, blickte sich nicht um und war froh, als sie schließlich in einem großen Raum ankamen, der ganz offensichtlich ein Schlafgemach war. Die Läden waren fast alle geschlossen, sodass nur diffuses Licht den Boden und die Möbel erhellte. Ein Bett, das für ihr Empfinden riesenhafte Ausmaße hatte, stand an der einen Wand. Gegenüber befand sich ein Tisch mit einem Stuhl, an dem Dietlind offenbar geschrieben hatte, denn es stand ein Tintenfass und ein Gefäß mit einer Feder darauf. Daneben lag ein kleiner Stapel weißes Büttenpapier. Es lag ein leichter Hauch nach einem Duftöl in der Luft, den Laila sofort erfasste, weil er ihr so ungewöhnlich vorkam. Die Zimmer, die sie bislang kannte, rochen nach Stroh, nach den Gerichten, die in der Küche gekocht wurden, nach Rauch vom Kamin oder dem billigen Talg der Lampen, nach Schweiß und ungewaschenen Kleidern. Aber sie rochen nie so angenehm wie hier, als hätte man alles in duftendes Blütenwasser getunkt, die Kleidung und die

Bettwäsche, sowie den Dielenboden mit teurem Wachs gewienert.

Ein Mann kam auf sie zu, den Laila als jenen erkannte, der auf dem Marktplatz bei der Gruppe dabei gewesen war und der bei der Tanzveranstaltung mit Dietlind in den Saal gekommen war.

»Ich bin Maxim. Der Bruder von Dietlinds Ehemann. Ich bin sehr erleichtert, dass du meiner Bitte gefolgt und mit Johann hergekommen bist.«

Laila spürte sein Zögern, auch wenn sie sein Gesicht in dem schlechten Licht nicht völlig erkennen konnte.

»Ich werde dann die Magd holen«, ließ sich Johann vernehmen und Maxim nickte ihm zu. Als der Diener aus dem Raum verschwunden war, entstand ein unangenehmes Schweigen. Laila erinnerte es an eine Aufführung, in der einer der Darsteller seinen Text vergessen hatte und nicht weiterwusste. Ihr fiel selber nichts ein, was sie hätte bemerken oder fragen können, und so wartete sie.

»Du siehst ihr wirklich ähnlich.«

»Johann sagte mir, dass Ihr mein neuer Auftraggeber seid?«

»Du darfst mich nicht so förmlich ansprechen. Du bist jetzt Dietlind. Und die kennt mich recht gut.«

»Woher wusstet I… Woher wusstest du von mir?« Die vertrauliche Ansprache fühlte sich unangenehm an.

»Dietlind hat es mir erzählt. Sie hatte die Idee, dass wir dich nun häufiger einsetzen könnten, um uns ungestört zu treffen, ohne dass wer Verdacht schöpft. Das war der Zeitpunkt, an dem ich ihr sagen musste, dass wir die Sache beenden müssen. Ich hätte es nie so weit kommen lassen dürfen. Guntram ist schließlich mein Bruder und ich liebe ihn sehr.«

Laila beobachtete Maxim, doch sie konnte nicht sagen, warum ihr seine Worte merkwürdig vorkamen. Es schien so vorgetragen, so zurechtgelegt, was er da von sich gab. Vielleicht war es auch schlicht zu intim, um es einer völlig Fremden zu beichten.

»Und deswegen ist sie aus dem Fenster gesprungen?«

»Ja.«

»Das erscheint mir merkwürdig.« Laila ging ein paar Schritte auf ein Fenster mit defektem Laden zu. Sie versuchte, nach unten auf die Straße zu spähen. Als Maxim nicht antwortete, bohrte sie weiter: »War es hier? Ist sie hier gesprungen?«

»Das tut alles nichts zur Sache, mach dir keine Gedanken darüber.«

Wieder entstand eine Pause, doch dieses Mal war sie ihr nicht so unangenehm wie zuvor. Sie drehte sich um und sah ihn immer noch an derselben Stelle stehen. Er hatte die Arme auf dem Rücken verschränkt, als habe er etwas in den Händen, was er verbergen wollte.

»Ich fühle mich schuldig«, sagte er. »Verstehst du das?«

Er wich ihrem Blick aus und zum ersten Mal hatte sie das Gefühl, dass er Anteil nahm.

»Es tut mir leid.«

»Es darf nicht herauskommen und du musst mir dabei helfen.«

»Und wie genau?« Eine Tanzgesellschaft zu täuschen war nicht so schwierig, zumindest nicht, wenn man wie sie im Schauspiel geübt war. Aber hier in diesem Haus lebte Dietlinds Familie. Die sah im Allgemeinen etwas genauer hin, wenn ein Mitglied sich veränderte. Laila war gespannt darauf, wie dieser Maxim sich das vorstellte. »Ihr Ehemann wird merken, wenn eine Fremde sich als seine Frau ausgibt, ganz gleich, wie ähnlich sie ihr sieht.«

»Guntram ist auf Reisen. Er kommt nicht so bald zurück.«

»Was ist mit den anderen Familienmitgliedern, sie leben doch hier im Haus?«

»Meine Mutter hat Dietlind in letzter Zeit nur selten gesehen. Sie haben nicht viel miteinander gesprochen. Dietlind kam nicht mit ihr aus, dabei meinte meine Mutter es gut mit ihr. Sie wird nichts merken, wenn du sie nicht ansprichst. Deine und Dietlinds Stimme unterscheiden sich zu sehr, also halte Kyrilla gegenüber den Mund.«

»Die Bediensteten?«

»Was ist mit denen?«

»Werden die nicht merken …«

Er machte eine abwehrende Handbewegung. »Wer hört schon auf Bedienstete? Mach dir keine Gedanken um sie. Der einzig Wichtige ist Dietlinds Vater. Er lebt auf einem Landgut außerhalb von Ulm. Aber er ist krank und er sieht nur noch schlecht. Der Tod seiner Tochter wird ihn umbringen. Er darf es nicht erfahren.« Wieder machte er eine Pause, bis er fortfuhr. »Es ist ein Unglück, glaub mir.«

»Ich werde diese Rolle nicht ewig spielen können. Vier Tage sind mit Johann ausgemacht.«

»Das gibt mir Zeit zu überlegen, was nun zu tun ist.«

»Was geschieht, wenn es herauskommt? Habe ich Euer Ehrenwort, dass Ihr mich schützt?« Ihr wurde bewusst, dass sie wieder in die Höflichkeitsform zurückgefallen war, doch sie ließ es so stehen und er schien es nicht zu bemerken.

»Du hast mein Ehrenwort, dass dir kein Leid geschieht. Ganz gleich, was passiert, ich übernehme die Verantwortung. Ich habe einen Menschen auf dem Gewissen und werde das kein zweites Mal dulden, das kannst du mir glauben.«

»Ich möchte mein Geld jeden Abend ausgezahlt bekommen.« Sie würde mit Irene Kontakt aufnehmen, um ihr die Münzen zuzustecken. Die Freundin würde sie anschließend Lailas Mutter zur Verwahrung bringen.

Maxim nickte und kurz darauf öffnete sich die Tür. Ein Mädchen schlüpfte hinein, knickste und blieb auf den Boden blickend stehen.

»Rike wird dir beim Anziehen helfen«, sagte Maxim. »Ich oder Johann werden dich abholen.«

Sobald er den Raum verlassen hatte, öffnete das Mädchen die Läden, sodass mit einem Mal alles sichtbar wurde. Zu dem Bett gesellten sich zwei bunt bemalte Truhen und ein einfarbiger Schrank, in den Ornamente eingearbeitet waren. Wie viele Habseligkeiten musste man besitzen, um sie in so vielen Behältnissen zu verwahren? Rike begann, geschäftig Kleider aus einer der Truhen zu ziehen und auf dem Bett zu drapieren, Kämme sowie Tiegel auf den Tisch zu stellen und den Hocker davor zurechtzurücken. Sie deutete auf die ausgebreitete Kleidung und sah Laila fragend an. Offenbar sollte sie etwas davon für den Tag aussuchen, daher entschied sie sich für ein blaues Kleid, wobei sie sich ermahnen musste, nicht voller Ehrfurcht den Stoff zu befühlen. Stattdessen schlüpfte sie aus dem Umhang und beobachtete die Magd, konnte aber keinerlei Erstaunen erkennen wegen der schlichten Kleidung, die darunter zum Vorschein kam. Vielleicht hatte Dietlind des Öfteren eine solche Maskerade betrieben, offenbar war sie eine Frau mit genügend Geheimnissen gewesen. Laila setzte sich auf den Hocker.

Als Rike ihr mit dem Kamm durch die Haare fuhr, versuchte Laila sich vorzustellen, wie Dietlind sich in dieser Situation geben, wie sie sich bewegen und was sie sagen würde. Sie musste eine leidenschaftliche Frau gewesen sein, das schlussfolgerte Laila aus dem kurzen Moment, in dem sie Dietlind im Tanzsaal gesehen hatte und daraus, dass sie sich das Leben genommen hatte wegen einer unglücklichen Liebschaft. Wie widersinnig das war. Eine junge Frau sprang doch nicht einfach wegen einer Zurückweisung aus dem Fenster. Würde eine Frau wie Dietlind nicht vielmehr wütend werden? Oder sich auf einen anderen besinnen, und sei es ihren Ehemann?

Sie spürte eine Berührung an der Schulter und drehte sich um. Die Magd bedeutete ihr, aufzustehen. Erst jetzt fiel Laila auf, dass Rike noch kein Wort gesprochen hatte. Sie überlegte, wie sie das Mädchen zum Reden bringen konnte, und sagte schließlich: »Ich bin mir so unschlüssig, würdest du mir zu dem roten oder dem blauen Kleid raten?«

Rike schüttelte nur den Kopf, während sie auf das Bett deutete. Dann hob sie die Hände, so als wolle sie sagen, dass ihr kein Urteil darüber zustand, welches Kleid Dietlind am besten stand.

Wie geschickt, dachte Laila, während sie mit Rikes Hilfe das Unterkleid anzog. *Ein Mädchen, welches nicht sprechen kann, das verrät auch nichts.* Ob Dietlind an diesen

Umstand gedacht hatte, als sie Rike zu ihrer Magd auserkoren hatte? Mit Sicherheit. Und wieder grübelte sie nach über das Bild voller Widersprüchlichkeiten, das sie von Dietlind bekam.

KAPITEL 7

DIE ZEIT VERGING, ohne dass Laila es bewusst spürte. Sie war zu aufgeregt. Rike half ihr beim Ankleiden, besprühte sie mit dem Duftwasser, welches denselben Geruch verströmte, der bereits als Hauch im Raum hing. Rike rümpfte demonstrativ die Nase und grinste, doch Laila gefiel es. Deutlich besser als die Gerüche, denen sie sonst ausgesetzt war.

Die Magd war ein aufgewecktes Mädchen. Laila mochte sie auf Anhieb. Und das, obwohl in den Kreisen, in denen Dietlind verkehrte, Dienstmägde vermutlich nicht gemocht, wohl nicht einmal wahrgenommen wurden. Ihr war unklar, wie Dietlind mit Rike umgegangen war. Dennoch konnte Laila nicht anders, als mit ihr Späße zu machen, vor allem, nachdem sie bemerkt hatte, dass das Mädchen darauf reagierte.

Laila setzte sich wieder und Rike veranstaltete irgendetwas mit ihren Haaren, benutze auch hier ausgiebig das Duftwasser. Offenbar war die Wirkung des Bades, welches Irene Laila verordnet hatte, schon wieder verflogen. Sie roch nach Gaststube, nach dem Stroh ihres Nachtlagers und nach ungewaschenen Kleidern. Hoffentlich würde Irene beim bald fälligen Waschtag nicht Lailas Kleider vergessen. Bevor sie nach Ulm gekommen waren, hatten sie lange keine Möglichkeit zum Waschen gehabt und die Kleidung getragen, bis sie steif vor Dreck war. Besonders hier in diesem Haus fiel Laila das nun auf. Hier schien alles rein und gepflegt. Und so fühlte sie sich umso schmutziger.

Sie blickte sich um, soweit es Rikes Arbeit an ihren Haaren zuließ. Der Tisch, an dem sie saß, hatte nach außen geschwungene Beine und eine glatt polierte Oberfläche mit einer Einlegearbeit. Die Decke bestand aus hölzernen Kassetten und sah so viel erhabener aus als die rußgeschwärzten Balken der Behausungen, die Laila kannte. An der Wand hing ein bunter Teppich. Das konnte sie von ihrem Platz aus nicht sehen, aber er war ihr aufgefallen, bevor sie sich erneut auf den Hocker gesetzt hatte.

Rike trat schließlich an ihre Seite, um in ihr Blickfeld zu kommen, und bedeutete ihr, dass sie fertig sei. Dann hielt sie inne, betrachtete Laila prüfend und zeigte mit ein paar Gesten, dass sie sehr schön aussehe.

Laila lächelte sie an und fragte sich, wie Rike von Maxim und Johann auf ihre Rolle vorbereitet worden war. Wusste sie vom Tod ihrer Herrin? War ihr klar, dass Laila nicht Dietlind war? Laila beschloss, es zu wagen, und sie mit einer Botschaft zu Irene zu schicken. Sie wollte die Freundin unbedingt sehen. Am Abend, wenn es bereits dunkel war, musste das möglich sein. Und Rike war die Einzige, die sie mit einem solchen Botengang betrauen konnte.

Johann holte sie schließlich ab und erklärte ihr, die Familie esse immer gemeinsam. Sie solle bloß keinen Ton von sich geben, sich stattdessen schweigend an den Tisch setzen.

»Dietlind war eine sehr zurückhaltende Person«, schärfte er ihr ein. »Umso unsäglicher ist ihr Verlust. Beim Essen wird noch eine Schwester der Hausherrin anwesend sein, die zur Zeit hier wohnt, sowie ein Geschäftspartner. Die Hausherrin heißt Kyrilla. Dietlinds Mann hat den Namen Guntram, aber das wisst Ihr ja bereits. Könnt Ihr Euch das merken?«

Laila nickte und sah sich um. Die schlicht bemalte Decke des Flures beeindruckte sie genauso wie die Einlegearbeiten im Holzboden, der glänzte wie frisch poliert. Sie versuchte sich auf das, was ihr bevorstand, vorzubereiten. Ihre Haltung war gerade, darauf brauchte sie nicht mehr bewusst zu achten. Seit sie sich in diesem Haus befand, konnte sie gar nicht anders, als sich anmutig zu bewegen. Es war ihr, als passe sie sich ohne eigenes Zutun an ihre Umgebung an. Was ihr allerdings immer noch Kopfzerbrechen bereitete, war die Vorstellung, wie Dietlind sich gegeben hatte, wie sie sich gegenüber den anderen verhalten hatte. Mit der Hand fuhr sie über das kunstvoll geschwungene Geländer der Treppe, als sie Johann nach unten folgte.

Er führte sie in einen geräumigen Saal, an dessen Ende sich ein großer Kamin befand. Ein Feuer darin spendete ausreichend Wärme. Ansonsten befand sich in der Mitte lediglich ein Tisch mit mehreren Stühlen, drei davon waren bereits besetzt. Maxim nickte Laila zu, als sie eintrat. Neben ihm saß eine ältere Frau, die nur kurz aufsah, Laila mit einem Stirnrunzeln betrachtete, und sich dann wieder in das Studium des Messers vertiefte, das sich neben ihrem Teller befand. Laila wunderte sich, dass auch Johann sich setzte, nachdem er sie zu ihrem Platz geführt hatte. Er begann ein Gespräch mit Maxim und dem Geschäftspartner, den er zuvor erwähnt hatte, und der Laila höflich begrüßte. In der Unterhaltung ging es um eine Entscheidung des Rates, welche die Männer missbilligten. Laila verstand nicht, um was es sich handelte, und gab die Bemühung auf, dem Gespräch zu folgen. Offenbar war Johann doch nicht so unwichtig in diesem Haus, dachte sie und blickte sich im Raum um.

In ihrem Rücken befanden sich Fenster aus echtem Glas, das hatte sie beim Hereinkommen bemerkt. Gegenüber war die Wand mit Ornamenten geschmückt, die irgendein florales Muster bildeten. Die dunklen Deckenbalken hatte man ebenso mit Ornamentmalerei verziert und alles kam Laila so kostbar vor, dass sie sich nicht vorstellen konnte, dass es irgendwo in Ulm ein Haus gab, das reicher ausgestattet war als dieses hier. Mit welcher Profession war diese Familie zu solchem Reichtum gelangt? Laila konnte sich das kaum vorstellen.

Ihr Blick fiel auf die ältere Frau, die ihr gegenüber saß, und Laila bemerkte, dass sie von ihr beobachtet wurde. Rasch senkte sie den Blick. Sie durfte nicht so neugierig in die Gegend schauen, das fiel auf. Schließlich kannte Dietlind die Einrichtung dieses Raumes seit etlichen Jahren, es gab keinen Grund für sie, alles mit Staunen zu mustern.

Die Tür ging auf und noch bevor sie die Hausherrin sehen konnte, spürte Laila ihre Gegenwart. Sie erkannte die Frau vom Marktplatz, die nun durch den Raum an ihren Platz am Kopfende des Tisches schritt, ohne sie eines Blickes zu würdigen. Sofort wurde das Essen aufgetragen und Kyrilla mischte sich in das Gespräch der Männer ein. Wann immer Laila verstohlen hochblickte, Kyrilla sah nicht ein einziges Mal zu ihr her. Also konzentrierte sie sich auf das, was da vor ihr auf dem Tisch abgestellt wurde, und nahm sich vorsichtig von Pastetchen und Fleisch, immer darauf bedacht, nicht mehr zu essen als die anderen. Obwohl sie am liebsten kräftig zugeschlagen hätte. Die Pasteten erinnerten sie an früher, wenn die Mutter zu Festtagen welche vom Bäcker besorgt hatte und sie um den Tisch saßen, der Vater ein Gebet sprach, während die Kinder es kaum erwarten konnten, die Leckereien zu verspeisen. Die Tage und Wochen der Wanderschaft, in denen sie oft nur trockenes Brot und eine dünne Suppe bekam, hatten sie offenbar mehr gebeutelt, als sie sich eingestehen wollte.

Sie bemerkte, dass ihre Gedanken abschweiften, und versuchte, sich Dietlind in diesem Raum vorzustellen. Sie sei eine zurückhaltende Person gewesen, an diese Worte Johanns erinnerte sie sich auf einmal und entspannte sich etwas. Es widersprach dem, was sie bislang von ihrer Doppelgängerin für einen Eindruck hatte, doch sie hatte Dietlind auch nur ein einziges Mal gesehen. Ein zurückhaltender Mensch fiel nirgendwo auf, das war gut, damit würde sie umgehen können.

»Ihr seht müde aus, Dietlind, ist Euch nicht wohl? Ihr seid so …« Die Frau ihr gegenüber sprach nicht weiter, blickte sie nur wieder mit diesem durchdringenden Blick an und wartete auf ihre Antwort. Laila schaute rasch nach rechts, doch Johann, Maxim, der Gast und Kyrilla hatten sich in ihrer Unterhaltung nicht stören lassen. *Wenn ich nur wüsste, wie sie heißt?*, dachte Laila und verfluchte Johanns Einsilbigkeit, mit der er ihr nur das Allernötigste erklärt hatte. Sie lächelte und deutete auf ihren Hals.

»Ein bisschen heiser«, flüsterte sie und fühlte sich unwohl, obwohl die Frau nickte und mit ihrer Erklärung zufrieden schien. Laila stocherte in ihrer Pastete und blickte nicht mehr hoch.

Als Kyrilla unvermittelt aufstand, war das Essen beendet, auch die anderen erhoben sich. Niemand kümmerte sich um Laila, deshalb ging sie alleine die Treppe hoch in ihr Zimmer, schloss die Tür und lehnte sich mit dem Rücken gegen sie. Einmal tief durchgeatmet, dann musste sie lächeln. Sie hatte dort unten gesessen, sich für Dietlind ausgegeben, und keiner hatte etwas bemerkt. Nun spürte sie es, dieses Hochgefühl, das sie immer befiel, wenn es ihr gelang, eine Rolle erfolgreich aufzuführen. Es wurde gedämpft durch das schlechte Gewissen. »Entschuldige, Dietlind«, murmelte sie, »mir wäre es auch lieber, du wärest noch hier.«

Behutsam setzte sie sich an den Tisch und sah sich um, testete die Tinte an ihrem Finger, sie war flüssig und benutzbar. Sie fand in einer kleinen Truhe, die unter den Tisch geschoben worden war, ein Stück unbenutztes Pergament und entschied sich dafür, anstatt das Papier zu nehmen. Mit ein bisschen Geschick würde Irene die Tierhaut auch für eine Antwort nutzen können. Die knappe Botschaft war schnell formuliert. Laila trocknete die Tinte, rollte das Pergamentstück und knotete es mit einem Band zusammen. Außen schrieb sie gut lesbar *Irene* darauf. Dann sah sie sich im Zimmer um und überlegte, wo Rike wohl stecken mochte. Wie holte man eine Magd in einem solchen Haus, wenn man sie brauchte? Laila verwarf den Gedanken, sich in den Flur zu stellen und nach ihr zu rufen, sondern beschloss, sich auf die Suche nach ihr zu machen.

Die Pergamentrolle verschwand fast komplett in ihrer Hand, so klein war sie. Laila spähte in den Flur, doch niemand war zu sehen. Sie lauschte. Auch kein Geräusch ließ erahnen, ob sich in einem der anderen Zimmer jemand aufhielt. *Dieses Haus ist viel zu groß für so wenige Bewohner*, dachte sie. Dann ging sie die Treppe hinunter und wunderte sich darüber, wie wenig die Holzstufen knarrten.

Als sie in den Flur trat, hörte sie Kyrillas Stimme aus dem Raum, in dem sie vorhin noch das Mittagessen eingenommen hatten. Die Tür schien nicht richtig geschlossen zu sein, denn nun vernahm Laila eine männliche Stimme, die sie dem Mann zuordnete, der beim Essen dabei gewesen war und den Johann als »Geschäftspartner« bezeichnet hatte. Laila hielt inne und lauschte. Sie rückte ein Stück näher an die Tür, blickte nach rechts und links, doch auf dem Flur war niemand zu sehen. Nun konnte sie die Worte deutlich vernehmen, Kyrilla sagte gerade:

»Ihr solltet es Euch überlegen, das ist alles, wozu ich rate.«

»Es ist ein Wagnis«, antwortete der Mann.

»Auch nicht mehr, als andere Geschäfte es sind.«

Es entstand eine Stille, die Laila etwas zurückweichen ließ, weil sie befürchtete, jemand könnte den Raum verlassen und sie entdecken. Doch das Gespräch ging weiter und Laila lauschte erneut.

»Ich biete Euch Hilfe bei der Investition«, sagte Kyrilla. »Ihr braucht keine Sorge zu haben, dass irgendetwas nicht gelingen könnte.«

»Die Summe, die Ihr genannt habt, ist hoch.«

»Ich vertraue Euch und Eurem Kaufmannsgeschick. Ihr werdet sie zurückzahlen und selbst erheblich dabei verdienen.«

»Ich brauche Zeit, um nachzudenken.«

Laila hörte einen Stuhl über den Boden schaben, als erhebe sich jemand.

»Natürlich. Und denkt daran, wenn Ihr Euch an uns haltet, nicht an die Werths, dann ist Euch auf ehrliche Weise geholfen. Wartet aber nicht zu lange.«

Laila hörte ein zweites Schaben und lief ein paar Schritte den Gang entlang, bis sie vor einer einfachen Tür stehen blieb. Sie erkannte, dass es die war, die zum Dienstbotenflur führte, öffnete sie und schlüpfte in den schmalen Durchgang. Erst jetzt wagte sie wieder zu atmen. Die Worte ihrer Mutter kamen ihr in den Sinn: *Trau keinem Reichen*. Kreditgeschäfte, war es das, was diese Familie betrieb? Und warum hatte Kyrilla diesen Fremden so bedrängt? Wenn er nicht sicher war, dass er das Geld würde zurückzahlen können, warum ließ sie ihn nicht in Ruhe? Was geschah, wenn das geliehene Geld unwiderruflich verloren war? Sie musste an ihren Vater denken, an die gutgehende Buchbinderwerkstatt und das erwirtschaftete Vermögen, das von heute auf morgen verschwunden war.

Bei diesen Gedanken schüttelte sie den Kopf. Ich muss Rike finden, das ist jetzt das einzig Wichtige. Sie ging die Stufen hinunter, sah sich um und wusste schon wieder nicht weiter. In diesem Moment ging die Tür zur Küche auf und Rike kam heraus mit zwei leeren Eimern, die sie offenbar mit Wasser füllen sollte. Die Magd runzelte die Stirn, als sie Laila erblickte, dann lächelte sie. Laila gab ihr die Nachricht und trug ihr auf, sie im Gasthof nur an Irene auszuhändigen, an niemanden sonst.

»Wenn Irene nicht da ist, bring mir die Nachricht wieder her, hörst du? Du erkennst sie sicher, sie trägt bunte

Kleidung und hat ihr dunkles Haar meist zu einem dicken Zopf geflochten.«

Rike nickte eifrig und steckte die Pergamentrolle in die Tasche ihrer Schürze. Dann nahm sie die Eimer wieder auf und schob mit der Schulter die Haustür auf. Sie warf einen kurzen Blick zurück, wie um sich zu vergewissern, ob Laila noch wartete. Dann war sie verschwunden. Laila atmete einmal tief durch, drehte sich um und stieg die steile Treppe hoch, um zurück zu Dietlinds Zimmer zu gelangen.

Als es zu dämmern begann, schlich Laila sich erneut über die Hintertreppe nach unten und öffnete den Riegel der Seitentür, durch die Johann sie am Morgen ins Haus gebracht hatte und durch die auch Rike verschwunden war. Sie sandte ein Stoßgebet zu Gott, dass niemand in ihrer Abwesenheit bemerkte, dass diese Tür nicht geschlossen war. Über Nacht schob man von innen den Riegel vor, was ein Hereinkommen von außen unmöglich machte. In der Eile aber sah Laila keine Möglichkeit, das zu verhindern, sollte es jemandem auffallen. Sie hatte noch nicht einmal an eine Lampe gedacht und traute sich nicht, die zu nehmen, die neben der Tür an der Wand hing. Also lief sie mehr tastend als sehend die dunkle Gasse entlang zum vereinbarten Treffpunkt. Laila sah Irene im Schatten eines Hauseingangs stehen und gesellte sich zu ihr.

»Wartest du schon lange?«, fragte sie die Freundin, deren Gesicht im Schatten lag.

»Das tut nichts zur Sache. Ist alles in Ordnung?«, antwortete Irene. Der Ton ihrer Stimme verriet Laila, dass sie sich Sorgen machte.

»Ich kann nur kurz bleiben. Nimm das und bring es

bitte zu meiner Mutter.« Laila nahm aus ihrem Beutel die Münzen, die Maxim ihr vorhin gegeben hatte. Dabei hatte er ihr seine Zufriedenheit mit ihrer Vorstellung bekundet.

»Brauchst du sonst irgendetwas?«

»Bislang schöpft niemand Verdacht und ein Tag von den vereinbarten vier ist bereits um. Bald bin ich wieder bei euch. Ich muss jetzt gehen, bevor sie mich aussperren.« Sie umarmte Irene und wurde von der Freundin zurückgehalten.

»Was ist mit dem Mädchen passiert, das du zu mir geschickt hast?«

»Nichts. Sie ist stumm«, antwortete Laila ungeduldig.

»Ihr wurde die Zunge herausgeschnitten, Laila.«

Laila hielt inne und wusste nicht, was sie mehr erschreckte, der eindringliche Ton oder das, was Irene sagte. »Das muss geschehen sein, bevor sie Dietlinds Magd wurde. Vermutlich hat man sie aus Barmherzigkeit aufgenommen.« Sie machte eine Pause und dachte darüber nach, was diese Neuigkeit bedeutete. »Das arme Mädchen. Sie muss Dietlind sehr dankbar gewesen sein. Ich möchte nicht wissen, was ihr widerfahren ist.«

Irene öffnete den Mund, zögerte, so als würde sie überlegen, was sie dazu sagen sollte, und meinte schließlich nur: »Pass auf dich auf.«

»Wir sehen uns morgen wieder hier.«

»Schau, dass du mehr Zeit mitbringst, ich möchte alles erfahren.«

Laila hastete zurück und fand die Seitentür zu ihrer Erleichterung noch offen. Sie würde sich etwas überlegen müssen, wie sie ins Haus kommen konnte, ohne dass es jemand bemerkte. Vielleicht konnte ihr Rike dabei helfen.

KAPITEL 8

Laila sass in Dietlinds Zimmer, schaute aus dem Fenster und beobachtete, wie ein Sonnenstrahl der tief stehenden Wintersonne seinen Weg auf die Fensterbank fand. Sie war nun schon fast zwei Tage in diesem Haus. Das Mittagessen vorhin war genauso wie das am Tag zuvor verlaufen, nur dass kein Fremder anwesend war und die Schwester der Hausherrin sich entschuldigen ließ. Laila hatte das mit Erleichterung aufgenommen, denn die Art, wie diese Frau sie beobachtet hatte, war ihr unangenehm gewesen. Kyrilla hatte sich mit Maxim über ein bevorstehendes Fest ausgetauscht und mit Johann über die Vergabe eines Kredites gesprochen, für den sie die Genehmigung erteilte. Laila hatte bei sich gedacht, dass der Kaufmann vom gestrigen Tag recht schnell seine Bedenken vom Tisch gewischt haben musste. Falls es sich um den Kredit handelte, über den Kyrilla mit dem Geschäftspartner gestern gesprochen hatte.

Nun seufzte sie und legte die Hand auf den Tisch vor sich, fuhr mit dem Zeigefinger die Einlegearbeiten nach und gestand sich ein, dass sie sich langweilte. Die gemeinsamen Essen waren der einzige Zeitpunkt, an dem sie bislang ihr Zimmer verlassen konnte. Darüber hinaus hatte niemand Interesse an ihr, niemand kümmerte sich um sie. Johann schien so in die geschäftlichen Abläufe der Familie eingebunden zu sein, dass er keine Zeit für sie fand. Auch Maxim schien damit beschäftigt, irgendwelchen Tätigkeiten nachzugehen.

Nicht zum ersten Mal fragte Laila sich, welche Rolle Maxim in dieser Familie spielte. Er bändelte mit seiner Schwägerin an, vertuschte ihren Tod, und niemand schien es zu bemerken. Kyrilla war zu beschäftigt, Guntram abwesend und Maxim schien Laila irgendwie nicht greifbar.

Sie erhob sich, trat zum Fenster und sah hinunter auf die menschenleere Gasse. Mit solchen Gedanken kam sie nicht weiter, sie musste raus hier aus diesem Zimmer, sonst würde sie noch trübsinnig werden. Sie war es nicht gewohnt, untätig herumzusitzen. Wenn sich sogar Dietlinds Familie von ihr täuschen ließ, so ging sie kein Wagnis ein, wenn sie sich auch außerhalb des Hauses in ihrer Rolle bewegte. Und beinhaltete ihre Aufgabe nicht auch, dass sie sich in der Öffentlichkeit zeigte, so wie bei dieser Tanzveranstaltung? Es ärgerte sie, dass man sie hier sitzen ließ und annahm, sie wüsste sich schon zu beschäftigen, wüsste, was man als Dietlind so tat und unternahm. Ganz sicher hatte ihre Doppelgängerin nicht den ganzen Tag in ihrem Zimmer gesessen und nur darauf gewartet, dass es dunkel wurde.

Laila blickte sich um, schaute dann an sich herab, befühlte ihre Haare, die Rike am Morgen hochgesteckt hatte. Sie beschloss, dass sie gut genug gekleidet war, um einen Spaziergang zu wagen. Es fehlten nur noch eine Haube und ein Umhang. In der großen Truhe neben dem Bett wurde sie fündig, legte sich beides über den Arm und betrat den Flur.

Sie hatte erwartet, alles still vorzufinden und hielt erstaunt inne, als sie aus dem angrenzenden Zimmer eine Frauenstimme ein Lied summen hörte. Eine einfache Melodie, die sie selbst kannte, weil es eines der ersten Lieder gewesen war, die sie auf der Flöte gelernt hatte. Die Tür zu dem Zimmer stand halb offen und Laila blieb unschlüssig stehen. Sie konnte eine ähnliche Einrichtung erkennen wie in ihrem Raum, nur weniger verschnörkelt. Die Wandbehänge weniger bunt, Bett und Truhe einfarbig, zweckmäßig. Sie vermutete, dass dies Guntrams Zimmer war.

Unvermittelt öffnete sich die Tür ganz, Laila erschrak, doch die Magd, die ihr mit einem Besen gegenüberstand, wirkte nicht weniger erschrocken. Das Mädchen fasste sich, knickste und sah zu Boden.

»Ich wollte dich nicht erschrecken«, sagte Laila, um die Stille zu überspielen. »Du kannst ruhig weiter arbeiten. Wenn es nötig ist«, fügte sie an. Das Zimmer schien ihr sauber, aber da nicht sie hier die Anweisungen erteilte, wollte sie die Magd nicht verwirren.

Das Mädchen lächelte, zog einen Eimer zu sich, und begann, den Boden im Türdurchgang zu wischen. »Der Herr wird doch in zwei Tagen zurückerwartet. Da ist es schon nötig«, sagte sie.

Laila nickte und ging langsam zur Treppe, nahm die Stufen, während sie das Gefühl nicht loswurde, dass Maxim ihr diese Neuigkeit nicht ohne Grund verschwiegen hatte. »Der Herr«, das musste Guntram sein, wer sonst. In zwei Tagen wurde Dietlinds Mann also von seiner Reise zurückerwartet. Warum wusste sie davon nichts? Ihr war es Rätsel genug, dass Kyrilla sich von ihr täuschen ließ. Sie führte es darauf zurück, dass Dietlinds Schwiegermutter sie in der Tat völlig ignorierte. Der Ehemann würde den Schwindel bemerken.

Unten im Eingangsbereich stand Maxim und betrachtete reglos ein Gemälde. Er drehte sich erst um, als sie ihn ansprach.

»Wartet Ihr auf mich?«

»Ich hatte mir in der Tat gerade überlegt, was du wohl machst.«

Laila bemerkte ihren Fehler, sie hatte ihn zu förmlich angesprochen. Obwohl er sie nicht rügte, ärgerte es sie.

»Ich gehe aus. Willst du mich begleiten?« Sie lächelte, wieder ganz in ihrer Rolle als Dietlind. Maxim war einverstanden, er half ihr, den Umhang überzuziehen, und hielt ihr dann die Tür auf.

Maxim ging neben Laila und beobachtete sie von der Seite. Ihm fiel auf, dass ihr Schritt weniger energisch war als der von Dietlind. Sie lief leichter, man merkte ihr an, dass sie als Tänzerin wusste, wie man sich anmutig bewegte. Auch ihre Haltung war tadellos, nur das Kinn trug sie nicht ganz so in die Höhe gereckt wie seine Schwägerin. Es schien ihm immer noch erstaunlich, wie ähnlich sich die beiden waren. Er hatte sich bereits dabei ertappt, dass er Dietlinds Vater eine lang zurückliegende Liebschaft unterstellte, deren Ergebnis hier neben ihm lief. Doch er verwarf diese Möglichkeit. Es gab solche Ähnlichkeiten immer mal wieder, und Laila verstand es zudem hervorragend, Dietlinds Rolle auszufüllen. Sie war eine begabte Schauspielerin.

»Noch zwei Tage bin ich bei euch im Haus, so ist es abgemacht«, sagte sie leise, um niemanden der anderen Passanten auf ihr Gespräch aufmerksam zu machen. »Weißt du schon, wie du alles regeln wirst?«

Eine gute Frage. Leider wusste er selbst keinerlei Antwort darauf. Er hatte von seiner Mutter lediglich die Vorgabe bekommen, die Gauklerin so lange wie möglich zu halten. Wie er das anstellen sollte, überließ sie ganz ihm. Leider hatte diese junge Frau einen mindestens ebenso eigensinnigen Kopf wie Dietlind ihn gehabt hatte, offenbar war seiner Mutter das entgangen.

»Du solltest noch nicht gehen«, antwortete er unbestimmt, in dem Wissen, dass solch magere Worte nicht ausreichten, um sie zum Bleiben zu überreden.

»Es ist so abgemacht. Auch ich habe Verpflichtungen.«

»Du verdienst hier gutes Geld.«

Sie wurde abgelenkt durch eine Frau, die stehen blieb und sie grüßte. Maxim hielt sich im Hintergrund, als Laila unverfänglich über das Wetter plauderte, und es dabei sogar fertigbrachte, ihre Stimme so zu verstellen, dass der Unterschied nicht gar so sehr auffiel. Sie schien bei ihrem Gegenüber keinerlei Verdacht zu wecken, und Maxim war aufs Neue angetan von ihren Künsten. Er verstand, dass seine Mutter sie halten wollte. Mit der Zeit würde sie in ihre Rolle wachsen und kein Mensch würde je Verdacht schöpfen. Doch was würde Guntram dazu sagen? Wäre es nicht besser, Dietlinds Tod endlich öffentlich zu machen, die Schmach durchzustehen, um dann mit sich im Reinen weiterleben zu können? Er wusste es nicht.

»Wie leicht es ist, wenn die Menschen etwas Bestimmtes erwarten. Dann hinterfragen sie nicht«, sagte Laila, als sie wieder alleine waren und den Marktplatz überquerten.

»Wie meinst du das?« Maxim führte sie in eine Gasse, in der sich mehrere Schuster niedergelassen hatten. Sie ging bereitwillig mit, hatte offenbar kein eigenes Ziel, welches sie aus dem Haus getrieben hatte.

»Die Leute wollen Dietlind sehen, also sehen sie sie auch. Nicht mich.«

»Ihr seid euch sehr ähnlich, glaub mir. Bitte warte kurz hier, ich möchte eben meine Schuhe abholen.«

Maxim ließ sie stehen und betrat den Laden, neugierig darauf, ob sie draußen auf ihn warten oder ungeduldig werden würde. Dietlind hätte ihn stehen gelassen, nein, verbesserte er sich. Dietlind wäre gar nicht erst mit ihm gegangen. Sie hatte nie sehr viel von ihm gehalten.

Es brannte eine Tonlampe auf einem Tisch, auf dem sich mehrere zurechtgeschnittene Lederstücke befanden. Der Geruch nach gegerbter Tierhaut erfüllte die Luft und an der Wand hingen Schuhe in unterschiedlichen Größen, Formen und Farben neben sorgfältig aufgereihten Werkzeugen zur Lederbearbeitung. Ein paar rote Schnabelschuhe fesselten Maxims Aufmerksamkeit. Welch eitler Geck wohl damit herumlaufen würde? Er selbst bevorzugte robustes Schuhwerk, welches auch Reisen gut überstand und er nicht ständig zum Schuster tragen musste. Schuhwerk, das man an den Spitzen hochbinden musste, um nicht darüber zu stolpern, hielt er für groben Unfug.

»Eure Schuhe sind fertig, werter Herr.« Der Schuster kam aus dem hinteren Teil der Werkstatt nach vorn und hatte ihn offenbar sofort erkannt. Er holte ein Paar Lederstiefel unter dem Tisch hervor und ließ sie Maxim begutachten.

»Sie sehen aus wie neu. Was bekommt Ihr dafür?«

Als Maxim bezahlt und sich das Schuhwerk unter den Arm geklemmt hatte, betrat er erneut die Gasse, in der

Laila immer noch im kalten Wind stand und wartete. Er musste schmunzeln, als er sie so sah mit geröteten Wangen, die Schultern hochgezogen, den Umhang eng um den Körper geschlungen. Nie hätte Dietlind das mitgemacht. Es gefiel ihm, dass Laila aus härterem Holz geschnitzt zu sein schien als seine flatterhafte, unkontrollierbare Schwägerin.

»Warum schickst du keine Magd hierher?«, fragte sie ihn, als er sie erreicht hatte.

»Ich überprüfe gerne selbst vor Ort, ob alles passt.«

Eine Weile gingen sie schweigend nebeneinander her.

Schließlich begann Laila in demselben gedämpften Ton, den sie vorhin angeschlagen hatte: »Guntram und Dietlind schliefen nicht in einem Zimmer, nicht wahr? Ist das nicht üblich bei euch hohen Herrschaften, dass sich das Eheweib mit dem Ehemann ein Bett teilt?«

»Es war eine von meinen Eltern geplante Heirat, Mutter hat lange nach der geeigneten Frau gesucht. Dietlind stammt aus altem Adel, ihr Vater lebt auf einem Landgut in der Nähe von Ulm, das habe ich dir ja bereits erzählt.«

»Wie gut, du kannst ja doch noch sprechen«, neckte sie ihn.

»Ich bin dir nicht unterhaltsam genug?«, scherzte er zurück, immer noch gespannt darauf, worauf sie hinaus wollte.

»Du bist nicht sehr gesprächig. Ich verstehe, was dich bedrückt, aber du solltest es in der Öffentlichkeit nicht allzu sehr zeigen.«

Er hatte keine Ahnung, was sie meinte. »Mich bedrückt nur, dass du nicht bleiben willst.«

»Vermisst du Dietlind nicht?«

Natürlich. In diese Richtung gingen ihre Gedanken, wie dumm von ihm. Er gab sich als Liebhaber Dietlinds aus, deren Tod ihn erschüttert haben müsste. Davon konnte sie nicht viel bemerken im Moment, weil er es schlicht vergessen hatte. Er musste sich eingestehen, dass ihm dieses Rollenspiel nicht lag.

»Natürlich vermisse ich sie«, er räusperte sich bei dem Versuch, seine Stimme mit etwas Trauer zu versehen.

»Du hast mich als Übergangslösung gefunden, aber du scheinst deinen Plan nicht weiter zu verfolgen. Was wird nun geschehen? Du wirst Dietlinds Tod irgendwann öffentlich machen müssen.«

»Es gibt keinen Grund, etwas zu überstürzen.«

»Den gibt es sehr wohl und das weißt du.« Sie blieb stehen, um ihn ansehen zu können. Er erwiderte ihren Blick.

»Ihr Vater ist sehr krank. Die Nachricht von Dietlinds Tod wird ihn umbringen.«

»Ihr Ehemann kommt zurück. Warum verschweigst du mir das?«

»Dann weißt du mehr als ich.«

»In zwei Tagen. Die Magd hat es mir gesagt.«

Und die würde es wissen. Warum nur wusste er es nicht? Er musste mit Kyrilla sprechen, denn die Anwesenheit Guntrams veränderte in der Tat alles, obwohl er keine Sorge hatte, dass seine Mutter dem Bruder die Sache erklären konnte. Nur, wie sollte er Laila überzeugen?

»Das ist kein Grund zu gehen, findest du nicht? Du wirst Guntram genauso täuschen können wie alle anderen.«

»Das glaube ich nicht.«

»Er stand seiner Frau nicht sehr nahe. Er ist ein, nun ja, ich möchte nichts Schlechtes über meinen Bruder sagen. Wegen ihm brauchst du jedenfalls nicht zu gehen.«

»Ich habe Verpflichtungen, das sagte ich bereits.«

Maxim nahm seine Geldbörse vom Gürtel, öffnete sie, zählte die Münzen ab und gab noch eine mehr dazu. Dann fasste er ihre Hand, legte ihr das Geld in die Handfläche und drückte ihre Finger zu einer Faust.

»Andere Verpflichtungen, die dir so guten Lohn einbringen wie diese hier? Überleg es dir, dies sind die Münzen für den zweiten Tag. Du machst deine Sache gut.« Er hielt immer noch ihre Hand und spürte die Wärme ihrer Haut. Sie blickte ihn an und machte keine Anstalten, sich ihm zu entziehen.

Schließlich ließ er los, strich ihr eine Strähne aus dem Gesicht und meinte leise: »Du machst deine Sache sehr gut. Danke dafür.«

Auf dem Heimweg schien sie in Gedanken, und er behelligte sie nicht weiter. Schließlich hatte er auch einiges zu klären und das Schweigen zwischen ihnen war nicht unangenehm. Als sie an der Tür ankamen, meinte er nur: »Du solltest das öfter machen, ein bisschen rausgehen.« Sie nickte ihm zu und nahm die Treppe nach oben. Kurz drehte sie sich noch einmal um, schaute ihn an. Dann verschwand sie aus seinem Blickfeld.

KAPITEL 9

Es wurde schon dunkel, als Irene sich auf den Weg machte. Dieses Mal hatte sie sich vom Wirt einen einfarbigen Umhang ausgeliehen, um nicht aufzufallen und mit den Schatten der Dunkelheit zu verschmelzen. Sie hatte weniger vor dem Gesindel Angst, welches bei Nacht die entlegenen Gassen unsicher machte. Sie glaubte, sich gegen Übergriffe ausreichend wehren zu können. Als Fahrende musste man in Verteidigung geübt sein, und sie hatte ihr Messer dabei. Wem sie aber in keinem Fall begegnen wollte, war der Nachtwächter. Die hatten meist Vorurteile gegenüber Gauklern und sie konnte keinen Ärger gebrauchen. Sie musste für Laila erreichbar bleiben, also durfte sie sich nicht in den Turm sperren lassen.

Noch waren ein paar Menschen unterwegs. Auf dem Marktplatz führte ein Feuerspeier seine Kunststücke vor. Kurz nach Sonnenuntergang wirkten seine Darbietungen noch beeindruckender als bei Tag. Sein Publikum klatschte und er ließ den Beutel herumgehen.

Irene lief weiter, hatte sich den Weg zu dem Patrizierhaus mittlerweile gut eingeprägt, nachdem sie sich gestern ein wenig verlaufen hatte und schon befürchtete, sie hätte Laila verpasst. Schließlich stand sie vor dem Haus der Familie Nehlin, sah Licht hinter den Fensterscheiben im oberen Stock schimmern und blickte hoch zu dem Erker, der im Dunkeln lag. Was für ein stattliches Gebäude und doch beneidete sie Laila nicht darum, dass sie dort drinnen leben durfte.

Die Begegnung mit der Magd, die Laila ihr geschickt hatte, machte ihr Sorgen. Zuerst hatte das Mädchen sich geweigert, den Mund zu öffnen, doch Irene war hart geblieben und hatte festgestellt, dass ihr die Zunge herausgeschnitten worden war. Warum tat man das bei einem halben Kind? Laila schien überzeugt davon, dass die Magd in diesem Haus aus Barmherzigkeit aufgenommen worden war, doch Irene kannte das Leben, sie ließ sich nicht so leicht täuschen. Es gab noch andere Gründe, jemanden aufzunehmen, dem Schreckliches widerfahren war. So jemand war abhängig und dankbar, etwas, was man sich bei einer Magd durchaus wünschen konnte. Vor allem, wenn man Dinge zu verbergen hatte. Noch zwei Tage waren für Lailas Rolle vereinbart. Irene hoffte, dass anschließend dieser Ausflug in die Welt der Reichen und Mächtigen ein für alle Mal beendet sein würde.

Sie ging neben dem Haus die Gasse entlang und wartete im Schatten einer hohen Mauer, die einen Hof umschloss. Ein mächtiges Holztor zwei Schritte vor ihr war geschlossen und wirkte abweisend. Sie stellte sich auf eine längere Wartezeit ein und wurde überrascht, als Laila schon kurz darauf auf sie zukam. Obwohl sie sehr schnell ging, hatte sie eine Anmut im Gang, die sie vorher nicht besessen hatte. Nur die schwankende Holzlaterne in ihrer Hand trübte das Bild. Die Freundin schien ganz in ihrer neuen Rolle aufzugehen und Irene musste an Reginalds Worte denken: … *sobald sich was Besseres auftut, wird sie uns verlassen und in eine andere Rolle schlüpfen*. Wenn sie Laila so sah, bekam sie Sorge, dass er recht haben könnte.

Sie umarmten sich kurz und zogen sich noch weiter in den Tordurchgang zurück. Der sanfte Schein von Lailas Licht erhellte den Boden.

»Es ist alles wunderbar«, flüsterte Laila, nachdem sich ihr vom Laufen hastiger Atem beruhigt hatte. »Er hat mir wieder Geld gegeben.«

Irene spürte den Beutel mit den harten Konturen der Münzen, den Laila ihr in die Hand drückte. »Ich habe alles zu deiner Mutter gebracht. Sie wollte wissen, warum du nicht selbst kommst.«

»Und du hast ihr erzählt, dass ich Flöte spiele bei hohen Herrschaften.«

Irene nickte und ergänzte: »Reginald wird auch langsam ungeduldig.«

»Die Fastnachtsspiele sind doch erst in diesen Tagen. So lange werdet ihr auf jeden Fall in Ulm sein.«

»Ja, aber er möchte danach gleich weiter. Die Stadt ist ihm zu teuer, sagt er.«

»Wo will er hin?«

»Ich weiß es nicht.«

»Also das Übliche.«

Sie schwiegen kurz und Irene stimmte Laila im Geheimen zu. Trotzdem wollte sie das nicht zugeben. Sie wollte Reginald verteidigen, deshalb antwortete sie: »Er wird uns was Nettes suchen, wo wir die Zeit bis zum Frühling überbrücken können. Ich habe vorhin einen Feuerschlucker gesehen, vielleicht können wir den dazu überreden, uns zu begleiten. Wenn er gut ist, macht das was her.« *Ich plappere*, dachte sie, und dafür war die knapp bemessene Zeit, die sie mit Laila hatte, zu wertvoll. »In zwei Tagen bist du wieder bei uns, oder?«

»Spätestens. Dietlinds Ehemann kommt zurück, dem will ich nicht begegnen.« Laila lehnte sich an die Mauer des Durchgangs und schob mit dem Fuß einen Stein hin und her.

Irene hatte das Gefühl, dass die Freundin ihr etwas verschwieg, deshalb fragte sie: »Sorgst du dich um das Geld? Du hast doch so viel verdient, deiner Mutter wird das ein gutes Stück weiterhelfen.«

»Ich frage mich, womit diese Leute ihr Vermögen erwirtschaftet haben. Es ist alles so merkwürdig in diesem Haus.«

»Wie kommst du darauf?«

»Ich habe ein Gespräch belauscht. Die Hausherrin hat einem Mann Geld angeboten, damit der ein Geschäft tätigen kann. Er aber hatte die Befürchtung, das Geschäft laufe möglicherweise schlecht und er könne das Geld nicht zurückzahlen. Warum hat sie ihn so bedrängt, es anzunehmen? Wollte sie ihm helfen oder wollte sie …«

Irene fasste Laila am Arm. »Das fragst du noch? Ich glaube, es war ein Fehler, sich auf diesen Auftrag einzulassen.«

»Warum?«, fragte Laila leichthin. »Ich kann jederzeit gehen. Ich ziehe diese herrlichen Kleider aus und bin wieder Laila, die Flötenspielerin. Keiner wird mich finden, wenn ich verschwinde. Du machst dir doch keine Sorgen, oder?«

Was für eine Frage! Natürlich machte sie sich Sorgen. Das, was Laila da tat, war gewagt, sie bewegte sich in einer Welt, in die sie nicht hineingehörte. Würde sie die Schwierigkeiten rechtzeitig erkennen, die aller Orten lauerten? Oder sah sie selber zu schwarz und sollte das alles mit der Leichtigkeit betrachten, wie es Laila offensichtlich tat? »Wer weiß, was hinter diesen Mauern alles geschieht? Sei vorsichtig, versprich mir das!«

»Natürlich! Wir treffen uns morgen wieder hier. Und bitte bring mir meine Flöte mit. Wenn Reginald sie bei meinen Sachen entdeckt, dann wird er misstrauisch werden. Außerdem vermisse ich das Instrument.«

Ganz in der Nähe ertönte der Ruf des Nachtwächters, der die Stunde ansagte.

»Vorsicht«, flüsterte Irene, bückte sich und blies die Lampe aus. Eng an Laila geschmiegt, den Rücken am Holztor, wartete sie. Es dauerte nicht lange, da lief der Mann mit schwankender Laterne am Ende der Gasse vorbei. Er sah nur kurz in ihre Richtung, nahm sie aber nicht wahr. Sie verharrten noch eine ganze Weile reglos, obwohl der Schein seiner Lampe längst verschwunden war.

Schließlich drehte Irene sich zu Laila und sagte leise: »Lass dich von dem verschwenderischen Leben dort«, sie deutete auf das Haus, »nicht blenden. Du gehörst zu uns, nicht dorthin, vergiss das nie.«

Laila gab ihr einen flüchtigen Kuss auf die Wange und in der Art, wie sie ihre Hand suchte und kurz drückte, erkannte Irene, dass sich die Freundin ebenfalls sorgte.

»Bist du ohne Licht hergekommen? Soll ich dir meines geben? Ich kann Zunder von drinnen holen.«

»Ich will den Nachtwächter nicht auf mich aufmerksam machen.«

»Sei bitte vorsichtig.«

Irene beobachtete, wie Laila die Gasse entlanglief und achtete darauf, dass sie sicher im Nebeneingang verschwand. Dann machte sie sich im Dunkeln zurück auf den Weg zum Gasthaus. Die Münzen würde sie morgen früh bei Lailas Mutter abliefern, dann begannen die Fastnachtsspiele, die sie ablenken würden, und darüber war sie froh.

Laila hatte Rike Anweisungen gegeben, darauf zu achten, dass die Seitentür unverschlossen blieb, während sie sich draußen mit Irene traf. Das Mädchen hatte die Anweisung ohne besondere Regung angenommen, als seien solche Dinge normal für sie. Wieder hatte Laila sich gefragt, wie viel sie wusste, was sie dachte und, was das Wichtigste war, ob sie ihr trauen konnte.

Nach dem gemeinsamen Essen hatte sie sich eine Weile hingelegt und war wohl auch eingenickt. Jetzt aber fühlte sie sich hellwach von der kalten Luft und dem Gespräch mit Irene. Sie schob den Riegel von innen vor, stellte die Laterne auf den Boden, entließ die Magd mit einem Nicken und lauschte in den schmalen Flur. Gedämpfte Stimmen kamen aus der Küche. Das Klappern von Rikes Holzschuhen war auf der Treppe zu hören, entfernte sich und endete in einem Quietschen, als sie die Tür zum Dachgeschoss öffnete, wo die Dienstboten ihre Kammern hatten. Laila folgte Rike und stieg die Stiege hoch. Auf dem Stockwerk, auf dem sich ihr Zimmer befand, hielt sie inne, öffnete die Tür und schrak zurück, als sie Kyrilla im Gang stehen sah. Offenbar war die Hausherrin aus einem der Zimmer gekommen, ein Lichtschein fiel daraus auf den Gang. Sie unterhielt sich leise mit jemandem, den Laila nicht sehen konnte. Hastig zog sie die Tür zum Flur wieder zu und wartete. Von dem Gespräch war nur noch Gemurmel zu hören, Laila verstand nichts.

Sie blickte die Stiege hinunter in der Hoffnung, dass niemand vom Personal sie hier entdecken würde. Vorsichtig schob sie die Tür wieder einen Spalt weit auf, doch sie traute sich nicht, sie so weit zu öffnen, dass sie auf den Flur spähen konnte. Die Nase an das Holz gepresst, atmete sie so flach wie möglich.

Doch statt Stimmen hörte sie Schritte, die sich entfernten. Sie wartete noch ein paar Augenblicke, um dann auf den Flur zu treten. Die Tür, an der Kyrilla gestanden hatte, war immer noch geöffnet. Laila erkannte, dass es das Zimmer neben ihrem war und wunderte sich darüber, mit wem Kyrilla wohl gesprochen hatte. Mit der Magd, die geputzt hatte? Konnte es sein, dass die Reinigung immer noch nicht abgeschlossen war?

Laila ging ein paar Schritte. Als ein Mann in den Gang trat, konnte sie nicht mehr ausweichen. Sie blieb stehen und starrte den Fremden an, der in dem Lichtkegel stand, welcher aus dem Zimmer kam. Er musterte sie, zog kurz die Brauen zusammen und lächelte dann.

»Mein Eheweib und wie wunderbar sie aussieht. Der Müßiggang scheint dir gutzutun«, meinte er mit einer dunklen Stimme, die zu warm war für seine eisblauen Augen.

Sie verstand sofort. Guntram war früher zurückgekommen. Und nun geschah das, wovor sie sich gefürchtet hatte, sie stand vor ihm und musste seine Ehefrau spielen. Sie senkte den Blick, um sich zu sammeln, und hoffte, er würde ihr die Unsicherheit nicht anmerken. Guntram beugte sich zu Laila und schien zu erwarten, dass sie ihn auf die Wange küsste. Sie tat es, sein Bart kitzelte sie. Erstaunt stellte sie fest, dass er nach Seife roch. Er kam von einer Reise, musste also schon länger im Haus sein, wenn er Zeit dafür gefunden hatte, sich zu waschen. Warum hatten weder Maxim noch Johann sie vorgewarnt?

Sie wollte sich zurückziehen, doch er hielt ihr Kinn fest und sah ihr prüfend ins Gesicht. Sein Griff war hart. Laila sträubte sich nicht dagegen, obwohl sie den Verdacht hatte, dass Dietlind sich eine solche Behandlung nicht hätte gefallen lassen.

Endlich ließ er sie los und murmelte: »Sie hat recht.« Wieder musterte er Laila, doch es schien ihr kein misstrauisches Mustern, in seinem Ausdruck lag eher Neugier. Ehe Laila sich über seine Worte wundern konnte, fuhr er fort: »Ich hoffe, du hast in meiner Abwesenheit die gesellschaftlichen Ereignisse wahrgenommen und mich würdig vertreten.«

Laila erinnerte sich gerade noch rechtzeitig daran, dass ihre Stimme anders klang als die von Dietlind, und nickte nur als Antwort.

»Du weißt, ich verlange nicht viel von dir. Du sollst nur deine gesellschaftliche Rolle spielen und mir einen männlichen Nachkommen schenken.«

Wieder erschien dieses Lächeln auf seinem Gesicht, das Laila nicht deuten konnte. Er hatte sie so ausgiebig gemustert, wenn er immer noch glaubte, Dietlind stünde vor ihm, dann hatte sie wohl auch ihn erfolgreich getäuscht. Diese Erkenntnis gab ihr ihre Sicherheit zurück.

Sie räusperte sich und näselte. »Entschuldigt. Mir geht es nicht gut.« Dann entzog sie sich ihm, drängte sich an ihm vorbei, reckte ihr Kinn nach oben und schritt anmutig mit geradem Oberkörper zu ihrer Tür. Erst als sie sich im Zimmer befand, atmete sie erleichtert auf. Ihre Hände fühlten sich eiskalt an. Sie lehnte sich von innen gegen das Türblatt, erwartete fast, dass Guntram ihr folgen würde, doch nichts geschah. Die Läden standen noch offen, ließen etwas Mondlicht herein. Laila atmete aus, dann wieder ein. Nun hieß es also packen und verschwinden. Es war schade um das noch ausstehende Geld, aber die Situation wurde ihr zu undurchsichtig.

Gerade, als sie sich bewegen wollte, hörte sie eine Stimme aus dem Dunkeln und schrak zusammen.

»Gut, dass du endlich kommst.«

Sie blickte zu dem Tisch und sah Maxim auf dem Hocker sitzen. »Warum erschreckst du mich so?«

»Das war nicht meine Absicht.«

»Sitzt hier im Dunkeln in meinem Zimmer und sagst nichts. Wolltest du mich beobachten? Ich bin nicht Dietlind, das weißt du. Bitte verhalte dich dementsprechend.«

»Nein, Dietlind bist du nicht. Ihr seht euch ähnlich, aber von der Art seid ihr zu verschieden, als dass ich euch verwechseln könnte.«

»Inwiefern?«

»Du bist nicht so rücksichtslos. Auf der anderen Seite scheinst du mir … zielstrebiger.«

Rücksichtslos? Das war nun ein ganz neuer Aspekt, bisher hieß es nur, Dietlind sei zurückhaltend und ruhig gewesen. Johann hatte ihr das erzählt und sie hatte dieses Bild nicht mit ihrem kurzen Eindruck vereinbaren können, den sie von dieser Frau hatte. Nun eröffnete sich durch Maxims Beschreibung ein ganz neuer Blickwinkel. War Dietlind so wandelbar gewesen, dass sie jedem ein anderes Gesicht zeigte?

Laila ging zu der Truhe neben dem Bett und nahm ihre wenigen Habseligkeiten heraus, die sie in einem Bündel aufbewahrte. Es ging sie nichts an, sie würde jetzt das Geld für den heutigen Tag einfordern, das für den morgigen abhaken und dann gehen. Ihr Blick fiel auf Maxim und sie sah, dass er sie immer noch beobachtete. Sein Gesicht lag halb im Schatten, er hatte die Ellbogen auf die Knie gestützt und die Finger aneinandergelegt.

»Das klingt nicht so, als hättest du sie sehr geliebt.«

Erst antwortete er nicht und sie fürchtete, er würde gar nichts mehr sagen. Sie ertappte sich bei der Hoffnung, er würde ein wenig mehr über sich verraten.

»Was tust du da?«, fragte er stattdessen.

Das waren nicht exakt die Worte, die sie sich erhofft hatte, aber es war besser als nichts, deshalb antwortete sie leichthin: »Packen.«

»Das sehe ich.«

»Du schuldest mir noch Geld.«

»Und du mir eine Erklärung. Du wolltest bis morgen bleiben. Ich habe mich darauf verlassen. Wenn du jetzt verschwindest, wie soll ich das alles erklären?«

Indem du dein Lügengebäude zum Einsturz bringst und zur Abwechslung die Wahrheit sagst, dachte Laila. Da dieser Schritt einen Mut erfordert hätte, den Maxim offenbar nicht bereit war aufzubringen, meinte sie nur: »Was habe ich mit deinen Problemen zu tun?«

Er ließ seine Finger gegeneinander tippen. Sie betrachtete sein Gesicht, hielt seinem Blick stand und fragte sich, was er für Dietlind gefühlt hatte.

»Nichts. Zugegeben. Wenn du jetzt gehst, wird einem alten Vater das Herz gebrochen und ich werde in größte

Schwierigkeiten geraten. Wenn du bleibst, verdienst du viel Geld. Was also hast du zu verlieren?«

»Warum hast du mich nicht gewarnt, dass Guntram zurück ist?«

»Weil es unnötig war. Ich habe euch auf dem Gang gehört, offenbar kommst du mit der Situation zurecht.«

»Und wenn er mich in sein Bett holen will? Schließlich spiele ich seine Ehefrau.« Laila dachte an Guntrams Bemerkung mit dem männlichen Nachkommen, den er von Dietlind erwartete.

»Das lass meine Sorge sein, ich versichere dir, dass du keine Liebesdienste erbringen musst.«

Maxim erhob sich und kam auf sie zu. Er fasste sie bei beiden Schultern und hielt sie fest. Sein Griff war nicht unangenehm, trotzdem war sie versucht, sich zu befreien. Sie hielt still, sah zu ihm hoch und ließ es sogar zu, dass er sie dichter an sich heranzog.

»Wie viel willst du, Laila? Sag mir, was du verlangst, ich werde es zahlen, wenn du mir versicherst, dass du so lange als Dietlind hierbleibst, wie ich dich brauche.«

Sie kannte die Summe genau. Es war das Geld, was sie benötigte, um der Mutter Vaters Buchbinderei zurückzukaufen. Sie schlug noch ein wenig drauf und nannte die Zahl. Maxim zog die Brauen zusammen und ließ sie los. Er fuhr sich mit dem Handrücken über den Mund. Laila konnte seine Anspannung spüren. Sie hatte deutlich das Gefühl, dass für ihn etwas auf dem Spiel stand, dass er sie unbedingt halten wollte.

»Das ist viel Geld, gib mir etwas Zeit.« Er nahm seine Börse mit den Münzen und hielt inne. Dann steckte er sie zurück, ohne sie geöffnet zu haben. »Du bleibst bis zum gemeinsamen Essen heute Abend. Erst danach bekommst du deinen Lohn. Bis dahin kann ich dir sagen, was ich dir für deine weiteren Dienste zahlen kann.«

Laila nickte und beobachtete, wie er den Raum verließ. Als sie endlich alleine war, ließ sie sich auf das Bett fallen und starrte an die Holzbalken der Decke.

KAPITEL 10

SIE BLIEB NICHT LANGE ALLEINE. Kurze Zeit später kam Rike ins Zimmer und zündete eine Öllampe an, die sie auf das Tischchen stellte. Die Helligkeit flackerte durch den Raum und ließ die Schattenkonturen verschwinden. Die Magd schüttelte missbilligend den Kopf, ging zum Bett und zog Laila am Arm, um sie zum Aufstehen zu bewegen. Immer wieder zeigte sie auf das Kleid. Dabei gab sie zischende Laute von sich.

Laila gehorchte und erhob sich. Sobald sie stand, zupfte Rike an ihr herum. Laila sah an sich herab, auf den staubigen Saum des prächtigen Kleides, der garniert wurde von mehreren dunklen Flecken. All das musste sie sich auf ihren Ausflügen eingefangen haben, ohne es zu bemerken. Sie zog die Nase kraus und ärgerte sich über sich selbst, dass sie nicht mehr Acht gegeben hatte. Aber wie sollte man aufrecht und anmutig daherschreiten und gleichzeitig ein Auge darauf haben, dass das Kleid nicht vom Boden verschmutzt wurde, dass man in keinen Unrat trat und die kostbare Angelegenheit damit ruinierte? Ihr war es ein Rätsel. Vielleicht hätte sie sich zumindest für die Treffen mit Irene etwas Einfacheres anziehen sollen, doch nun war es zu spät.

Rike holte aus einer Truhe ein neues Kleid für sie heraus, breitete es auf dem Bett aus und bedeutete ihr, sich zu beeilen. Laila strich über den Stoff und fragte sich, wie viel von solcher Kleidung Dietlind wohl besessen hatte. Offenbar gab es einen unerschöpflichen Vorrat daran in diesem Raum. Sie kleidete sich um, gab der Magd das verschmutzte Kleid und folgte ihr auf den Gang. Rike zeigte auf den Flur nach unten, dann nahm sie selbst die Dienstbotentreppe und war im nächsten Augenblick verschwunden.

Laila blieb stehen und blickte unschlüssig die Stufen hinunter in den unteren Stock. Gerade als sie sich in Bewegung setzen wollte, hörte sie hinter sich Schritte. Guntram erschien neben ihr, wortlos bot er ihr seinen Arm und sie hakte sich ein. So selbstverständlich wie möglich schritt sie neben Dietlinds Ehemann die Treppe hinab, spürte seine Wärme an ihrer Seite. Sie dachte darüber nach, wie Dietlind sich wohl in dieser Situation gefühlt hätte. Wäre sie erfreut über die Rückkehr ihres Ehemannes? Wohl kaum, schließlich hatte sie eine Affäre mit seinem Bruder.

Gemeinsam betraten sie den Raum, in dem die anderen bereits um den Tisch saßen. Laila schaute rasch an das Ende der Tafel, an dem wie immer Kyrilla Platz genommen hatte. Überrascht bemerkte sie, dass diese zu ihnen hersah und ein Lächeln ihre Mundwinkel umspielte, so als freue sie sich, die Eheleute so einträchtig vereint den Raum betreten zu sehen. Laila nahm an Guntrams Seite Platz, der sich zur Rechten seiner Mutter niederließ. Gegenüber trank Maxim einen großen Schluck aus seinem Glas. Er beachtete sie nicht, schien nervös zu sein, was sie daraus schloss, dass er beim Zurückstellen des Glases den Inhalt ein wenig verschüttete.

Auch die Schwester Kyrillas saß wieder am Tisch, mit ihr Johann, dessen Gesicht reglos wie immer schien. Hatte dieser Mann überhaupt irgendeine Art von Gefühl?

Musste er es als Angestellter dieses Hauses verbergen? Laila hatte den Verdacht, dass sie nicht die Einzige war, die hier eine Rolle spielte.

Die Unruhe im Raum legte sich. Guntram räusperte sich, hob die Hand und führte sie zu seinem Glas. Ein helles Klirren ertönte, das Laila durch Mark und Bein fuhr. Sie blickte zu der Hand, die immer wieder gegen das Gefäß schlug und erkannte, dass Guntram eine Münze zwischen den Fingern hielt. Aufhören!, dachte sie, und zu ihrer Erleichterung hielt Guntram inne. Mit kräftiger Stimme sprach er ein Tischgebet. Laila spürte immer noch die Gänsehaut in ihrem Nacken und überlegte fieberhaft, woher sie dieses Geräusch kannte und warum es ihr einen solchen Schrecken einjagte, doch sie kam einfach nicht darauf. Abwesend sprach sie mit den anderen das »Amen« und ließ sich von Guntram ein Stück Fleisch auf den Teller legen, welches die Köchin auf einer großen Platte angerichtet hatte. Ihr war der Hunger vergangen.

Hunger ist das falsche Wort, dachte sie, *seit ich in diesem Haus bin, habe ich kein einziges Mal Hunger gelitten, Hunger ist etwas anderes*. Sie musste daran denken, wie sie einmal als Kind mit einem Hund um einen Knochen gebalgt hatte, sie mindestens ebenso hungrig wie der Köter. Das war kurz nach Vaters Verschwinden gewesen.

Laila sah hoch. Ihr Blick fiel auf die verschwenderische Verzierung des Türrahmens aus dunklem Holz, rechts und links kleine geschwungene Säulen und nach oben ein Abschluss mit einer Kugel in der Mitte und Ranken darüber. Welch ein Gegensatz zu den einfachen Holzzargen im Haus ihrer Mutter. Ganz unvermittelt hatte sie die Szene wieder vor sich, in der sie ihren Vater zum letzten

Mal gesehen hatte und wusste, woher sie dieses Glasgeräusch kannte. Das einzige übrig gebliebene Glas hatte auf dem Tisch gestanden. Jabbo hatte mit einer Münze dagegen geschlagen, die er zuvor nervös zwischen den Fingern wandern ließ. »Hör auf damit, sofort!«, hatte der Vater außer sich gerufen. Dann war er verschwunden. »Ich muss alleine für mein Unrecht und meine Dummheit büßen.« Diese Worte von ihm hatten sich in ihr Gedächtnis gegraben.

»Dietlind?« Guntram berührte sie mit der Hand an der Schulter. Offenbar hatte er sie bereits mehrfach angesprochen, ohne dass sie reagierte.

»Entschuldige, ich bin müde«, sagte sie so leise, dass es fast ein Flüstern war. Von Maxim fing sie einen durchdringenden Blick auf und auch Kyrilla beobachtete sie.

»Ob du dich gut bei dem Tanzball amüsiert hast, wollte ich wissen.« Guntram ließ sie los und brach sich ein Stück Brot vom Laib ab, der in der Mitte des Tisches lag.

»Ja, sehr«, antwortete sie und war froh, als Kyrilla das Gespräch an sich riss und ihrerseits Guntram nach seinen Erfahrungen auf der Reise befragte. Lailas Kehle war trocken, deshalb nahm sie einen Schluck verdünnten Wein. Sie achtete auf das Gespräch und folgte ihm, doch niemand sprach sie erneut an. Offenbar nahmen sie ihr ab, dass sie sich unwohl fühlte. Ebenso erleichtert beobachtete sie, wie Guntram sich nach dem Essen mit Johann und seiner Mutter zurückzog, vermutlich in das Arbeitszimmer. Maxim nahm sie im Flur zur Seite und flüsterte ihr zu.

»Du bekommst das Geld, alles, was du verlangst. Ein Drittel vorab und zwei Drittel, wenn deine Aufgabe erledigt ist.«

»Halbe-halbe«, antwortete sie. Sie musste mit Irene reden, dringend.

»Meinetwegen.«

Er machte Anstalten, sich zu entfernen, doch sie hielt ihn zurück. Sie wusste nicht, wie sie ihre Frage formulieren sollte. »Macht er das öfter?«, flüsterte sie. »Das mit der Münze gegen das Glas?«

Maxim runzelte die Stirn, so als überlege er, was sie von ihm wollte. Dann antwortete er zögernd. »Um die Aufmerksamkeit für das Tischgebet zu bekommen. Hat er von Vater übernommen. Was stört dich daran?«

Sie konnte es selbst nicht sagen. Hastig ließ sie Maxim los und eilte zu der Treppe. Außer Atem kam sie im oberen Stockwerk an und schaute sich um. Niemand war zu sehen. Sie ging in ihr Zimmer und entkleidete sich, doch sie war zu aufgeregt, um einschlafen zu können. So lag sie lange wach und starrte in die Dunkelheit. Zu viele Eindrücke drängten sich in ihrem Kopf, die geordnet werden mussten. Es war nicht nur das Gefühl, dass etwas vor sich ging, was sie nicht durchschaute. »Verflucht!«, rief sie und wusste doch, dass sie sich auf all diese Schwierigkeiten einlassen und im Haus bleiben würde. Vorerst zumindest. »Ich kann jederzeit gehen«, sagte sie leise. »Aber ich darf die Möglichkeit, die sich hier bietet, nicht verschenken.«

Irene fror. Sie hatte den Umhang fest um sich gezogen und sich in den Hofdurchgang mit dem geschlossenen Tor gekauert, aber der kalte Wind ließ ihre Nase tropfen und sie hoffte, dass Laila bald kommen würde. Die Fastnachtsspiele hatten begonnen, der Tag war anstrengend gewesen für sie. Die Müdigkeit ließ ihr die Lider schwer werden, doch sie durfte nicht einschlafen in dieser kalten Ecke.

Hin- und hergerissen, ob sie aufstehen und ein paar Schritte gehen oder weiter hier kauern, dem Wind möglichst wenig Angriffsfläche bieten sollte, unterdrückte sie ein Niesen und spähte zu dem Hauseingang. Unvermittelt löste sich eine Gestalt von der Hauswand und kam auf sie zugelaufen. Irene erhob sich und blickte der Freundin entgegen.

»Ich bin so froh, dass du da bist«, keuchte Laila, als sie den Torbogen erreicht hatte.

»Was ist passiert?«

Laila erzählte ihr, dass Guntram am Tag zuvor überraschend zurückgekehrt sei, ihre Maskerade aber offenbar nicht durchschaue, und Maxim erwarte, dass sie noch länger bleibe. »Länger als zwei weitere Tage jedenfalls, wie lange, das weiß ich nicht.«

»Ich habe das befürchtet.«

»Er bietet mir so viel Geld, Irene. All meine und Mutters Sorgen wären vorüber, wenn ich es bekäme.«

»Reginald will weiterziehen. Wir können nicht ewig hier in Ulm auf dich warten.«

»Aber ich kann nachkommen. Du hältst mit mir Kontakt, schickst mir Nachrichten, bitte!«

Irene spürte Lailas harten Griff. »Du musst wissen, was du tust.«

»Ich weiß vor allem, dass ich nirgendwo in so kurzer Zeit so viel verdienen kann.«

Das stimmte, auch wenn es Irene schwerfiel, das zuzugeben. »Ich werde dir helfen.«

»Meine Mutter sagt immer, halte dich fern von den Reichen.«

»Und sie hat recht damit. Da gibt es für mich nichts hinzuzufügen.«

»Glaubst du, dass mein Vater ihnen zu nahe gekommen ist? Glaubst du, dass meine Mutter diesen Spruch deshalb so häufig sagt?«

Irritiert über die Wendung, die das Gespräch nahm, blickte Irene die Freundin an. Ihre kunstvoll hochgesteckte Frisur sah etwas zerrupft aus, Strähnen hingen ihr über die geröteten Wangen.

»Wie kommst du jetzt darauf?«

»Dieses Klirren. Diese Münze am Glas, mein Vater ist wahnsinnig geworden bei dem Geräusch. Hier in diesem Haus hab ich es zum ersten Mal wieder gehört.«

»Eine Münze, die an ein Glas geschlagen wird?«

»Trinkgläser gibt es nur in den vornehmeren Häusern. Wir selbst hatten nach Vaters Geschäftszusammenbruch nur noch ein einziges. Mutter hat es als Vase genutzt.«

Es entstand eine Pause, in der Irene überlegte, was es zu bedeuten hatte, was Laila ihr da erzählte.

»Ich habe lange nicht mehr an Vater gedacht«, fuhr Laila fort. »Immer war ich überzeugt, dass er uns im Stich gelassen hat, dass er weggegangen ist und Mutter in der Armut zurückgelassen hat, nachdem er sie aus gutem Hause heraus geheiratet hatte. Meine Großeltern, Sieglinde und Vico, haben das meiner Mutter sehr übel genommen. Aber sie hat zu meinem Vater gestanden und zu ihrer Entscheidung, bis heute. Vielleicht liegen die Dinge ganz anders, als ich immer dachte.«

»Du glaubst doch nicht, dass du in diesem Haus hier darüber etwas erfahren wirst?«

»Warum nicht?« Laila kratzte sich mit einem Finger an der Nase, so sehr, dass ein roter Striemen zurückblieb. Dann seufzte sie und sagte: »Die Gaukler sind wie eine Familie für mich. Ich habe Angst, euch zu verlieren.«

Irene hob hilflos die Hände und ließ sie wieder sinken. »Ich werde mit Reginald sprechen.«

»Solange ihr noch in Ulm seid, treffen wir uns hier jeden Abend.«

»Vielleicht ist ja alles geklärt in ein paar Tagen. Ein wenig werde ich Reginald vielleicht noch hinhalten können, aber lange sicher nicht. Und ich weiß nicht, wo er danach hinziehen will. Wenn er sich in den Kopf setzt, dass wir nach Ostern in Buchhorn mit den Aufführungen beginnen, werden wir wohl jetzt schon dorthin gehen. Bekommst du dein Geld, ganz egal, wie lange dich dieser Mann hier noch braucht?«

»So habe ich es verstanden«, antwortete Laila.

»Was ist mit deiner Mutter, was soll ich ihr sagen?«

Laila zögerte, dann antwortete sie: »Ich versuche, so bald wie möglich selbst zu ihr zu gehen.«

Irene nickte, kramte in ihrem Beutel und hielt Laila die Flöte hin. Sie beobachtete, wie die Freundin das Instrument nahm und mit den Fingern darüberstrich. Als sie sah, wie Laila es zum Mund führte, um ein paar wenige leise Töne zu spielen, freute sie sich darüber. Es mochte ja sein, dass Laila im Moment nicht wusste, wo sie hingehörte, doch so wie sie mit der Flöte umging, würde sie es sicher merken. Irgendwann. Irene verabschiedete sich von ihr und blieb nachdenklich zurück, als Laila zum Haus eilte.

Erschöpft lehnte sie sich mit dem Rücken an die Mauer des Tordurchgangs und schloss die Augen. Ihr war nicht mehr kalt. Die Kälte schien sich mit der Aufregung verflüchtigt zu haben. Sie atmete tief durch. Unvermittelt hörte sie ein Geräusch, ein leises Quietschen wie von einer Tür, die lange nicht benutzt wurde. Sie blickte zum Tor und tatsächlich, es stand offen. Eine kleine Gestalt drückte sich durch den Spalt, ohne zu bemerken, dass sie nicht alleine war. Irene tat rasch zwei Schritte nach vorn und hielt das Mädchen am Arm fest. Der kleine Körper zuckte zusammen bei der Berührung, doch es kam kein Laut.

»Was tust du hier?«, fragte Irene barsch.

Rike zog die Schultern hoch und blickte sie mit weit aufgerissenen Augen an. Erwartete sie Schläge oder warum wirkte sie so verschreckt? Irene beschloss, einen sanfteren Ton anzuschlagen. Ihr Griff um den Arm der Magd aber blieb hart und das Mädchen fügte sich.

»Sag, hast du uns etwa belauscht oder warum treibst du dich in Toreinfahrten von unbewohnten Gebäuden herum?«

Rike blickte auf den Boden und reagierte nicht. Ihr Verhalten aber sagte Irene genug. Sie war ertappt worden und das sah man ihr an.

»Für wen spionierst du?«

Rike schüttelte nur den Kopf und blickte weiter zu Boden. War es möglich, dass die Magd sich hier zufällig aufhielt, ausgerechnet dort versteckt, wo sie und Laila sich immer unterhielten? Das Tor stand noch offen und gab den Blick frei auf ein Stück des Innenhofes. Nicht einmal eine Katze war dort zu sehen, die Läden des Gebäudes hatte man geschlossen. Sie lockerte ihren Griff. Doch statt wegzulaufen blickte Rike nach oben und hob die Hände, als wolle sie sagen, dass alles seine Richtigkeit habe und Irene sich keine Sorgen zu machen brauche. Dann lächelte sie schüchtern, drehte sich um, rannte auf das Haus der Nehlins zu und verschwand darin.

Irene schüttelte den Kopf und zog das Hoftor zu. Langsam machte sie sich auf den Rückweg zum Gasthaus. Es war noch nicht wirklich dunkel und so fand sie ihren Weg leichter als sonst. Dennoch brauchte sie länger, weil sie darüber nachdachte, wie es nun weitergehen sollte. So sehr sie Laila verstehen konnte, das Spiel, welches sie spielte, wurde immer gewagter und Irene wünschte sich, wenigstens gegenüber Miltraut und Reginald die Wahrheit sagen zu dürfen. Sie würde Laila weiter unterstützen, das stand für sie außer Frage. Aber sie musste sich dabei ja nicht immer ihren Vorgaben beugen. Und vor Rike musste sie die Freundin warnen. Das Mädchen gab sich unscheinbar, doch Irene glaubte nicht mehr an ihre Hilflosigkeit. Sie schien es faustdick hinter den Ohren zu haben und sie handelte sicher nicht aus Eigeninitiative. Es gab jemanden, der sie lenkte. Nur wen?

Mit der Hoffnung, dass ihr zu gegebener Zeit die richtigen Antworten einfallen würden, betrat sie den Gastraum und gesellte sich zu den anderen Gauklern.

KAPITEL 11

ALS LAILA AM FOLGENDEN VORMITTAG an dem Tisch in Dietlinds Zimmer saß und auf dessen Oberfläche starrte, fragte sie sich, wie sie die nächsten Tage überstehen sollte. Nicht, weil sie Angst hatte, sondern weil sie nicht wusste, wie sie die Eintönigkeit und die Langeweile vertreiben konnte. Dieses Nichtstun, wie hatte Dietlind das nur ausgehalten? Es stand in so deutlichem Gegensatz zu Lailas sonst üblichem Tagesablauf, bei dem immer etwas geschah oder sie sich immer mit jemandem austauschen konnte. Hatte sich Dietlind wirklich mit gar nichts sonst beschäftigt als mit ihren gesellschaftlichen Pflichten und ihrem Ehemann? Wobei Guntram bislang kaum einmal das Wort an Laila gerichtet hatte. Sie war zwar erleichtert darüber, konnte aber kaum glauben, dass Dietlind hier so wie sie herumgesessen und Löcher in die Luft gestarrt hatte. Vielleicht hatte sie sich weitergebildet und täglich in einem Buch gelesen? Frauen ihres Standes lernten das Lesen, das wusste Laila von ihrer Mutter. Die stammte zwar nur aus Kaufmannskreisen, doch sicher handhabten es die Patrizier ebenso.

Laila dachte weiter nach. Ganz offenbar hatte man Dietlind von allem ferngehalten, was Macht und Entscheidungsgewalt beinhaltete. Nicht einmal im Haushalt schien sie ein Mitspracherecht zu haben. Das war Kyrillas Bereich, so wie letztlich alles in den Händen dieser Frau zusammenlief. Oder täuschte sie sich auch hier? Übernahm die Hausherrin nach dem Tod ihres

Mannes nur die Stellung, die ihr zustand, die von ihr erwartet wurde?

Laila bemerkte, dass sie mit diesen Überlegungen nicht viel weiterkam. Sie kannte sich einfach zu wenig aus in diesen Kreisen und hatte außer ihrer Mutter niemanden, den sie dazu fragen konnte. Sie musste mit ihr reden.

Skeptisch blickte sie an sich herab. In diesen Kleidern würde es schwierig sein, unauffällig zu bleiben. Und was sie darüber erzählen wollte, womit sie gerade ihr Geld verdiente, das hatte sie sich auch noch nicht überlegt. Zudem wunderte sich die Mutter schon längst, weil Irene mit den vielen Münzen zu ihr kam. Vielleicht wäre es besser, das Geld selbst dorthin zu bringen und es in den Topf zu tun, ohne dass jemand die Höhe des Betrags sah. Bislang hatte ihr Maxim die ausgehandelte erste Hälfte ihres Lohnes noch nicht gegeben. Sie würde ihn daran erinnern müssen.

Ungeduldig trommelte sie mit den Fingern auf das Holz, überlegte, ob sie ihre Flöte aus dem Versteck in der Truhe holen sollte, entschied sich schließlich dagegen. Es gab keine Möglichkeit für sie, hier zu üben. Sie musste mit dem Instrument nach draußen gehen an einen Ort, an dem sie niemand vermutete, wollte sie spielen.

Ihre Finger fuhren unter die Tischplatte, um zu tasten, ob das Holz dort ebenso glatt poliert war wie an der Oberseite. Sie blieb an etwas hängen, was sich weich anfühlte. Laila rutschte vom Hocker, kniete sich hin, und schaute nach oben. Unten an der Tischplatte hatte jemand mit kleinen Nägeln ein festes Tuch befestigt, welches zur hinteren Seite eine Öffnung besaß. Laila befühlte es und spürte harte Konturen. Sie griff hinein und zog ein schmales Büchlein heraus, das hier seinen Platz gefunden hatte. Laila tastete weiter, doch außer dem Buch befand sich nichts in dem Versteck. Also erhob sie sich wieder, setzte sich an den Tisch und legte das Fundstück vor sich hin.

An der Stelle, an der man es öffnete, sah der lederne Einband dunkel verfärbt aus, so als habe jemand häufig darin geblättert. Laila strich mit der Handfläche über die Erhebungen der Verzierung, nahm es hoch und befühlte den Buchrücken, der völlig intakt schien. Eine sorgfältige Arbeit hielt sie da in den Händen.

Laila schlug das Büchlein auf und ließ es enttäuscht sinken. Zahlenkolonnen starrten ihr entgegen, daneben standen kurze Notizen, auch auf den folgenden Seiten, die sie durchblätterte. Weiter hinten fand sich gar nichts mehr. Nicht einmal ein heimlich beschriebenes Blatt irgendwo dazwischen konnte sie entdecken, als sie sich jede Seite genau ansah.

Mit Zahlen konnte Laila nichts anfangen, rechnen konnte sie kaum. Offenbar war ihr Dietlind darin ein gutes Stück voraus. Laila sah sich die Kommentare hinter den Rechnungen an und kam zu dem Schluss, dass ihre Doppelgängerin ein Geschäftsbuch geführt hatte. Heimlich, vermutete sie, doch was für Geschäfte Dietlind getätigt hatte oder hatte tätigen lassen, das erschloss sich ihr nicht. Ihr fiel eine beträchtliche Summe auf, die kommentarlos auf der allerersten Seite stand und dick unterstrichen war. Wenn das Dietlinds Vermögen bezifferte, so war sie eine reiche Frau. Hatte sie in dieser Höhe Schulden, so war sie arm.

Laila beschloss, das Büchlein unter ihren Sachen in der Truhe zu verstecken und fragte sich, ob Maxim wohl davon wusste. Falls ja, würde sich vielleicht eine Möglichkeit ergeben, mehr herauszufinden.

Sie erhob sich, öffnete die Truhe neben dem Bett und steckte das Fundstück in ihren Beutel. Dabei ertasteten ihre Finger die Flöte. Sie zog sie heraus, drehte sie, hielt sie an die Lippen und spielte lautlos. Dann steckte sie das Instrument zurück und verstaute alles erneut am Boden der Truhe, verborgen unter zwei einfacheren Kleidern Dietlinds.

Bereits in der Hocke, stützte Laila sich mit den Händen auf dem Holzboden ab und spähte unter das Bett. Sie konnte nichts Ungewöhnliches sehen und ging noch tiefer hinunter auf Knie und Ellbogen, um sich die Bettunterseite anzuschauen, aber auch hier konnte sie nichts Interessantes entdecken. Sie erhob sich und sah sich um. Hinter ihr befand sich ein Schrank, an dem sich bislang immer nur Rike zu schaffen gemacht hatte. Laila hatte noch keinen Blick hinein geworfen. Nun öffnete sie ihn und besah sich die sorgsam zusammengefalteten Kleidungsstücke. Vorsichtig fühlte sie dazwischen, ohne etwas zu finden. Lediglich ein Taschentuch, das aussah, als sei es von einem Mann, zog sie aus einer Ecke hervor. Die eingestickten Initialen *H.M.* sagten ihr nichts. Sie schob es zurück in den Spalt und schloss die Schranktür, die ein leichtes Quietschen von sich gab. Die anfängliche Euphorie nach dem Fund des Büchleins hatte sich verflüchtigt und wich der Erkenntnis, dass – wenn es in diesem Raum Heimlichkeiten gab – sie die vermutlich nur durch einen Zufall entdecken würde, genauso wie das Buch.

Sie ging zum Wandteppich und hob ihn vorsichtig an. Mit der Hand fuhr sie dahinter, tastete sowohl die Wand als auch die Rückseite des Teppichs ab. Auch hier war nichts. Das Bett knarzte, als sie sich darauf sinken ließ. Oben an der Decke, hinter den Holzkassetten, gab es sicher auch vielfältige Versteckmöglichkeiten. Es würde Tage dauern, bis sie alle auf lockere Platten oder eine Ritze hin untersucht hatte.

Sie fuhr sich mit den Händen über das Gesicht und dachte noch einmal über Dietlinds Berechnungen nach. Wenn sie heimlich ein Geschäftsbuch geführt hatte, war sie ganz offenbar doch nicht so unbedarft und zurückhaltend in der ihr zugewiesenen Rolle verhaftet gewesen, wie ihr vor allem Johann weisgemacht hatte. Warum malte er ein solches Bild von Dietlind?

Laila hatte das Gefühl, dass Dietlinds Büchlein ihr etwas sagen wollte, etwas, das wichtig war, auch für sie. Nur was es war, das blieb für sie nicht fassbar. Sollte sie doch die Kassettendecke absuchen? Nicht heute, entschied sie und stand auf. Sie musste raus hier, das Eingesperrtsein in diesen vier Wänden schlug ihr auf das Gemüt.

Draußen im Flur blieb sie stehen und das Gefühl der Enge ließ ein wenig nach. Sie drehte sich einmal im Kreis, froh, sich zu bewegen, dann ein zweites Mal schneller, ein drittes Mal, sodass die Farben der Gegenstände miteinander verschmolzen und ein buntes Gemisch ergaben, aus dem keine Einzelheiten mehr erkennbar waren. Der Rock ihres Kleides bauschte sich in der Bewegung. Unvermittelt hielt sie inne, schwankte ein wenig, weil ihr schwindelig war. Die Gegenstände fügten sich wieder zusammen und nichts bewegte sich mehr. Laila ging ein paar Schritte zur Treppe, dann blickte sie nach oben. Die Bemalung mit der Rosette in der Mitte und den davon ausgehenden Blütenranken, umgrenzt von mehreren geraden Linien, wirkte ebenso verschwenderisch wie die ausladenden Türrahmen in den größeren Räumen des Hauses. Laila fragte sich, wer dieses Gebäude wohl erbaut hatte, ob das die Nehlins selbst gewesen waren oder ob sie es irgendwann erworben hatten. Vielleicht konnte sie Irene bitten, mehr über diese Familie herauszufinden, wo sie herkam, seit wann sie in Ulm lebte und womit sie vermögend geworden war. Irgendwie musste es doch möglich sein, solche Dinge zu erfahren.

Sie wünschte sich, rausgehen zu können, in den Straßen bei den Fastnachtsspielen zu tanzen mit den anderen, ihre Freunde zu suchen und mit ihnen zu musizieren. Vielleicht war es ja wenigstens möglich, in gesittetem Abstand zuzuschauen. Dietlind hatte das doch sicher auch getan, sich die Darbietungen der Gaukler zur Fastnachtszeit angesehen.

Laila ging zur Treppe und stieg ins untere Stockwerk. Die Tür zum Arbeitszimmer war geschlossen, sie hörte Stimmengemurmel, doch sie konnte keine Worte verstehen. Noch ein Stockwerk tiefer wirkte das Haus wie ausgestorben. Niemand befand sich im Eingangsbereich, die Tür zum großen Saal stand offen. Laila wandte sich zum hinteren Teil des Hauses. Auch hier, im untersten Stock, musste es eine Tür zu der Dienstbotentreppe geben. Sie fand sie recht schnell, öffnete und lauschte. In der Küche schien sich jemand aufzuhalten, sie hörte ein Klappern, als sei etwas umgestoßen worden. Laila begab sich dorthin, steckte den Kopf in die Türöffnung und erblickte den Rücken von Johann, der an einem der langen Tische stand. Sonst befand sich niemand im Raum. Sie beobachtete, wie er Gebäckstückchen aus einer Schüssel nahm und sie in einen Holzkasten schichtete. Über ihm hingen blank polierte Töpfe und Schöpfkellen an der Wand. Es war alles geputzt und aufgeräumt, ein Augenblick der Ruhe in diesem sonst so häufig genutzten Teil des Hauses. Auf dem Herd brannte kein Feuer, die Asche hatte man zusammengefegt und entsorgt.

»Ist das nicht Aufgabe der Köchin?«, fragte Laila, um Johann auf sich aufmerksam zu machen.

Er drehte sich hastig um, starrte sie kurz an und fuhr dann mit seiner Tätigkeit fort, ohne sie weiter zu beachten.

»Habt Ihr eine Verehrerin oder warum verpackt Ihr heimlich Kekse?«, scherzte sie, immer noch erstaunt wegen Johanns Anwesenheit. Bislang hatte sie nicht das Gefühl gehabt, dass die Küche zu seinem Aufgabenbereich zählte.

»Was tut Ihr hier?«, fragte er. Sein unfreundlicher Ton irritierte Laila. Sie hatte ihn noch nie verärgert gesehen, im Gegenteil, für sie schien er der Inbegriff eines besonnenen Menschen. Warum er sich nun auf einmal so schroff ihr gegenüber benahm, konnte sie sich nicht erklären.

»Ich kann nicht glauben, dass Dietlind den ganzen Tag auf ihrem Zimmer verbracht hat. Auch sie ist ganz sicher ab und an hinausgegangen und hat mit jemandem gesprochen«, entgegnete sie.

»Natürlich. Sie trieb sich aber nicht in der Küche herum.«

»Wisst Ihr das so genau?« Laila dachte an das falsche Bild, welches er ihr von Dietlind vermittelt hatte. Vielleicht war er in ihre heimlichen Geschäfte eingeweiht gewesen, doch sie glaubte es nicht. Vielmehr hatte sie mittlerweile den Eindruck, dass Johann schon die ganze Zeit auf Maxims Anweisungen hin handelte, auch wenn er zu Beginn behauptet hatte, von Dietlind geschickt worden zu sein.

»Was wollt Ihr damit sagen? Kümmert Euch um Eure Aufgabe und erledigt sie zur Zufriedenheit. Ihr erhaltet viel Geld dafür.«

War es das, was ihn gegen sie aufbrachte? Dass sie eine solch hohe Summe von Maxim für ihre Doppelrolle gefordert hatte? In dem Versuch, ihn wieder gewogener zu stimmen, schlug sie einen lockeren Plauderton an und trat neben ihn. »Das Gebäck sieht wirklich gut aus, für wen ist es? Ich darf doch sicher eins davon probieren.«

Sie spürte den festen Griff an ihrem Handgelenk, mit dem Johann sie zurückhielt. Grob schob er sie weg von dem Kasten, tat die letzten Gebäckstücke hinein und verschloss ihn. Laila rieb sich das Handgelenk. Hier stimmte etwas nicht.

»Was habe ich Euch getan?«

Johann verstaute den Kasten mit Gebäck in einem Korb, den er abdeckte und neben die Tür stellte. Plötzlich sah er müde aus. »Ihr steht im Weg. Sonst nichts.« Er deutete auf den Korb.

»Dies ist für Dietlinds Vater. Kyrilla lässt ihm sein Lieblingsgebäck immer von der Köchin bereiten, wenn Dietlind ihn besuchen geht. Ihr werdet morgen hinfahren.«

Schön, dass jemand hier mal daran dachte, ihr zu sagen, was sie eigentlich als Erste erfahren sollte, nicht als Letzte.

Wie sollte sie sich richtig auf solche Ereignisse vorbereiten, wenn sie keine Zeit dafür bekam? Sie verbiss sich die Kritik, wartete ab, doch Johann fügte nur an: »Und Ihr werdet hiervon nichts anrühren. Es ist nicht für Euch bestimmt.« Dann nickte er und wandte sich ab.

Lailas »Wollt Ihr mir nicht mehr erzählen?« überhörte er und verschwand.

Im Flur traf sie auf Maxim. Er erzählte ihr von dem geplanten Ausflug und fügte an: »Es wird Zeit. Dietlinds Vater Ingward wartet sicher schon. Sie hat ihn regelmäßig besucht. Wir dürfen ihn nicht misstrauisch machen.«

»Das wird nicht einfach werden, den Vater zu täuschen.«

»Doch, wird es. Ich erzähle dir alles morgen während der Fahrt.« Damit nickte er, ließ sie vorgehen, führte sie zur Treppe und schaute ihr von unten hinterher, wie sie zu ihrem Zimmer ging. Wieder eingesperrt, dachte sie. Aber wenigstens würde sie am nächsten Tag hinauskommen. Auch wenn sie nicht wusste, was sie dort draußen auf dem Landgut erwartete.

KAPITEL 12

Maxim hatte Laila am Abend zuvor gebeten, sich am nächsten Morgen früh fertig zu machen. Jetzt stand sie da und wartete mit dem Korb in der Hand, in den Johann das Gebäck getan und die Köchin noch Proviant für den Tag hineingegeben hatte. Sie beobachtete, wie Maxim einen vierrädrigen Wagen die Gasse entlang bewegte. Er saß vorn auf der Bank, hinter ihm die Ladefläche. Das Pferd warf den Kopf in die Höhe und schüttelte ihn mit einem Schnauben, so als wolle es Fliegen vertreiben, obwohl es die jetzt im Winter gar nicht gab.

Maxim brachte den Wagen vor ihr zum Stehen und half ihr hoch auf die Sitzbank. Sie hatte ein wenig Mühe, mit dem langen Kleid nach oben zu klettern, ohne es zu verschmutzen oder zu beschädigen. Endlich saß sie neben ihm, drapierte den Stoff um sich herum und blickte dann erwartungsvoll nach vorn. Den Korb hatte sie zu ihren Füßen abgestellt. Mit einem Zungenschnalzen und einem Klatschen mit den Zügeln auf den Pferderücken setzte sich das Gefährt wieder in Bewegung. Die Räder knarrten, der Wagen ruckte und Laila hielt sich mit beiden Händen an der Bank fest.

»Er ist etwas unruhig heute«, meinte Maxim. »Hat zu lange im Stall gestanden. Das legt sich, sobald wir aus der Stadt raus sind und er Auslauf bekommt.«

Laila antwortete nicht, zu sehr war sie bemüht darum, trotz des Geschaukels Haltung zu wahren. Wann immer jemand an ihnen vorbeiging, lächelte sie, nicht wissend, ob es eine Bekannte von Dietlind war oder nicht. Wenn die anderen winkten, konnte sie sicher sein und grüßte zurück.

Sie passierten eines der Stadttore, verließen Ulm in südöstlicher Richtung. Nun galt es also erneut, einen Menschen, der Dietlind nahe gestanden hatte, zu täuschen. Der eigene Vater würde sicher nicht leicht auf die Maskerade hereinfallen. Maxim versicherte ihr jedoch, dass Dietlinds Vater nicht mehr gut sehe und auch sein Gehör nachgelassen habe, seit er so krank geworden sei. Sein Zustand verschlimmere sich zusehends. Auf Lailas Nachfrage, um was für eine Krankheit es sich denn handele, wusste Maxim keine Antwort. Nur, dass der hinzugezogene Medikus bislang nichts erreichen konnte.

Das Pferd schlug eine schnellere Gangart an, die den Wagen noch mehr ins Wanken brachte, sobald eines der vier Räder in ein Schlagloch geriet oder über einen Stein holperte. Trotzdem genoss Laila diese Fahrt, die Möglichkeit, draußen zu sein und den weiten Blick in die leicht hügelige Landschaft. Sie passierten eine Schafherde, die sich rechts vom Weg befand. Der Schäfer, auf seinen Stab gestützt, blickte ihnen nach. Auf einem Feld lockerten mehrere Männer mit ihren Hacken den winterharten Boden auf. Sie fragte Maxim, warum sie das taten, doch der wusste auch keine Antwort.

Der Pferderücken vor ihr bewegte sich im gleichbleibenden Takt, die langen Zügel folgten der Bewegung. Laila dachte an die Gaukler und ihr gemeinsames Umherziehen durch die Lande. Wenn sie zu Fuß unterwegs war, fühlte sie sich schwerer, langsamer, mit dem Boden verhaftet. Es war kein Vergleich zu der Unbeschwertheit, mit der sie auf diesem Karren sitzen und in die Gegend schauen konnte. Vorsichtig zog sie ihre Flöte aus dem Bündel und spielte ein paar Töne. Maxim hielt sie nicht ab und so setzte sie an zu einem ihrer Lieblingslieder. Hell und klar verließen die Töne das Instrument, vereinigten sich mit der Luft und verblassten, gefolgt und überlagert von den nächsten Tönen. Laila schloss die Augen und gab sich ganz der Musik hin, wiegte sich im Takt der Melodie, passte sich dem Ruckeln des Wagens an.

Als sie genug hatte und das Instrument absetzte, fing sie einen Blick von Maxim auf. Wenn sie nicht alles täuschte, gefiel ihm ihr Flötenspiel.

»Das konnte Dietlind nicht, hm?«, fragte sie leichthin.

»Dietlind konnte so einiges nicht, was du beherrschst«, antwortete er und sah wieder nach vorn.

»Das heißt?«

»Nichts.«

»Magst du mich deshalb mehr als sie?« Laila beschloss, ihn ein wenig aufzuziehen.

»Ja, natürlich«, antwortete er.

Natürlich? Was sollte das nun wieder heißen, nahm er sie auf den Arm? Erneut setzte sie die Flöte an, dieses Mal, um ihre Verlegenheit zu überspielen. Sie entlockte dem Instrument Töne, bis ihre Finger zu kalt wurden und sie die Hände unter ihrem Umhang wärmen musste. Als die Melodie verklungen war, hörte sie nur das Schnauben des Pferdes und das Knarzen des Wagens. Ihr war nicht danach, erneut ein Gespräch zu beginnen. Maxim schien es ähnlich zu gehen.

Schließlich erreichten sie das Landgut. Das Tor in der Mauer, die das Anwesen umgab, stand offen, sodass sie ungehindert einfahren konnten. Ein paar Hühner flogen gackernd auf und machten ihnen Platz, sonst gab es keine Tiere auf dem Hof. Maxim half Laila vom Wagen und sie sah sich um. Aus einem der Nebengebäude kamen zwei Knechte, die sich um das Pferd kümmerten. Sie befreiten es vom Wagen; einer von ihnen führte das Tier zu einer steinernen Brunnen, der offenbar auch als Tränke verwendet wurde. Dietlinds Vater lebte auf einem stattlichen Anwesen, dessen Haupthaus von mehreren Wirtschaftsgebäuden umschlossen wurde. Vermutlich gehörte auch ein gutes Stück Land dazu.

»Er hat sich erst im Alter hierhin zurückgezogen. Vorher lebte die Familie in Ulm, ist ein altes Adelsgeschlecht«, erklärte Maxim, während er sie zum Eingang führte. Die grünen Läden waren nur im obersten der drei Stockwerke geschlossen. Vermutlich konnte ein einzelner Bewohner gar nicht so viel Platz nutzen, wie sich ihm hier bot. Laila zumindest hatte den Eindruck, dass allein in das Hauptgebäude zehn der Wohnhäuser passten, wie ihre Mutter eins bewohnte.

»Überlass mir das Reden. Hast du deine Flöte dabei? Ich werde ihm erzählen, dass du fleißig gelernt hast. Spiel ihm ein einfaches Lied, das wird ihn freuen.«

Keine schlechte Idee, dachte Laila und nickte. Eine Magd ließ sie ins Haus und nahm ihre Umhänge in Empfang. Der Eingangsbereich war deutlich größer als bei dem Haus der Nehlins, aber ohne jegliche Verzierung, lediglich eine Reihe Porträts hing an einer Wand. Sie schritten eine breite Treppe hoch und betraten einen Raum, der nach Papier und Leder roch. In einem Regal standen einige Bücher, von denen eins kostbarer aussah als das andere, die Ledereinbände mit Goldverzierung, teilweise dunkel vom häufigen Gebrauch. Neben einem Kamin, in dem ein Feuer knisterte und seine Wärme verbreitete, hatte man einen Sessel so hingeschoben, dass der Sitzende mit dem Rücken zum Fenster saß. Laila erkannte erst auf den zweiten Blick, dass sich unter den Decken ein alter Mann befand. Obwohl es im Raum warm genug war, schien er zu frieren und hatte sich die Decken bis unter das Kinn hochgezogen. Heraus schauten nur seine Hände und sein Kopf, der umrahmt wurde von sauber geschnittenem weißem Haar.

Maxim übernahm die Führung und Laila fügte sich ein in ihre Rolle, auch wenn es ihr unwohl dabei war.

»Seid gegrüßt, Ingward, geht es Euch ein wenig besser? Ich bringe Eure Tochter, mein Bruder Guntram hatte leider keine Zeit, sie zu begleiten.«

Der alte Mann blickte unverwandt zu ihnen und Laila spürte, wie er sie musterte. Sie konnte nicht einschätzen, wie gut ihr Gegenüber wirklich sehen konnte, musste auf die Angaben von Maxim vertrauen. Sie trat vor, knickste und fühlte sich noch unbehaglicher.

»Seit wann gibt mir meine Tochter keinen Kuss mehr?«, fragte Ingward mit fordernder Stimme, die so gar nicht zu seinem gebrechlichen Äußeren passte. Er räusperte sich, griff sogleich nach einem Glas, das neben ihm auf einem Tischchen stand, und trank ein paar Schlucke. Er schien Laila hundert Jahre alt, so viele Falten hatten Gesicht und Hände. Sie beugte sich zu ihm hinunter, küsste ihn auf die Wange und zog sich zurück, um Maxim wieder vorzulassen.

»Ihr habt es schön hier. Ich sollte Dietlind häufiger begleiten, mir gefällt diese Bibliothek.« Er schob Laila einen Stuhl hin, damit sie sich setzen konnte, blieb selbst stehen, wanderte am Regal entlang und zog ab und an ein Buch heraus, um den Titel zu lesen. »Lasst Ihr Euch vorlesen?«, fragte er schließlich.

»Wie soll ich sie selbst lesen, wenn ich seit einigen Wochen kaum noch sehe, vor allem nicht auf die Nähe?«, antwortete der Alte. »Es wird immer schlimmer.« Er nahm wieder einen Schluck, bemerkte, dass sein Glas leer war und nickte Laila zu. Sein Blick ruhte auf ihr, als sie sich erhob und ihm aus der Karaffe, die neben dem Glas stand, nachschenkte.

»Bekommst du endlich ein Kind?«, fragte er unvermittelt und Laila schickte einen Hilfe suchenden Blick zu Maxim, während sie die Karaffe wieder abstellte und sich setzte. Dieser Besuch verlief nicht gut. Sie hatte erwartet, dass Dietlinds Vater krank und hilflos war, Ingward aber hatte ein herrisches Auftreten, das durch seine Krankheit nicht wirklich getrübt schien.

»Ihr solltet nicht zu ungeduldig sein, das wird schon. Eure Dietlind übt neuerdings das Flötenspiel und möchte Euch ihr Können zeigen.«

»Seit wann kann sie nicht mehr selbst reden?«

Nun musste sie etwas sagen, um glaubwürdig zu bleiben. Laila räusperte sich, und antwortete: »Meine Stimme ist etwas angeschlagen, Vater. Verzeiht.« Dabei schwor sie sich, Dietlinds Tonlage einzuüben, und wenn Maxim ihr dabei helfen musste, das war ihr gleich. So ging es jedenfalls nicht weiter, sie musste gefahrlos mit den Leuten reden können.

»Hab mich schon gewundert, warum du mir nicht wieder in den Ohren liegst mit deinem dummen Gerede. Du bekommst kein Geld von mir. Ich sehe nicht, warum ich das Erbe deines Bruders schmälern sollte, nur weil du wieder Flausen im Kopf hast. Dein Mann Guntram wird genug in seiner Schatulle haben. Bekomm lieber ein Kind, mach einen alten Mann mit einem Enkel glücklich.«

Laila hatte keine Ahnung, wovon Ingward sprach. Dietlind hatte Geld von ihm gefordert? Sie dachte an das Geschäftsbüchlein, welches sie gefunden hatte. Stand die Forderung damit in Zusammenhang? Ergeben antwortete sie: »Natürlich, Vater.« Ihr fehlender Widerspruch schien ihn zu besänftigen. Sein Tonfall wurde freundlicher.

»Es ist gut, dass du wieder Flöte spielst. Auch wenn ich immer Zweifel daran hatte, dass du es je lernen wirst, deiner Mutter gefiel es.« Er forderte sie mit einer kaum wahrnehmbaren Handbewegung auf, zu ihm zu kommen. Laila gehorchte und erhob sich. Ingward winkte sie dichter heran und betastete ihr Gesicht. Sie spürte seine kalten Hände auf ihrer Haut. Es fühlte sich nicht unangenehm an, dennoch war sie versucht, sich zurückzuziehen. Sie hielt inne und ließ ihn gewähren. Die Berührungen seiner Finger an ihren Wangen, ihren Brauen, ihrer Nase hatten etwas Suchendes. Unvermittelt ließ er die Hände sinken. Er murmelte etwas, was Laila nicht verstand. Sie meinte, ein Kopfschütteln wahrzunehmen. Den Blick abgewandt, sagte Ingward nichts mehr, sondern starrte nur auf den Boden, ganz mit sich selbst beschäftigt.

Um die Stille zu überspielen, setzte Laila die Flöte an ihre Lippen und begann zu spielen. Sie hatte verstanden, dass Dietlind offenbar Unterricht genossen hatte, dennoch wählte sie eine einfache Melodie und baute absichtlich ein paar schiefe Töne ein. Ab und an setzte sie ab, begann von Neuem, so wie es jemand tun würde, der nicht ganz so geübt war. Dennoch verfehlte die Musik ihre Wirkung nicht. So spielte sie mehrere Lieder hintereinander. Dietlinds Vater schloss die Augen. Schließlich fing er leise an zu schnarchen und Maxim bedeutete Laila aufzuhören. Vorsichtig verließen sie den Raum. Draußen atmete Laila auf. Sie hatte nicht das Gefühl, ihre Rolle hier überzeugend gespielt zu haben.

»Ich glaube, er hat etwas gemerkt«, sagte sie.

»Unsinn.«

»Er war misstrauisch.«

»Davon habe ich nichts mitbekommen. Mach dir keine Sorgen.«

»Warum war er so garstig, ich denke, er liebt seine Tochter?«

»Offenbar hatten sie ein wenig Streit.«

»Er hat von einem Bruder gesprochen. Ich fände es hilfreich, wenn du mich rechtzeitig einweihen würdest, bevor ich ihm begegne, damit ich mich darauf einstellen kann. Wir sollten auch an meiner Stimme üben, es geht nicht an, dass ich nie etwas sagen kann, weil ich mich damit vielleicht verrate.«

»Dietlind *hatte* einen Bruder«, antwortete Maxim. »Doch der ist verschollen, von einer Reise vor drei Jahren nicht zurück gekehrt. Der Vater will das nicht wahrhaben. Er wartet immer noch.« Er schwieg eine Weile, während sie auf den Knecht warteten, der ihnen Wagen und Pferd bringen sollte. Schließlich fügte er an: »Meine

Mutter wird morgen ein Fest veranstalten. Ich werde in deiner Nähe bleiben, falls du Hilfe brauchst.«

Laila nickte, immer noch in Gedanken bei dem alten Mann. Er hatte ihr Gesicht betastet, als wollte er sich vergewissern, dass sie die Richtige war. Weil er nicht richtig sehen konnte, nahm er die Hände, doch wie viel hatten die ihm verraten können? Das nächste Mal musste sie Ingward sicherer entgegentreten.

Laila kletterte auf den Wagen und Maxim schnalzte mit der Zunge, sodass sich das Pferd in Bewegung setzte. Sie waren bereits ein Stück weit gefahren, als eines der Räder in ein Schlagloch geriet und der Wagen bedrohlich schwankte. Laila hielt sich fest und stieß mit dem Fuß gegen den Korb, der unter die Bank gerutscht war. Als sich das Gefährt wieder gefangen hatte, zog sie den Korb mit dem Essen hervor und erblickte das Kästchen von Johann.

»Wir haben vergessen, das Gebäck abzuliefern.«

»Verdammt! Meine Mutter sendet es ihm immer als besonderen Gruß, weil Ingward es so liebt.«

»Wenn wir umkehren, brauchen wir ewig, bis wir zurück in Ulm sind.«

»Verwahre den Behälter, wirf das Gebäck in den Graben.«

Schade drum, dachte Laila und öffnete das Gefäß. Der Duft nach Honig und Mandeln wehte an ihre Nase und sie merkte, dass sie Hunger bekommen hatte. Seit heute Morgen hatte sie nichts gegessen. Sie hielt das Gebäck Maxim hin, doch der winkte ab, konzentriert auf den Weg. Sie nahm sich ein Stück, es schmeckte sehr süß, süßer als sie es gewohnt war, zu süß. Sie nahm einen weiteren Bissen, doch der schmeckte noch merkwürdiger.

Also schluckte sie ihn schnell herunter und kippte den Kasten über dem Rand des Karrens aus. Ganz offenbar war bei der Herstellung in der Küche etwas schiefgegangen, wer aß so etwas gerne und erklärte es zu seinem Lieblingsgebäck? Wie gut, dass sie es vergessen hatten.

In dem Korb befand sich in ein Tuch eingewickelt Fleisch, gekochte Eier und frisches Brot. Laila bediente sich und nun nahm auch Maxim den ein oder anderen Happen an, den sie ihm hinhielt. Danach übte sie mit seiner Hilfe Dietlinds Stimme ein.

Einige Zeit später, der Nachmittag war fortgeschritten und sie näherten sich zügig der Stadt Ulm, deren Silhouette sie bereits sehen konnten, überquerten sie den Lauterbach und Laila bat darum, kurz anzuhalten. Sie nahm den Wasserschlauch, um ihn zu füllen, doch Maxim hielt sie zurück und sprang selbst vom Wagen. Als er zurückkam, setzte Laila zum Trinken an. Ihr Mund fühlte sich ausgetrocknet an und das eiskalte Wasser tat gut.

»Du hast ja Durst, als wäre es Sommer«, meinte Maxim. »Habe gar nicht bemerkt, dass du den Schlauch leergetrunken hast.«

Eigentlich hatte sie keinen Durst. Der Mund war nur so trocken, als hätte sie seit Tagen nichts Flüssiges zu sich genommen.

Sie setzten ihre Fahrt fort und Laila musste mit beiden Händen die Augen abschirmen, als die fahle Wintersonne zwischen den Wolken hervorkam. Geblendet blinzelte sie, spürte gleichzeitig, wie ihr Herz wie wild in ihrer Brust schlug. Sie atmete tief ein und aus, doch sie fühlte sich nicht besser.

»Mir ist komisch«, erklärte sie, als sie einen besorgten

Blick von Maxim auffing. Wieder nahm sie einen Schluck Wasser, dann noch einen, und atmete weiter die kühle Luft.

Irgendwann spürte sie, wie Maxim sie festhielt, was sich tröstlich anfühlte. Er lenkte das Pferd nur mit einer Hand, den anderen Arm hatte er um Lailas Schultern gelegt, um sie zu stützen. Die Beschwerden ließen nicht nach, verschlimmerten sich aber auch nicht. Laila war versucht, es auf die viele ungewohnte frische Luft zu schieben. Das kam halt davon, wenn man den ganzen Tag in einem Zimmer sitzen musste. Sie lehnte den Kopf an Maxims Schulter, wollte nicht sprechen, nicht weiter nachdenken.

In Ulm angekommen, begab sie sich gleich auf das Zimmer und legte sich hin. Das durch die Läden abgedämpfte Licht tat ihren Augen gut und als Rike mit einem Becher und einem Teller hereinkam, freute Laila sich über die Aufmerksamkeit. Sie war sicher, dass Maxim die Magd zu ihr geschickt hatte.

Schließlich, nachdem sie kurzzeitig ein wenig weggedämmert war, erhob sie sich wieder. Ihre Beine fühlten sich schwach an und sie hielt sich am Bett, bis das Drehen in ihrem Kopf nachließ. Draußen war es bereits dunkel und Irene würde sicher schon auf sie warten.

Auf dem Flur befand sich kein Mensch und auch auf dem Weg nach draußen begegnete ihr niemand. Auf der Gasse begann ihre Umgebung im Dämmerlicht wieder bedrohlich zu schwanken. Laila hielt sich an der Hauswand fest, atmete ein paar Mal tief ein. Dann ging sie weiter zu dem Treffpunkt. Die Freundin sah übermüdet aus, die Fastnachtsspiele waren heute beendet worden, vermutlich hatte sie den ganzen Tag über die Vorführungen begleitet.

»Du siehst bleich aus«, begrüßte Irene sie.

»Mir geht es nicht gut«, antwortete Laila. »Muss von dem Geschaukel auf dem Wagen gekommen sein.« Sie erzählte, was sich am Tag ereignet hatte und erntete einen besorgten Blick, nachdem sie fertig war.

»Das Geschaukel auf dem Wagen? Du verträgst sogar das Geschaukel auf dem Fluss ohne Probleme.«

In der Tat hatte ihr so etwas noch nie Schwierigkeiten bereitet. Aber was, neben der vielen frischen Luft, sollte es denn sonst gewesen sein?

»Hat meine Mutter etwas gesagt, als du das Geld zu ihr gebracht hast?« Am Tag zuvor hatte Laila von Maxim die erste Hälfte der versprochenen Summe bekommen und sie abends an Irene weitergereicht.

»Du musst mit ihr reden. Sie glaubt mir nicht und ich verstehe das. Geh zu ihr und sag ihr die Wahrheit. Deine Mutter ist stärker, als du denkst.«

Laila nickte nur.

»Wir reisen morgen ab. Reginald hat es kurzfristig entschieden. Ich konnte nichts erreichen.«

Laila spürte, wie sie wieder schwach wurde bei dieser Nachricht. Ihre Beine schienen sie nicht tragen zu wollen und sie lehnte sich an die Steinwand, um nicht umzufallen.

»Wo geht ihr hin? Ihr braucht für die Fastenzeit ein Dach über dem Kopf.«

»Ich hoffe, nicht weit weg. Ich schicke dir Nachricht, sobald ich mehr weiß.« Irene nahm ihre Hand und drückte sie. »Magst du nicht doch mitkommen?«

Laila konnte nur den Kopf schütteln. »Ich brauche das Geld«, flüsterte sie.

»Rede mit deiner Mutter und deinem Bruder. Versuche nicht, alles alleine zu machen. Sie können dich unterstützen.«

»Hast du etwas über die Nehlins herausfinden können?«

»Wenn ich ehrlich bin, hat Reginald merkwürdig reagiert, als ich danach fragte. Er wollte wissen, warum ich ihm diese Frage stelle, was mit den Nehlins denn sei.«

»Du hast ihm nichts erzählt?«

»Nichts, was ich nicht erzählen durfte.«

Laila entging die ausweichende Antwort nicht, aber sie war zu erschöpft, um nachzuhaken. »Und was ist nun mit ihnen?«

»Der Vater war wohl ein rechter Kaufmann, hat sich von unten hoch gearbeitet. Die Familie ist bemüht, sich in den alteingesessenen Ulmer Adel einzuheiraten, was bislang auch gut gelang. Nur der jüngste Sohn schlägt etwas aus der Reihe, wie es scheint. Ist noch unverheiratet. Mehr hat mir Reginald nicht erzählt und wen anderes konnte ich noch nicht fragen.«

»Ich glaube, ich gehe jetzt besser zurück.«

»Warte, nimm dies.« Irene holte einen Gegenstand aus ihrem Beutel, den sie in ein Tuch gewickelt hatte, und gab ihn Laila. »Es ist mein Messer, bitte behalte es bei dir, mir ist wohler, wenn ich weiß, dass du es hast.«

Laila wollte widersprechen, doch Irene winkte ab und fügte hinzu: »Pass auf dich auf, Laila. Wenn dir etwas passiert und ich bin nicht hier, um dir zu helfen, werde ich mir das nie verzeihen. Und nimm dich in Acht vor

Rike, sie bespitzelt dich, ich weiß nur nicht in wessen Auftrag.«

»Wie kommst du denn darauf?«

»Gestern war ich zu müde, da habe ich es vergessen zu erzählen, aber sie hat sich hier hinter dem Tor versteckt und uns belauscht.«

»Sie war hinter diesem Tor? Das muss Zufall gewesen sein.« Laila hatte nicht die Kraft, sich mit Irenes Warnungen auseinanderzusetzen. Sie hatte nur das Gefühl, die Freundin übertreibe damit.

»Und die Nachtigall singt mitten am Tage, wenn die Sonne am höchsten steht, ich weiß.« Irene umarmte sie und half ihr zu der Seitentür des Hauses.

Laila winkte ihr zu, als Irene sich nochmal umdrehte, bevor sie um die nächste Straßenecke verschwand. Den mühseligen Aufstieg die Treppen hoch bewältigte sie nur mithilfe des Geländers. Oben verstaute sie das Messer in der Truhe und als sie endlich in ihrem Bett lag, schlief sie sofort ein.

KAPITEL 13

Am folgenden Vormittag saß Laila auf dem Hocker in Dietlinds Zimmer und ließ sich von Rike die Haare richten. Es schien eine Ewigkeit zu dauern, so sorgsam steckte die Magd jede einzelne Strähne hoch. Laila hatte beschlossen, Geduld zu bewahren. Letztlich hatte sie verstanden, dass dies eine Eigenschaft war, die offenbar von Frauen der gehobenen Gesellschaft erwartet wurde, und so schadete es nicht, sich darin zu üben. Zudem hatte sie genügend Sorgen, über die sie nachdenken musste. Allem voran machte ihr die Abreise der Gaukler zu schaffen. Sie vermisste Irene und ihre pragmatische Art schon jetzt. Sie brauchte jemanden zum Reden, im Gegensatz zur Freundin glaubte sie nicht, dass ihre Mutter geeignet dafür war. Es war notwendig, sie zu unterrichten, und Laila hatte sich fest vorgenommen, das bei nächster Gelegenheit zu tun. Aber ihr war klar, dass sie sich wieder Warnungen würde anhören müssen über die reichen Leute und dass man ihnen nicht trauen durfte. Irene war da anders. Ihre Ratschläge hatten Hand und Fuß. *Hoffentlich meldet sie sich bald*, dachte Laila.

Sie zuckte zusammen, weil es ziepte. Rike entschuldigte sich mit einem leichten Berühren ihrer Wange. Dann machte sie weiter. Laila dachte noch einmal an die Geschehnisse des vorigen Tages. Ihre Vorstellung bei Dietlinds Vater war nicht gut gelaufen und solche Fehler und Unsicherheiten wie dort durften ihr nicht wieder passieren. Für heute hatte sie sich vorgenommen, es besser zu machen. In größeren Gesellschaften fühlte sie sich wohler. Engen Verwandten gegenüber, die Dietlind sehr gut gekannt hatten, fehlte es ihr noch an Sicherheit.

Sie blickte vor sich auf den Tisch und dachte an das Büchlein, welches Dietlind darunter versteckt hatte. Von ihrem Vater hatte sie also Geld eingefordert, der verweigerte es ihr, und darüber schienen sie in Streit geraten zu sein, wenn Laila das richtig verstanden hatte. Ob Dietlind tatsächlich Schulden gehabt hatte? Die Summe konnte nicht unerheblich gewesen sein, denn sonst geriet man doch nicht in Streit. Besaßen die Nehlins etwa nicht genügend Geld?

Dann die Sache mit dem Bruder, der nicht von einer Reise zurückgekommen war und auf den der Vater immer noch wartete. Wie hatte Dietlind zu diesem Bruder gestanden und was war mit ihm geschehen? Fragen über Fragen, die sich auftaten, ohne dass sich eine von ihnen beantworten ließe.

Rike bedeutete Laila, dass sie fertig sei. Neugierig schaute sie in den Spiegel, den das Mädchen ihr hinhielt, und erkannte sich selbst kaum wieder. Sie drehte sich einmal im Kreis, froh, dass von dem vortäglichen Schwächeanfall nichts mehr zurückgeblieben war. Sie fühlte sich gut. Angekleidet war sie bereits, nun musste sie warten, bis Dietlinds Ehemann sie holte. Zum Mittag sollte das Fest im großen Saal des Hauses beginnen.

Als Rike den Raum verlassen hatte, übte Laila noch einmal, ihre Stimme zu verstellen. Leise und doch sehr energisch habe sie gesprochen, das hatte Maxim ihr auf der Heimfahrt am Tag zuvor erklärt. Sie hatte nicht lange gebraucht, um sich vorzustellen, wie sich das angehört haben könnte.

So verging die Zeit schneller als erwartet und schließlich schritt sie an der Seite von Guntram die große Treppe hinunter. Noch waren nicht sehr viele Gäste angekommen. Sie wurden von Johann am Eingang begrüßt und Laila lächelte, nickte und überließ Guntram das Reden. Sie betraten den großen Saal im Untergeschoss, der für die Feierlichkeit hergerichtet worden war. Die Mägde hatten mehrere Tische zusammengestellt zu einer langen Tafel. Darauf lagen weiße Tücher, die mit einem umlaufenden Blütenmuster bestickt waren. Die Tische selbst hatte man mit Trinkgläsern, Messern und Tellern eingedeckt. Es standen bereits mehrere Platten auf dem Tisch; darauf geräucherter Aal, Putenfleisch garniert mit Gemüse, Pasteten mit Rindfleisch gefüllt, Gebäck, Himbeerkonfekt und aufgeschnittenes Brot. Blumen lagen zur Dekoration auf der Tischdecke verteilt.

In einer Ecke des Raumes stimmten Musikanten ihre Instrumente. Laila betrachtete sie kurz, konnte aber kein bekanntes Gesicht entdecken. Ein Kontrabassist hockte neben einem Fidelspieler, flankiert von zwei Männern mit Lauten. Alle trugen schwarze Hüte und saßen nebeneinander auf einer Bank. Jeder beschäftigte sich mit seinem Instrument, bereitete sich vor auf den gemeinsamen Auftritt, der nach dem Essen dann sicher zum Tanz laden sollte.

Maxim erschien an Guntrams und Lailas Seite. Zwei andere Männer gesellten sich zu ihnen und verwickelten sie in ein Gespräch, dem Laila wenig interessiert folgte. Es ging um Getreide, so weit verstand sie.

»Die Speicher der Stadt sind immer noch gefüllt«, sagte einer der Männer. »Aber es gibt im Rat Bestrebungen, mehr zurückzuhalten.«

»Weil keiner weiß, wie die Ernte in diesem Jahr ausfallen wird?«, fragte Maxim.

»Eher, weil Spekulanten den Preis in die Höhe treiben«, antwortete der andere Mann. »Das zumindest behauptet der Kornmeister.«

Wie sollte das vor sich gehen?, fragte sich Laila. Die Stadt hortete das Getreide doch genau deshalb in den Vorratsgebäuden, um es für alle zu sichern. Sie langweilte diese Diskussion, deshalb beobachtete sie Guntram, der sich bei dem Thema für den Rat und dessen neue Ideen ereiferte. Maxim hingegen schwieg, fing einen Blick von ihr auf und zwinkerte ihr zu. Sehr auffällig, fand sie, und hob eine Braue, was ihm ein Lächeln entlockte. Laila blickte rasch in die Runde, aber niemand hatte ihren stummen Austausch bemerkt. Sie war erleichtert, als eine Frau sie überschwänglich begrüßte und beiseite zog. Auf dem Tanzfest der Patrizier, wo sie zum ersten Mal in die Rolle Dietlinds geschlüpft war, waren sie sich schon einmal begegnet. Laila konnte sich an die Frau erinnern und ließ sich auf ein Gespräch über Kinder ein. Zum ersten Mal bekam sie die Gelegenheit, ihre verstellte Dietlind-Stimme auszuprobieren. Gut fühlte sich das an, denn die Täuschung schien ihr zu gelingen.

Auch diese Gruppe wuchs rasch an und Laila zog sich vom Gespräch zurück. Plötzlich spürte sie eine Berührung an der Schulter und drehte sich um. Sie vermutete Maxim, sah sich dann aber einem Fremden gegenüber, den sie noch nie gesehen hatte.

»Dietlind, bitte, nur auf ein Wort«, sagte er, dann stutzte er, als er ihr Gesicht erblickte. Kurz lockerte sich sein Griff, doch er packte wieder fester zu, so als sei es ihm sehr dringlich, mit ihr zu reden. »Kommt mit in den Innenhof, wartet dort auf mich, ich hole Euch einen Umhang.«

Laila fühlte sich überrumpelt. Die Veranstaltung hatte so gut für sie begonnen und nun dies. Sie wusste nicht einmal wie dieser Mann hieß, geschweige denn in welcher Beziehung er zu Dietlind stand. Ein kurzer Blick zu Maxim zeigte ihr, dass ihr der keine Hilfe sein würde. Zu sehr war er in das hitzige Gespräch verstrickt, er beachtete sie nicht und versuchte offenbar, seinen Bruder von etwas zu überzeugen. Er tippte Guntram bei jedem seiner Worte mit dem Finger auf die Brust.

Laila durchquerte mit zügigen Schritten den Raum, wandte sich zu einer der Flügeltüren, die nach draußen in den Innenhof führten, und ging hinaus. Ruhe umfing sie, keiner der Gäste hatte sich hier in die Kälte verirrt. Obwohl, so kalt erschien es ihr gar nicht. Offenbar hielten die hohen Mauern des Hauses den Winter ab und schützen den Hof. Laila ging ein paar Schritte einen Säulengang entlang, um von den Fenstern des großen Saales wegzukommen, damit man ihr Stelldichein nicht gleich bemerkte. Nur leise hörte sie die Musik und die Stimmen von innen.

Der Hof selbst war nicht groß und die Bögen, die von den Säulen getragen wurden, umrahmten ihn vollständig. Darüber befand sich ein umlaufender Balkon mit Steingeländer, der Laila von innen noch nie aufgefallen war. Im Hof selbst hatte sie sich bislang nicht aufgehalten, nur ein paar Mal schon hinausgeblickt und festgestellt, dass er relativ düster wirkte. Zur einen Seite und nach hinten heraus grenzte ein anderes Gebäude an, welches nicht zu dem der Nehlins gehörte. Es besaß bemalte Fensterumrandungen und auch die Gebäudefarbe selbst war anders.

Laila blieb hinter den Säulen und blickte auf den steingefassten Brunnen in der Hofmitte. Ein paar Spatzen balgten sich um Brotreste, die irgendwer dorthin geworfen hatte. Eine Katze mit dickem Winterfell beobachtete sie dabei. Neben ihr stapelten sich mehrere Holzeimer, ansonsten war der Boden sauber und aufgeräumt. Es sah nicht so aus, als würde dieser Platz für irgendetwas genutzt. Im Sommer vielleicht, doch jetzt im Winter wirkte er verlassen.

Die Warterei, vor allem die Ungewissheit behagte Laila nicht. Als sie den Mann auf sich zueilen sah, atmete sie erleichtert auf. Er legte ihr den mitgebrachten Umhang um die Schultern und sie kuschelte sich dankbar hinein. Auch er hielt sich nahe an der Hauswand und winkte sie zu sich.

»Hat dein Vater dir das Geld gegeben?«

Er schien keine Zeit verlieren zu wollen und Laila dankte Gott für die Hilfe. Vater und Geld, mit den Stichworten konnte sie etwas anfangen.

»Er will nicht. Er wartet auf die Rückkehr meines Bruders. Das Geld stünde ihm zu, sagt er.«

»Verflucht! Aber so weit waren wir doch vor zwei Wochen schon und überhaupt, warum hast du dich nicht mehr sehen lassen?«

Laila spürte ihre eigene Aufmerksamkeit, eine fast schmerzhafte Konzentration bis in die Fingerspitzen.

»Mein Ehemann ist zurück. Er lässt mich nicht gehen, wann ich will.«

An dem irritierten Blick ihres Gegenübers merkte sie, dass ihre Antwort nicht richtig gewesen war. »Es ging nicht«, fügte sie deshalb an.

»Das hat dir doch sonst keine Schwierigkeiten bereitet.«

»Vielleicht ist er misstrauisch geworden?« Laila beglückwünschte sich selbst zu dieser Idee. Ein misstrauischer Ehemann war immer gut als Entschuldigung.

»Dann sollten wir vorsichtig sein. Er darf nichts von unseren Investitionen erfahren.«

Nun wurde sie umso neugieriger. Zumindest hatte sie nun eine Antwort auf eine der vielen Fragen gefunden. Dietlind hatte tatsächlich Geschäfte getätigt oder tätigen wollen. Wenn sie nicht alles täuschte, dann war dieser Mann ihr Geschäftspartner und nicht ein weiterer Geliebter neben Maxim. »Auch Kyrilla nicht?«

»Natürlich nicht. Wie soll es nun weitergehen?«

Eine gute Frage, die Laila ihm leider nicht beantworten konnte. *Verdammt, Dietlind*, dachte sie. *Wieso musstest du dich umbringen, du standst mitten im Leben, voller Geheimnisse, voller Pläne. Widersinnig ist das, einfach widersinnig*. »Mein Vater wird uns das Geld nicht geben.« So viel zumindest konnte sie sicher sagen.

»Dann muss ich andere Wege suchen. So wahr ich Helmrich heiße, ich werde sie finden, das verspreche ich dir.«

Nun kannte sie auch seinen Namen und dass er sie vertraulich ansprach, seit sie alleine waren, war ihr ebenfalls nicht entgangen. »Ich muss wieder reingehen. Schick mir eine Nachricht, sobald du mehr weißt«, meinte sie rasch, bevor er auf die Idee kommen konnte, das Gespräch noch weiterzuführen.

»Das tue ich. Geh vor, ich werde ein bisschen warten und dir später folgen.«

Auf dem Weg zurück spürte Laila wieder dieses Hochgefühl, das sie immer hatte, wenn ihr ein Auftritt gelungen war. Eine Wiedergutmachung zum gestrigen Reinfall bei Dietlinds Vater. Nun würde sie da drinnen die Tafel plündern und sich so richtig satt essen, das zumindest hatte sie sich verdient.

Maxim saß an dem Tisch neben Guntram und beobachtete ihn. Er war immer noch verstimmt über die merkwürdigen Vorstellungen, die sein Bruder über den Getreidehandel geäußert hatte. Der Rat habe das Recht, hier und da ein wenig daran zu verdienen, meinte er und zählte die Kosten auf, die einzelne Ratsmitglieder hatten. Das war seine Meinung gewesen und Maxim hatte sich darüber gewundert, wie sehr sein Bruder bereits die Gepflogenheiten und Denkweise der gehobenen Gesellschaft verinnerlicht hatte. Er war der Erste aus der Familie, der es in ein Amt geschafft hatte, vermutlich dank seiner Heirat mit Dietlind und dem Einfluss ihres Vaters. Er füllte diese Rolle mit Begeisterung aus, als bestünde die Familie Nehlin nicht aus lauter Emporkömmlingen, wie Maxim sich insgeheim dachte. Guntram war genau wie ihr Vater. Und er erfüllte die Wünsche ihrer Mutter um ein Vielfaches besser, als Maxim es je tun würde. Schmerzlich fiel ihm wieder seine Geschäftspleite ein, von der er bis heute nicht wusste, wie sie ihn hatte ereilen können.

Er blickte zur gegenüberliegenden Tischseite, an der die Frauen Platz genommen hatten. Laila befand sich in einem angeregten Gespräch mit ihren Tischnachbarinnen. Für einen Augenblick hatte Maxim das Gefühl, dass tatsächlich Dietlind dort saß. Ein schmerzhaftes Gefühl, weil es von der Erkenntnis gefolgt wurde, dass Dietlind nie mehr mit jemandem reden würde. Laila hingegen schien ihm das pure Leben zu verkörpern. Er hatte wieder das unbestimmte Gefühl, sie schützen zu müssen.

»Immer noch widerspenstig, was?« Guntram hielt ihm sein Glas hin, um mit ihm anzustoßen. »Willst dich nicht einfügen in die Lebensweise der Reichen? Solltest einsehen, dass wir jetzt dazugehören.«

Die Worte kamen nicht sehr klar über seine Lippen, er hatte zu viel Wein getrunken oder sich zu wenig Wasser hineinmischen lassen. Auch sein Blick schien etwas glasig.

»Wohl wahr«, antwortete Maxim deshalb nur und stieß mit ihm an. Er hatte für heute genug mit ihm gestritten.

»Sie ist hübsch«, meinte Guntram und zeigte mit seinem Kinn in Richtung Laila. »Fällt mir immer wieder auf, sehr hübsch.«

Auch Maxim blickte wieder zu Laila und das Gefühl der Sorge wurde stärker. »Natürlich«, antwortete er nur und fragte sich, was Guntram mit seiner Bemerkung bezweckte.

»Viel zu hübsch, um sie nachts allein im Bett zu lassen.« Guntrams Lachen klang genauso schwer wie seine Worte. »Bin ja ihr Ehemann.«

Zweifelsohne, dachte Maxim, doch er sagte nichts, schenkte dem Bruder stattdessen nach und achtete darauf, den Wein nicht zu mischen. Dann prostete er ihm zu, trank selbst aber kaum etwas.

»Erzähl mir etwas über deine Reise«, munterte er Guntram auf.

»Unwichtig«, antwortete der und machte eine wegwerfende Handbewegung. »Sobald die Pässe befahrbar sind, werde ich eine wirkliche Reise machen.«

»Nach Italien?« Ein weiteres Gesprächsthema, das Maxim mit seinem Bruder kaum erörtern wollte. Zu sehr sehnte er sich zurück dorthin. Zu dem Leben, das er kurzzeitig genießen durfte, und welches er viel zu schnell verspielt hatte.

»Florenz, sag ich dir. Eine Stadt mit vielen Möglichkeiten.«

»Das war sie zu Zeiten Lorenzo di Medicis vielleicht, aber jetzt …«

»Sie ist es heute noch, sein Erbe wirkt nach und seine Familie ist immer noch groß. Lorenzo war ein hervorragender Politiker, der Kraft aus der Familie gezogen hat.«

»Sie hat ihm gedient.«

»Die Familie? Sie hat von ihm profitiert, würde ich sagen.«

»Sein Bruder Giuliano hätte sich sicher etwas anderes gewünscht, als im Dom wegen der Machtkämpfe seines Bruders von den Pazzi ermordet zu werden.«

»Dir fehlt – wie so oft – der Überblick, Maxim.«

Natürlich fehlte ihm der und Guntram hingegen hatte ihn. Das Übliche also. Maxim kannte diese ihm zugedachte Rolle nur allzu gut, auch der Vater hatte ihn oft genug ermahnt, mehr Familiensinn zu zeigen. Die Verehrung der Medici war ebenso auf ihn zurückzuführen. Oft hatte Maxim das Gefühl, seine Mutter halte das Andenken des Vaters auch in diesem Punkt hoch.

Doch heute Abend hatte es keinen Sinn, darüber zu debattieren. Es gab Dringlicheres. Die Strategie mit dem Wein war keine dauerhafte Lösung, aber zumindest eine temporäre. Heute würde Guntram Laila in Ruhe lassen, so viel war sicher.

Als er später seinen schwankenden Bruder, der sich schwer auf ihn stützte, die Treppen hochhievte, grübelte er immer noch nach und beschloss, dass er mit seiner Mutter reden musste. Er hatte Laila versprochen, dass ihre Rolle keine Liebesdienste beinhaltete, und es war an seiner Mutter, dieses Versprechen durchzusetzen. Laila zu halten, war ihr wichtig, also sollte sie sich um die entsprechenden Umstände kümmern. Er selbst war letztlich nur ein Handlanger. Wie immer, dachte er bitter.

KAPITEL 14

Irene stand am offenen Feuer vor der Scheune und rührte in einem Topf, den sie mithilfe eines Gestells darüber befestigt hatten. Sie spürte die Hitze im Gesicht und die Kälte am Rücken und fluchte, weil der Topf mitschwang und sie ihn nicht halten konnte, ohne sich daran zu verbrennen. Überhaupt behagte ihr diese Unterkunft hier nicht. Ein Bauer hatte ihnen für unbestimmte Zeit eines seiner Wirtschaftsgebäude überlassen. Sie musste entweder drinnen über einem Steintrog, in dem sie ein kleines Feuer in Gange hielten, oder draußen auf diesem Provisorium kochen und Reginald äußerte sich nicht, wenn man ihn fragte, was er vorhabe.

Ihr Aufbruch in Ulm gestern war überstürzt gewesen. Gleich am Morgen, nachdem Irene mit Laila gesprochen hatte, war Reginald für Stunden verschwunden gewesen. Als er wieder auftauchte, konnte es ihm nicht schnell genug gehen. Er hielt sie an, zu packen und Proviant zu besorgen, dann setzte sich die Gruppe in Bewegung und zog durch das Stadttor hinaus.

Seither schien ihr Reginald in sich gekehrt. Er hatte kaum ein Wort gesprochen; wenn sie ihn heimlich beobachtete, starrte er vor sich hin, so als sei er in Gedanken. Irene machte sich Sorgen. Es war nicht Reginalds Art, sich nicht zu Wort zu melden. Normalerweise bildete er den lebhaften Mittelpunkt ihrer kleinen Truppe.

Kurz nach Mittag dann, sie waren nicht sehr weit gelaufen, Ulm befand sich fast noch in Sichtweite, hatte er diesen Bauernhof aufgetan und mit dem Bauern verhandelt. Warum sie nicht weitergezogen waren, blieb Irene ein Rätsel. Vielleicht hatte ihre Bitte, auf Laila zu warten, letztlich doch etwas genutzt. Aber musste es wirklich diese zugige Scheune sein? Die anderen Mitglieder der Gruppe schienen noch gut gelaunt. Vielleicht dachten sie, es würde bald weitergehen. Irene aber kannte Reginald besser, sie spürte, dass etwas im Argen lag.

Wieder fluchte sie und hielt ihren Finger in den Mund, mit dem sie an den Topf gekommen war. Dieses Mittagessen war jedenfalls nicht mit Liebe zubereitet, hoffentlich schmeckte das keiner.

Reginald kam aus der Scheune und blickte sich um. Irene lächelte ihm entgegen, so gut das ging mit einem Finger im Mund. Bei jeder anderen Gelegenheit hätte er gegrinst und ihr dann einen Kuss gegeben, ob mit oder ohne Finger dazwischen. Heute aber blieb sein Ausdruck reglos. Er kam auf sie zu.

»Brauchst du noch lange mit dem Essen?«

»Du kannst den Topf mit reinnehmen.« Sie hielt ihn zurück, als er zugreifen wollte. »Ist heiß!«

Er nickte nur, zog seine Ärmel zum Schutz über die Hände, dann trug er die Suppe nach drinnen. Irene blieb beim Feuer. Sie hatte keine Lust, sich zu den anderen zu gesellen. Hier draußen an der wärmenden Glut und der frischen Luft war es ihr angenehmer.

Erneut öffnete sich die Scheunentür und Reginald kam mit einer Schale und einem Stück Brot heraus. Beides reichte er ihr.

»Isst du nichts?«, fragte sie verwundert. Er schüttelte nur den Kopf. Also tunkte sie das Brot in die Suppe und ließ es sich schmecken. Reginald blieb neben ihr, sagte nichts, in sich versunken wie am Tag zuvor schon. Schließlich hielt Irene es nicht mehr aus. Sie ließ das Brot sinken, von dem sie gerade abbeißen wollte, und blickte ihn an.

»Was ist los?«

Sie bekam keine Antwort. Reginald starrte auf das zur Neige gehende Feuer.

»Dich bedrückt etwas.«

»Nein«, endlich erschien ein Lächeln auf seinem Mund. »Ich habe nur eine Bitte.«

Was auch immer es sein mochte, sie würde es ihm gewähren, wenn er wieder zu seiner guten Laune zurückfand. »Und die wäre?«

»Du musst zurück nach Ulm. Geh und sei spätestens morgen Abend wieder hier bei uns.«

»Du wirst mir sicher sagen, warum.« Vielleicht hatte er etwas im Gasthaus liegen gelassen, wundern täte sie das nicht. Merkwürdig war nur, dass er sie danach schickte.

»Ich will, dass du dich mit Laila triffst.« Er kramte in seinem Beutel, der an seinem Gürtel hing, und nahm ein paar Münzen heraus, die er ihr gab. »Für das Gasthaus zum Übernachten.«

»Was hast du vor?« Sie war froh, die Freundin so bald wiederzusehen. Doch was wollte Reginald von ihr?

»Rede mit Laila, frag sie, wie es ihr geht, wie es so ist bei den Nehlins, was sie dort beobachtet.« Er zögerte, dann ergänzte er: »Zwischenmenschliches, meine ich.«

»Ich hasse es, wenn du mir etwas verschweigst.«

Reginald legte den Arm um ihre Schultern, drückte sie kurz und flüsterte ihr ins Ohr: »Vertrau mir. Ich kann dir nicht mehr sagen, aber du musst tun, worum ich dich bitte. Rede mit Laila. Verbringe die Nacht im Gasthaus und treffe sie am Tag drauf. Dann komm zurück und berichte mir.«

Irene machte sich los und trank ein paar Schlucke von der halb erkalteten Suppe. »Es wäre hilfreich, wenn du mir sagen könntest, worauf ich achten soll.«

»Du hast auch deine Geheimnisse vor mir. Lass es uns dabei belassen und einander vertrauen, dass wir beide zu gegebener Zeit miteinander sprechen werden.«

Irene spürte die Röte auf ihren Wangen und fragte sich, ob er hinter Lailas wahre Rolle bei den Nehlins gekommen war und wenn ja wie. Offenbar kannte Reginald diese Leute besser, als er ihr gegenüber zugab.

»Was ist mit der Familie?«

»Ich weiß es nicht. Vielleicht ist es besser, wenn wir ein wenig auf Laila aufpassen.«

»Deshalb diese merkwürdige Unterkunft hier.« Sie zeigte mit der leeren Schüssel auf die Scheune. »Warum sind wir nicht gleich in Ulm geblieben?«

Reginald hob beide Hände. »Es gibt Schlimmeres.«

»Schau, dass du die anderen bei Laune hältst.«

»Werd ich schon.«

»Nicht mit diesem muffigen Gesichtsausdruck, mit dem du seit gestern herumläufst.«

Nun lachte er endlich und Irene strich ihm mit der Handfläche über die Wange. Er hielt ihren Arm fest, küsste ihre Finger einzeln. Dann nahm er ihr die leere Schale aus der anderen Hand.

»Ich hole deinen Umhang. Sei morgen zeitig zurück, ich will mich nicht sorgen. Und zu Laila kein Wort über mich, hörst du?«

»Ich gehe zu ihrer Mutter. Sie wird mir bestimmt einen Platz für die Nacht geben.«

»Gut.« Er zögerte, dann fügte er an: »Frag Laila, was mit Dietlind Nehlin geschehen ist. Ich muss wissen, wo sie steckt.« Damit drehte er sich um und verschwand wieder in dem Gebäude.

Kurze Zeit darauf schritt Irene zügigen Tempos in Richtung Ulm. Sie würde nicht lange brauchen, gestern mit den beiden Handkarren hatten sie langsam machen müssen, heute war sie alleine unterwegs und kam doppelt so schnell voran. Reginald hatte nichts mehr sagen wollen, als er ihr den Umhang gebracht hatte. Seit sie im Auftrag von Laila den Namen Nehlin ihm gegenüber erwähnt hatte, um etwas mehr über die Familie zu erfahren, benahm er sich anders als sonst. Nun wusste sie warum. Er kannte Dietlind Nehlin, und wenn er sie kannte, war ihm auch die Ähnlichkeit Lailas mit dieser Frau geläufig. Dann wiederum wusste er, was Laila bei den Nehlins tat, dass sie eben nicht einfach nur Flöte spielte, um die hohen Herrschaften zu erfreuen. Vermutlich hatte er gestern Vormittag Nachforschungen angestellt.

Reginald hatte ihr nicht viel über sein früheres Leben in gehobenen Kreisen erzählt, nur dass er es irgendwann satt hatte, die Verpflichtungen zu erfüllen, und sich für das Leben als Spielmann entschieden hatte. Offenbar war diese Dietlind oder die Nehlins ein Teil seiner Vergangenheit, nur was für einer?

Irene haderte damit, nicht offen mit ihm reden zu können. Sie fühlte sich wie ein Stoffball, den zwei Kinder zwischen sich hin- und herwarfen. Diese Rolle behagte ihr nicht. Sie beschleunigte ihre Schritte noch ein klein wenig mehr.

Laila hatte die Nachricht von Irene erhalten, dass sie bei Miltraut auf sie warten würde. Nun also konnte sie den Besuch bei ihrer Mutter nicht länger hinausschieben. Sie würde sich ihr stellen müssen und erkannte, dass sie genau das die ganze Zeit vermieden hatte. Ihre Mutter wollte nicht, dass Laila sich für sie einsetzte. Sie hatte ihr Schicksal seit dem Weggang des Vaters klaglos angenommen und würde es lieber sehen, wenn Laila das ebenso tun würde. Aber warum? »Ich muss alleine für mein Unrecht und meine Dummheit büßen«, das hatte ihr Vater gesagt. In Wirklichkeit büßten sie alle dafür, warum hatte er das nicht gesehen, als er einfach aus ihrem Leben verschwunden war?

Aus der Truhe neben Dietlinds Bett hatte Laila sich eines der beiden einfacheren Kleider genommen, für den Weg durch die Stadt hin zu ihrer Mutter. Sie suchte sich bewusst die schmaleren Gassen, umging den Marktplatz und den Fischmarkt großzügig und versteckte ihr Gesicht im Schatten der Kapuze ihres Umhangs. Für eine Dietlind Nehlin, die einen Ausflug in die Stadt macht, war sie zu schäbig gekleidet, und für eine Laila, die ihre Mutter im ärmlichsten Viertel Ulms besuchte, zu teuer angezogen. *Ich schwebe irgendwo mittendrin*, dachte sie und fühlte sich genauso. Nach all den Annehmlichkeiten, die sie als Dietlind genoss und die täglich mehr zur Selbstverständlichkeit wurden, kam ihr das bisherige Leben umso ärmlicher vor.

Unvermittelt stand sie vor dem Wohnhaus ihrer Mutter, dessen Dach so windschief wie eh und je auf den Mauern balancierte.

Sie öffnete die Tür und schaute in zwei Gesichter, Irenes und Miltrauts, die jede mit einem Becher vor sich an dem Tisch saßen. Offenbar hatten sie sich unterhalten. Die Freundin sprang auf, lief auf Laila zu und umarmte sie. Auch Miltraut erhob sich mit einem Lächeln.

»Schön, dass du kommst«, meinte sie und umarmte Laila, nachdem Irene sie freigegeben hatte.

»Entschuldigt, aber ich muss sehen, wie sich mein Topf mit Münzen gefüllt hat«, antwortete Laila, nahm sich einen Stuhl und zog ihn zu dem Wandregal, auf dem sich das Gefäß mit der grünen Oberfläche befand. »Ein Viertel voll, halb voll, ganz voll, ich kann es mir einfach nicht vorstellen.« Sie kletterte hoch, hob den Deckel und spähte hinein. Er hatte sich merklich gefüllt, trotzdem war sie enttäuscht. »Ich dachte, es wäre mehr.« Sie nahm den Topf vom Regal, trug ihn zum Tisch und kippte ihn aus. Doch, das Häuflein hatte sich vergrößert im Vergleich zum letzten Mal. Sie griff mit beiden Händen hinein und ließ das Metall durchklimpern.

»Du spielst eine Rolle in einem Patrizierhaus, hat Irene mir erzählt.«

Laila zog den Stuhl zurück zum Tisch und setzte sich. Sie war Irene dankbar, dass sie bereits Vorarbeit geleistet hatte. Mit knappen Worten klärte sie ihre Mutter über die Geschehnisse auf und wunderte sich selbst darüber, wie einfach es war, ihr endlich die Wahrheit zu erzählen.

Ihre Mutter nickte nur. Die Warnung vor den Reichen blieb aus, stattdessen sagte sie: »Das ist eine ganz merkwürdige Geschichte. Eine Frau bittet dich, sie bei einem Ball zu vertreten, weil du ihr ähnlich siehst. Am selben Tag begeht sie Selbstmord und am Tag darauf beauftragt dich ihr heimlicher Liebhaber, welcher der Bruder ihres Ehemannes ist, die Rolle weiterzuspielen. Und keiner merkt etwas?«

In der Zusammenfassung ihrer Mutter hörte es sich wirklich seltsamer an, als sie die Angelegenheit bislang empfunden hatte. Trotzdem betonte sie: »Alle sehen Dietlind in mir, sogar ihr Mann.«

»Das wundert mich«, antwortete Miltraut. »Und es wundert mich auch, wie viel dieser ehemalige Liebhaber bereit ist, dir zu zahlen.«

Mich im Grunde auch, dachte Laila. Sie schaute auf den Tisch und musste lächeln. »Nicht mehr lange und wir werden genug für eine eigene Werkstatt haben und Jabbo wird sein Lehrgeld zurückzahlen.«

»Aber was für einen Preis zahlst du? Glaub mir, reiche Leute trennen sich nicht gerne von Geld.«

Da war sie also doch, Miltrauts Warnung. Aber entweder fiel Maxim aus dem üblichen Bild von Miltrauts Reichen heraus oder er hatte genug Vermögen, sodass es ihn nicht schmerzte, etwas davon abzugeben. Oder …

»Maxim Nehlin ist in Erklärungsnot. Deshalb zahlt er so viel. Er will nicht, dass seine Affäre herauskommt und das käme sie, wenn jemand nach dem Grund von Dietlinds Tod fragt.« Laila fand das überzeugend.

»Dieses Problem wird er aber durch deinen Einsatz nur aufschieben, nicht lösen«, konterte Miltraut.

»Er sagt, er will einen Unfall Dietlinds vortäuschen.«

»Warum tut er es nicht? Wo bewahrt er ihren Körper die ganze Zeit auf?«

»Ich …«, Laila wusste keine Antwort. Die Fragen ihrer Mutter brachten sie zum Nachdenken. Trotzdem empfand sie die Schlussfolgerung, dass sie Maxim nicht trauen durfte, als falsch. »Man muss nicht alles wissen.« Sie hob die Schultern und versuchte, unschuldig zu schauen, was ihrer Mutter ein Lächeln entlockte. Sie kannte sie zu gut. »Ich verschwinde dort, sobald ich genug Münzen beisammen habe«, versprach sie. Dann wandte sie sich an ihre Freundin. »Du bist schnell wieder zurück, wo sind die anderen?«

»Haben kurz hinter Ulm in einer Scheune Quartier bezogen«, Irene wedelte unbestimmt mit der Hand in eine Richtung. »Reginald sucht nach einer günstigen Unterkunft, bis die Fastenzeit vorbei ist. Ich hoffe nicht, dass es diese Scheune sein wird, in der ich die kommenden Wochen schlafen muss.«

»Nicht gut?«

»Nicht gut.«

»Bleibst du länger in Ulm?«

»Ich gehe heute Mittag zurück. Aber ich werde wiederkommen. Wir treffen uns hier bei deiner Mutter.«

»Heißt das, ihr bleibt in der Nähe? Bitte sag ja!«

Irene zwinkerte ihr zu. »Ich kann das nicht entscheiden. Aber ich tue mein Bestes.«

Laila hoffte, dass dies genügen würde. Irene hatte genug Einfluss auf Reginald, um etwas bei ihm durchzusetzen. Letztlich war es doch gleich, wo sie in den kommenden Wochen blieben, aufspielen durften sie während der Fastenzeit ohnehin nicht. »Mutter, weißt du etwas über die Familie Nehlin?«, wandte sich Laila wieder an Miltraut, doch die schüttelte nur den Kopf.

»Das sind Emporkömmlinge, ich glaube, sie leben noch nicht lange in Ulm. Über die Werths könnte ich dir eine

Menge erzählen, aber Nehlin, der Name sagt mir kaum etwas. Sie werden wohl erst nach meiner Heirat in die oberen Schichten aufgestiegen sein.«

»Und was ist mit diesen Werths?«

»Ach, ungute Menschen. Lass uns über Erfreulicheres reden.« Miltraut erhob sich und holte einen Krug und einen weiteren Becher, den sie Laila hinstellte. »Warme Honigmilch«, sagte sie, als sie die weiße Flüssigkeit eingoss.

»Haben diese Werths etwas mit Vaters Verschwinden zu tun?«

Miltraut hielt inne, so als habe sie eine solche Frage nicht erwartet. »Warum sollten sie?«, antwortete sie schließlich und setzte sich wieder.

»Er hatte Schulden. Und du warnst mich vor den reichen Leuten, seit ich denken kann.«

»Das hat doch alles nichts miteinander zu tun.« Miltraut deutete auf den Becher, damit Laila einen Schluck probierte.

Sie will, dass ich schweige, dachte Laila und trank gehorsam. Trotzdem konnte sie von dem Thema noch nicht lassen. »Weißt du, wo Vater ist? Ob er noch lebt?«

»Nein, Laila. Und du solltest auch nicht mehr an ihn denken. Ich tue das auch nicht. Es war sein Wunsch, belassen wir es dabei, ja? Irene, erzähl mehr von dieser Scheune, warum ist sie so grässlich?«

Sie redeten noch eine ganze Weile über dies und jenes miteinander. Irgendwann erhob Irene sich und meinte, sie müsse sich nun leider auf den Rückweg machen. Auch Laila stellte fest, dass sie die Zeit vergessen hatte. Sie hatte Rike darüber informiert, dass sie unterwegs sein würde.

Zudem hatte Maxim sie dazu angehalten, rauszugehen. Dennoch war es an der Zeit zurückzukehren.

Sie verabschiedete sich von ihrer Mutter, die sich nun an ihren Arbeitstisch begeben würde, um die liegengebliebene Arbeit bei Öllampenlicht wieder aufzuholen. Es war ein wunderbarer Nachmittag gewesen, versicherte sie, und Laila musste ihr zustimmen. Sie hatte sich seit langer Zeit nicht mehr so wohl und so ungezwungen gefühlt. Und so ganz sie selbst. Sie beschloss, dieses Gefühl im Herzen zu behalten, für den Fall, dass sie wieder zu sehr auf den ganzen Prunk und Reichtum der Nehlins schielte.

KAPITEL 15

Laila ging durch die Gassen Ulms zu ihrem Auftraggeber zurück. Je weiter sie sich von dem Haus ihrer Mutter entfernte, desto mehr schlüpfte sie wieder in die Rolle Dietlinds. Halb geschah es unbewusst, halb achtete sie darauf. Erneut wollte sie nicht über den Marktplatz und durch die wohlhabenderen Viertel laufen, aus Angst, jemand könne sie erkennen und sich fragen, warum Dietlind derart einfach gekleidet durch die Gegend lief. Also nahm sie auch zurück die Wege hinten herum und landete so im Fischerviertel. Aus dem Zunfthaus der Schiffsleute drang Männergesang. Obwohl es noch früher Nachmittag war, vergnügte sich dort eine Gruppe bei Getränk und Essen. Vielleicht hatten sie etwas zu feiern, zumindest hörte es sich danach an. Laila blieb stehen und versuchte, durch die runden Glasscheiben zu spähen, doch sie konnte nichts erkennen, nur ein paar schattenhafte Bewegungen. Sie fuhr mit dem Finger die Bleieinfassung eines der Gläser nach und lächelte. Gute, solide Handwerksarbeit war das. Sie trat zurück und blickte auf die Fachwerkfassade und die schiefen Querbalken der Zwischendecken. Das Haus sah weder gepflegt noch heruntergekommen aus, vielmehr schien es zu den rauen Gesellen zu passen, die es beherbergte.

Laila schlenderte weiter, hatte mit einem Mal keine Eile mehr, blieb an einer Mühle stehen und sah, wie das Wasser die Schaufeln des Mühlrades bewegte. Das Quietschen und Knarren wurde überdeckt vom Rauschen des

Baches. Auf der Brücke über die Blau blieb sie stehen und beobachtete ein paar Enten, wie sie mit dem Strom schwammen, dann wendeten und zurückpaddelten, als erhofften sie sich von Laila ein paar Krümel Brot. Ein Kahn fuhr vorbei, beladen mit Fässern, die offenbar leer waren, denn er lag nicht sehr tief im Wasser. Er vertrieb die Enten und Laila machte sich wieder auf den Weg.

Sie musste daran denken, was ihre Mutter über Maxim gesagt hatte, warum er denn nicht endlich handle und den Unfall Dietlinds vortäusche. Es war so viel geschehen in den letzten Tagen, was Lailas ganze Aufmerksamkeit gefordert hatte, dass ihr so grundlegende Fragen nicht mehr in den Sinn gekommen waren. Dennoch war Dietlind tot und das bereits seit geraumer Zeit. Wenn man sie nicht bald begraben konnte, was geschah dann mit ihr und ihrer Seele? Durfte man so etwas tun? War es nicht für Dietlinds Seelenheil genauso schlimm, wie in nicht geweihter Erde zu liegen, weil sie sich selbst getötet hatte? Wie viele Menschen wussten überhaupt von ihrem Tod? Maxim und Johann natürlich, aber auf diesem Landgut des Bruders, wo Dietlinds Körper angeblich hingebracht worden war, musste auch jemand eingeweiht sein. Um einen Unfall vorzutäuschen, waren vermutlich mehrere Personen nötig. Wurde alles dadurch nicht noch viel gefährlicher, war Handeln da nicht dringlich genug?

Vielleicht unternahm Maxim nichts, weil er sie, Laila, halten wollte. Laila lächelte bei diesem Gedanken und fragte sich gleichzeitig, ob er sich damit die Erinnerung an Dietlind wachhielt oder ob er sie als eigenständige Person sah. Vermutlich ersteres.

Wie auch immer, die Angelegenheit blieb undurchschaubar für sie. Auch der Einwand mit dem vielen Geld, das Maxim ihr zahlte, war berechtigt, wie sie zugeben musste. Sie hatte sich nicht darüber gewundert, dass er dem hohen Betrag so schnell zugestimmt hatte, was wusste sie schon darüber, was für eine Patrizierfamilie viel Geld war. Nun aber hatte auch sie das Gefühl, dass an der ganzen Sache etwas faul war, wie ein Apfel, der von der einen Seite knackig frisch, von der anderen Seite wurmstichig ist. Sie fragte sich, warum ihr all das nicht schon eher aufgefallen war. Das Gespräch mit ihrer Mutter und Irene hatte ihr heute einen anderen Blickwinkel eröffnet. Laila sah ein, dass Maxim ihr ganz offensichtlich nicht die Wahrheit sagte. Was diese Erkenntnis für Konsequenzen hatte, wusste sie noch nicht, aber dass sie ihm gegenüber vorsichtiger sein musste, das war deutlich.

Vor dem Haus der Nehlins wartete Rike an der Seitentür und rannte auf Laila zu, als sie in die Gasse einbog. Die Magd war aufgeregt, sie hielt eine Nachricht in die Höhe und drängte Laila, sie zu öffnen. Offenbar hatte sie schon eine ganze Weile gewartet.

Auf dem Papier standen nur ein paar Worte:

Komm zu mir, heute noch, es gibt Neuigkeiten.

Helmrich

Helmrich? Der Fremde also, der sie auf dem Bankett angesprochen hatte. Der Geschäftspartner Dietlinds. So schnell hatte sie ihn nicht wiedersehen wollen, überhaupt war doch vereinbart, dass sie sich bei ihm melden würde. Sie fing Rikes Blick auf, die sie erwartungsvoll ansah.

»Danke, das hast du gut gemacht.« Und nun? Sollte sie zu dem Treffen gehen? Wo wohnte dieser Kerl überhaupt? »Du kennst doch den Mann, der dir diese Botschaft für mich gegeben hat«, sagte sie zu der Magd auf gut Glück. Immerhin, die Möglichkeit bestand, schließlich hatte Dietlind ja mit ihm in Verbindung gestanden, irgendwer würde die Nachrichten in Empfang genommen und hingebracht haben. Tatsächlich nickte Rike, deshalb ergänzte Laila: »Du weißt, wo er wohnt.« Wenn der Magd diese Feststellung merkwürdig vorkam, so zeigte sie es nicht, sondern nickte erneut. »Dann begleite mich dorthin.«

Rike gehorchte sofort und rannte die Gasse entlang, sodass Laila kaum folgen konnte. »He, nicht so schnell«, rief sie und das Mädchen tat ein wenig langsamer. Nach kurzer Zeit standen sie vor einem Wohnhaus, das lange nicht so imposant wirkte wie das der Nehlins. Es lag in demselben Viertel, gehörte jedoch zu den einfacheren Gebäuden. Die Fachwerkfassade wirkte gepflegt, aber es fehlten Erker oder sonstige Verzierungen. Obwohl es drei Stockwerke aufwies, ging es nicht sehr in die Breite. Laila bedankte sich bei Rike mit einem Drücken ihrer Schulter, entließ das Mädchen und ging alleine auf die Eingangstür zu. Hastig strich sie sich über die Haare, schlug mit dem Türklopfer gegen das Holz und bemerkte erst jetzt, dass sie immer noch die schlichte Kleidung trug. Unüberlegt war sie einfach mit Rike losgelaufen. Und nun? Ihre Haare standen in alle Richtungen, das Kleid war am Saum etwas staubig. Der Mann, den sie nun treffen würde, hatte sie beim Bankett gesehen, als Dietlind zurechtgemacht und pompös gekleidet. Jetzt aber fühlte sie sich mehr wie Laila. In dem Moment, in dem ihr das klar wurde, öffnete sich die Tür. Eine Hand winkte sie hinein.

Sie betrat das Haus und fand sich in einem Gang wieder, der ausreichend dämmrig war und deshalb Hoffnung in ihr weckte, die Maskerade doch erfolgreich weiterführen zu können. Sie musste nur dafür sorgen, dass die Unterhaltung hier stattfand, dass sie sich so bald wie möglich wieder verabschieden konnte, sie musste Eile vortäuschen. Helmrich schloss die Tür hinter ihr, dadurch wurde es noch dusterer. Doch ehe sie irgendetwas sagen konnte, trat er auf sie zu und umarmte sie so unvermittelt, dass ihr die Luft weg blieb. Sie spürte seinen Körper dicht an ihrem, seine Lippen liebkosten ihren Hals, sodass es ihr eine Gänsehaut verursachte. Ein paar Augenblicke war sie vor Schreck unfähig, sich zu bewegen.

»Wir waren so lange nicht mehr beisammen. Warum bist du nicht mehr zu mir gekommen? Ich dachte schon, du wärest meiner überdrüssig geworden«, flüsterte er in ihr Ohr, sodass sein Atem sie kitzelte. Seine Hand streichelte ihren Rücken, wanderte tiefer.

Laila hob so gut es ging die Arme und versuchte, ihn wegzudrücken. Sie wand sich in seiner Umarmung, tauchte schließlich nach unten ab und kam frei. Kurz standen sie sich gegenüber wie zwei Kämpfer, beide den nächsten Angriff abwartend, und Laila schoss die Frage durch den Kopf, wie viele Liebhaber Dietlind wohl noch gehabt haben mochte. Offenbar gehörte dieser Mann dazu.

»Komm bitte hier herein.« Helmrich deutete auf eine Tür, die er geöffnet hatte und aus der Licht in den Flur fiel. Als Laila zurückwich, folgte er ihr und schob sie gegen ihren Willen in eine Küche, deren Fenster zur Gasse hinaus ging. In diesem Raum war es sehr hell. Zu hell. Mit der Hand hob er ihr Kinn und drehte ihr Gesicht gegen das Licht, um es zu genau zu betrachten. Er brauchte nicht lange, dann ließ er sie los und deutete auf einen der Stühle, die um einen Tisch standen, der aussah, als wäre er bislang kaum benutzt worden. Seine Oberfläche war glatt und unverfärbt.

Laila setzte sich und ahnte, was nun kommen würde.

»Wer bist du?«, fragte er, während er sich auf der gegenüberliegenden Seite niederließ.

»Dietlind Nehlin«, antwortete sie. Ihr fiel nichts Besseres ein.

»Ich hatte bereits letztes Mal meine Zweifel, als ich dich auf dem Bankett sah. Aber du warst gut zurechtgemacht. Rike ist eine hervorragende Magd und sie kennt Dietlind gut. Du siehst Dietlind sehr ähnlich. Wollt ihr mir nicht endlich sagen, was hier gespielt wird?«

Verwirrt strich sie sich eine Strähne aus dem Gesicht. Sollte sie die Wahrheit sagen? Oder sollte sie irgendetwas von einer Reise Dietlinds erzählen und sich verabschieden? Sie blickte Helmrich offen an, sah, dass er sie erwartungsvoll musterte, und traf die zweite spontane Entscheidung für diesen Tag. »Ich rede nur, wenn Ihr Stillschweigen gelobt.«

»So wahr mir Gott helfe, das werde ich.«

»Dietlind Nehlin hat sich vor Kummer aus dem Fenster gestürzt.« Sie beschloss, dass sie Maxim nicht gleich erwähnen musste. Vermutlich war Dietlinds Tod schlimm genug für Helmrich. Er musste nicht wissen, dass es noch einen anderen Liebhaber gab.

»Hat sie sich etwas getan, wo ist sie?« Sein Gesicht hatte einen besorgten Ausdruck bekommen, umso schwerer fielen Laila ihre nächsten Worte.

»Sie ist tot. Niemand darf davon wissen, dass sie sich selbst getötet hat. Ich bin für die nächsten Tage beauftragt, ihre Rolle zu spielen. Man hat mich zufällig entdeckt und die Ähnlichkeit gesehen.« Das klang alles nicht sehr schlüssig und sie fragte sich, wie Johann und Maxim es hinbekommen hatten, dass sie diese Erklärung mehr oder weniger fraglos akzeptiert hatte.

»Das ist nicht wahr.« Helmrichs Gesicht war bleich geworden. Immer wieder fuhr er sich mit der Hand über die Wangen, bedeckte schließlich mit beiden Händen die Augen und blieb reglos sitzen.

»Ich sage Euch die Wahrheit, Dietlind lebt nicht mehr.« Sie machte eine Pause, hatte das Gefühl, noch etwas ergänzen zu müssen, die Möglichkeit, Fragen zu stellen, nicht ungenutzt verstreichen lassen zu dürfen. Zu irgendetwas musste dieser Besuch doch gut gewesen sein. »Könnt Ihr Euch erinnern, ob sie traurig war?« Immerhin gehörte eine ganze Menge dazu, sich aus dem Fenster zu stürzen, nicht zuletzt gefährdete man damit sein Seelenheil. Dass Dietlind es aus einer schwermütigen Laune heraus getan hatte, konnte sie nicht mehr so richtig glauben. Zu sehr hatte sich ein Bild in ihrem Kopf festgesetzt von einer etwas überheblichen, aber sicher lebensfrohen jungen Frau, die ihren eigenen Willen hatte und die ihre Geheimnisse pflegte.

Helmrich nahm die Hände herunter. »Im Gegenteil. Ich kenne niemanden, der lebhafter ist als Dietlind.«

Keine Traurigkeit also. Keine Verzweiflung. Vielleicht hatte Dietlind es nicht mehr ertragen, zwischen zwei Männern zu stehen, genaugenommen zwischen dreien, nahm man den Ehemann noch dazu.

Verflucht! Je länger sie über diese Selbstmordgeschichte nachdachte, desto unglaubwürdiger wurde auch dieses Konstrukt. Was an all dem, was Maxim und Johann ihr erzählt hatten, entsprach eigentlich ernsthaft der Wirklichkeit? Nur, wenn Dietlind sich nicht selbst getötet hatte, was war dann mit ihr geschehen?

»Wo ist sie? Kann ich sie sehen?«

»Ich weiß es nicht. Ich weiß nichts, ich spiele nur meine Rolle. Bitte fragt mich nicht.«

Laila erhob sich, sie musste raus hier. Helmrich starrte ohnehin nur noch vor sich hin, schien sie gar nicht mehr wahrzunehmen. Sie zögerte, wusste nicht, wie sie sich verabschieden sollte. Schließlich brachte sie ein »Es tut mir leid« hervor und machte sich dann auf den Weg durch den Flur auf die Gasse.

Auf dem Heimweg dachte sie an das Durcheinander, welches in Dietlinds Leben geherrscht haben musste. Wie hatte sie selbst da noch den Überblick wahren können? Warum hatte sie es überhaupt so weit kommen lassen? Dass sie heimlich Geschäfte tätigte, konnte der Langeweile entsprungen sein, doch wozu zudem noch zwei Liebhaber? Wieder hatte Laila das Gefühl, dass Dietlind ihr etwas zu erzählen hätte, wenn sie doch nur noch da wäre und man sie fragen könnte. So aber blieb zu viel einfach im Dunkeln.

KAPITEL 16

Am folgenden Tag wurde Laila früh vom Klappern der Läden geweckt, aufgestoßen von Rike, damit das fahle Morgenlicht hereinkommen konnte. Die Magd drängte Laila, sich zu waschen. Sie hatte eine Schüssel mit frischem Wasser dabei, die sie auf dem Tisch neben dem Bett abstellte. Dann blieb sie stehen, hielt Laila auffordernd die Seife hin und wartete. Laila dachte sich nicht zum ersten Mal, dass es einfacher wäre, wenn das Mädchen sprechen könnte. Oder wenigstens schreiben. Dann hätte sie jetzt nachgefragt, was denn anstehe, warum sie sich so beeilen sollte.

Sie säuberte sich Gesicht und Hände. Als sie die Haare anfeuchten wollte, um sie glattstreichen zu können, winkte Rike ab und deutete auf den Hocker vor Dietlinds Schreibtisch. Laila begab sich dorthin und Rike machte sich an ihren Haaren zu schaffen. Dann half sie ihr in eines der Kleider, die Laila noch nie zuvor gesehen hatte. Zu Beginn hatte sie jedesmal Ehrfurcht erfüllt, wenn sie Dietlinds kostbare Kleidungsstücke berührte. Mittlerweile gewöhnte sie sich daran, es war wie mit dem Essen hier in diesem Haus. Sie würde es vermissen, sobald sie wieder als Laila unter den einfachen Leuten lebte.

Als sie fertig waren, führte die Magd Laila hinaus und deutete die Treppe hinunter. Laila blickte sie fragend an, doch Rike lächelte nur und deutete wieder in dieselbe Richtung. Laila ging die Stufen hinab und dachte daran, dass das Mädchen immer freundlich blieb, lächelte und nie auch nur einmal mürrisch blickte. Das, was Rike erlebt hatte, musste schlimm gewesen sein, doch offenbar hatte ihr jemand dabei geholfen, es zu überwinden. Ob das Dietlind gewesen war?

Laila kam in den Eingangsbereich des Hauses und blieb stehen. Eine Magd trat aus dem Raum, in dem sie immer das Essen einnahmen, und verschwand im hinteren Bereich, wo sich die Küche befand. Sie schaute nicht nach rechts und links. Unschlüssig drehte sich Laila einmal um sich selbst und wusste nicht, was sie tun sollte. Hier bleiben und auf was auch immer warten oder wieder zurück ins Zimmer gehen?

Die Tür zum Küchentrakt öffnete sich wieder und nun kam die Magd mit einem leeren Korb in der Hand wieder heraus. Sie gesellte sich zu Laila, nahm den Henkel des Korbes mit beiden Händen, knickste kurz und meinte: »Die Herrin wird sicher gleich da sein.«

Sie sollte also hier warten. Die Erleichterung über diese Erkenntnis hielt sich in Grenzen, denn Laila kannte nur eine Person, die hier mit *Herrin* angesprochen wurde: Kyrilla. Was wollte sie von ihr? Bislang hatte sie Laila so gut wie nicht beachtet, als wäre sie Luft. Zum Glück hatte Rike sie dieses Mal vernünftig zurechtgemacht. Im Gegensatz zum Tag davor mit Helmrich fühlte Laila sich sicher in dieser Aufmachung. Sie straffte die Schultern, reckte das Kinn noch ein Stück in die Höhe und blickte zur Treppe. Sie musste nicht lange so dastehen, Kyrilla kam mit gemessenen Schritten die Stufen hinunter und nickte ihr zu. Sie trug einen aufgebauschten Rock in dezenten Brauntönen, um den Hals mehrere golden glänzende Ketten und ließ sich von der Magd ihren Umhang reichen.

»Lass uns gehen, der Schneider wartet«, sagte sie. Mit dem Anflug eines Lächelns blickte sie Laila an, als amüsiere sie sich über etwas, was Laila entgangen war. »Der Stoff, den du unbedingt haben musstest, liegt nun lange genug bei dem Mann in seiner Werkstatt. Er schickt uns beinahe wöchentlich Nachricht. Wir sollten langsam mal etwas daraus machen lassen, meinst du nicht?«

»Natürlich«, Laila wandte sich zur Tür. »Ihr habt recht, ich habe ihn ganz vergessen«, ergänzte sie. So passte es gut. Ein bisschen forsch, aber nicht zu sehr, die Stellung der Älteren respektierend. So musste Dietlind sich gegenüber ihrer Schwiegermutter verhalten haben. Kyrilla war zufrieden und winkte der Magd, ihnen zu folgen.

Draußen schien die Sonne und wärmte Boden wie Hauswände auf mit der wenigen Kraft, die sie jetzt im Frühjahr besaß. Es war angenehm, ein bisschen Wärme auf dem Gesicht zu spüren. Laila zog ihren Umhang enger um sich und schritt neben Kyrilla her. Sie grüßten die Nachbarn, wenn sich jemand am Fenster oder auf der Straße zeigte. Hier und da blieben sie stehen, doch Laila hielt sich zurück und sagte kein Wort, nickte nur und hörte aufmerksam zu, wie Kyrilla mit einer Frau über das Wetter sprach. Wieder einmal dachte sie, dass die hohen Herrschaften auch über nichts anderes redeten wie die einfachen Leute.

Sie kamen in die Frauenstraße und gingen an den Häusern der reichen Ulmer Familien vorbei. Laila bemerkte, wie ihre Begleiterin die Gebäude, die sie passierten, aufmerksam musterte. Sie folgte ihrem Blick und sah die mit einer Steinumrahmung verzierten mehrgliedrigen Fenster eines Gebäudes, das mehrere Stockwerke besaß und oben in einer filigranen Dachumrandung endete. Daneben befand sich ein doppelgiebliges Haus, ebenso hoch, mit rot gestrichenem Fachwerk. Das folgende Anwesen besaß die Größe von drei der anderen Häuser und stand quer zu der Straße, auf der Laila mit Kyrilla ging. Auch hier war der Abschluss zum Dach hin mit einer Steinbalustrade begrenzt, die offenen Holzläden hatte man rotweiß angestrichen. Große Toreingänge im Untergeschoss legten die Vermutung nahe, dass es einen Innenhof gab, der geräumig genug war, dass Pferde mitsamt Wagen hineinpassten. Vermutlich hatten sie ihre eigenen Stallungen hier. Kyrilla blieb stehen und deutete auf eins der besonders prächtigen Gebäude.

»Dies hier ist imposant, nicht wahr … Dietlind?«

Laila nickte, wusste nicht, was sie sagen sollte und blickte einfach, wie sie hoffte, ausreichend beeindruckt auf die Häuserreihe. Dann setzte Kyrilla ihren Weg fort. Laila lief neben ihr, bemühte sich, den eleganten Gang nachzuahmen und die Art, wie Kyrilla die Leute begrüßte. Das hatte etwas ganz Eigenes, etwas sehr Vornehmes, wie sie fand. In ihrer Gesellschaft fühlte sie sich abgehoben vom einfachen Volk, auf eine eigentümliche Art wahrgenommen, so wie sie es noch nie erlebt hatte. Mit den Gauklern, wenn sie die Flöte spielte, diese Aufmerksamkeit war von anderer Art. Zu Beginn überwog das Abwartende des Publikums, ob sie es wohl fertigbringen würden, mitzureißen und zu begeistern. Dann, wenn das gelang, spürte sie Wohlwollen, Freude. Jetzt neben Kyrilla brachte man ihr tiefen Respekt entgegen.

Der Schneidermeister, in dessen Werkstatt sie sich schließlich einfanden, besaß ein Haus in dem Viertel, in dem sich die wohlhabenderen Handwerker niedergelassen hatten. Laila war bislang noch nie hier gewesen. Der Mann begrüßte sie zurückhaltend und schickte einen Gesellen in den angrenzenden Raum.

»Eure Kopfbedeckung ist fertig gestellt, werte Frau Nehlin. Passend zu dem Kleid, das Ihr mir als Arbeitsvorlage überlassen habt.«

»Lasst den Stoff für meine Schwiegertochter gleich mitbringen, wir wollen gemeinsam überlegen, was man daraus fertigen könnte.«

»Natürlich.«

Der Mann verschwand nach hinten und gab die Anweisungen weiter. Dann kam er zurück und deutete auf eine Karaffe, doch Kyrilla winkte ab. Der Geselle erschien schon bald und sein Meister breitete Kyrillas Kleid auf einem großen Tisch aus. Dann legte er den neuen Hut daneben. Kyrilla strich über den Stoff des hochaufragenden zylinderförmigen Gebildes, der in demselben Gelb gehalten war wie die Borte des Kleides. Durch geschickte Raffung des Stoffes in kleine Falten wirkte die Kopfbedeckung nicht so wuchtig, wie ihre Größe hätte vermuten lassen. Laila beobachtete Kyrilla, wie sie den Hut anprobierte und zufrieden nickte. Bei allem, was sie tat, hatte sie eine beeindruckende Präsenz, wofür Laila sie bewunderte. Wäre sie Gauklerin, so würde sie im Mittelpunkt der Aufmerksamkeit des Publikums stehen. Laila musste schmunzeln bei dem Gedanken, sich diese vornehme Frau als Gauklerin vorzustellen, dazu gehörte eine gehörige Portion Fantasie.

Schließlich bezahlte sie dem Meister seinen Lohn. Ihre Magd, die sich die ganze Zeit im Hintergrund gehalten hatte, packte alles vorsichtig in ihren Korb und zog sich wieder zurück, bis sie mit dem Rücken an der Wand stand. Nun wurde Lailas Stoff ausgebreitet, ein dicker Barchent, von dem sie sofort dachte, er würde einen wunderbar wärmenden Umhang ergeben. Sie wünschte sich eine Kapuze dazu und wählte aus verschiedenen Verzierungen eine Kordel, in die Holzperlen eingearbeitet worden waren, dazu passende Knöpfe und ein paar bunte Bänder, die sie am Saum und an der Kapuze aufgenäht haben wollte. Sie wusste, dass sie diesen Umhang nie tragen würde, dennoch machte es ihr Spaß, ihn zu gestalten. *Wie es wohl wäre, wenn ich für immer in dieser Rolle bleiben würde?*, dachte sie unvermittelt. *Dann könnte ich dieses Kleidungsstück tragen, aber müsste mit Guntram ins Bett steigen*. Der zweite Gedanke ernüchterte sie.

»Eine sehr gute Wahl«, sagte Kyrilla, als sie wieder auf die Gasse traten. »Du hast einen guten Geschmack, Mädchen. Das gefällt mir. Was mir nicht gefällt, ist deine Neugier.«

Dann ging sie voran und Laila fragte sich, worauf sie mit ihren Worten wohl hinaus wollte.

Gemeinsam mit Reginald stand Irene vor dem Wohnhaus des Bauernhofes, in dessen Scheune sie nächtigten. Die Bäuerin hatte ihnen versprochen, dass sie bei ihr Gemüse, Getreide, Eier und Fleisch zu annehmbaren Preisen kaufen konnten, sodass sie nicht ins nächste Dorf auf den Markt gehen mussten. Nun warteten sie draußen vor der Tür. Die Frau hatte Irenes Körbe an sich genommen und mit einem Augenzwinkern gesagt: »Mal sehen, was die Vorratskammer so alles hergibt.«

Reginald hatte seine Börse vom Gürtel genommen, wog sie in der Hand und beobachtete, wie sich das Leder verformte, wenn die Münzen sich bewegten. Er sagte nichts, die ganze Zeit schon nicht.

»Wird das Geld reichen über die Fastenzeit, bis wir wieder spielen können?«, fragte Irene schließlich, um ein Gespräch in Gang zu bekommen.

Reginald blickte hoch. »Bestimmt.« Dann schwieg er erneut und Irene ließ ihn in Ruhe.

Auf dem Rückweg von Ulm war ihr klar geworden, dass sie Reginald die ganze Wahrheit sagen musste. Ebenso wie Lailas Mutter hatte er ein Recht darauf zu wissen, was geschah. Sie vertrauten einander. Wenn sie so weitermachte, war sie drauf und dran, dieses Vertrauen zu verspielen, damit war niemandem geholfen, vor allem ihr selbst nicht. Also hatte sie ihm von Dietlinds Tod erzählt und alles, was sie von Laila darüber wusste.

Seine Reaktion war für sie überraschend gewesen. Im Gegensatz zu ihr sah er keine Notwendigkeit zu reden. Das Entsetzen hatte sie in seinem Gesicht lesen können. Seither war er einsilbig geblieben. Sie wusste nicht, warum ihn der Tod dieser Frau so sehr mitnahm, dennoch bedrängte sie ihn nicht. Er würde erzählen, wenn er es für richtig hielt.

Die Bäuerin kam zurück, je einen prall gefüllten Korb in jeder Hand. Sie lächelte.

»Zehn Eier, frisch gemahlenes Korn, mein Kleiner war gerade gestern bei der Mühle, ein paar Äpfel vom Herbst, eingelagert aus dem Keller, sind schön süß, Kohl, Bohnen,

Karotten, ein frisch geschlachtetes Huhn, Butter und Käse aus Milch von unseren Kühen, ich hoffe, es ist recht so.«

Irene nahm die Körbe entgegen, während Reginald den Preis erfragte und ohne zu feilschen die Münzen in die Hand der Bäuerin zählte. Normalerweise hätte er jetzt mit einer neckischen Posse einen Preisnachlass zu erwirken versucht. Oft gelang ihm das, wenn er die Leute zum Lachen brachte. Heute aber war er Irene fremd. Von dem lebensfrohen Mann, immer in Bewegung, war nur ein Schatten seiner selbst übrig.

Sie verabschiedeten sich und Irene drückte Reginald einen der Körbe in die Hand. Dann gingen sie schweigend nebeneinander her, bis sie sich dazu entschied, ihrer eigenen Ungeduld doch zumindest ein wenig nachzugeben. Vielleicht schadete ein kleiner Anstoß ja nicht.

»Es ist schlimm, so ein sinnloser Tod. Warum sie wohl aus dem Fenster gesprungen ist, diese Dietlind? Und was dieser Maxim damit bezweckt, ihren Tod zu vertuschen, indem er Laila an ihrer Stelle einsetzt, verstehe ich auch nicht.«

Zunächst dachte sie, Reginald würde nicht antworten, doch dann sagte er leise: »Es passt nicht zu ihr.«

»Hast du sie gut gekannt?«

»Sehr.« Reginald blieb kurz stehen. »Irene, ich muss mit dir reden. Lass uns die Körbe in die Scheune bringen und ein wenig über die Felder gehen. Sollen die anderen sich um das Essen kümmern.«

Statt einer Antwort ging Irene auf ihn zu und gab ihm einen Kuss auf die Wange. Sie war erleichtert. Zwischen ihnen durfte es keine Geheimnisse geben, sie hoffte, dass Reginald das genauso sah.

KAPITEL 17

Helmrich schrieb, dass er sie sprechen wolle. Sie hatte das Papier glattgestrichen und die Schrift erkannt, bevor sie die Signatur gesehen hatte. Seine Buchstaben drängten sich eng aneinander und waren nicht einfach zu lesen. Was auch immer er von ihr wollte, sie sah es als leichte Übung, mit ihm zu reden. Sicher war ihm daran gelegen, mehr über Dietlinds Tod zu erfahren. Wenn sie sich auf das Gespräch einließ, konnte sie vielleicht ein wenig mehr von ihm erfahren. Offenbar wusste niemand in der Familie Nehlin etwas von Helmrich. Insofern konnte sie dieses kleine Risiko eingehen und den Kontakt mit ihm halten, ohne Konsequenzen befürchten zu müssen. Sicher war Dietlinds Liebhaber genauso an Verschwiegenheit gelegen wie ihr. Deshalb war sie voller Zuversicht auf dem Weg zu Helmrichs Haus.

Je näher sie ihrem Ziel kam, desto mehr achtete sie darauf, nicht aufzufallen. Sie musterte die angrenzenden Gebäude, ob dort jemand aus dem Fenster sah.

Erst als Laila das Gefühl hatte, unbeobachtet zu sein, schritt sie rasch auf die Haustür zu. Sie brauchte nur einmal zu klopfen, sogleich öffnete Helmrich selbst, als habe er hinter der Tür auf sie gewartet. Laila wunderte sich, warum das Personal diese Aufgabe nicht übernahm, bereits beim ersten Besuch hatte sie nur den Hausherren gesehen. Vielleicht hatte er seine Magd fortgeschickt, um keine Zeugen zu haben.

Dieses Mal führte er sie einen Stock höher in ein helles Zimmer, in dem ein großer Tisch mit mehreren Stühlen stand, darauf ein paar Becher um ein Weingefäß gruppiert. An der Wand befand sich ein Kamin, in dem ein kleines Feuer schwelte und den Raum beheizte. Davor lag zusammengerollt eine Katze und schlief.

Helmrich legte ein Holzscheit nach, der nach unten rutschte und den er mit einer hastigen Bewegung zurück auf den brennenden Stapel schob. Dann wandte er sich Laila zu, die immer noch in der Mitte des Raumes stand und abwartete. Er deutete auf einen der Stühle.

»Möchtet Ihr etwas trinken?«, fragte er. Laila fiel die Förmlichkeit in seiner Anrede auf.

Sie schüttelte den Kopf. »Es ist nicht nötig, dass Ihr mich so vornehm ansprecht, ich bin eine einfache Buchbindertochter.« Ihre Tätigkeit als Flötenspielerin bei den Gauklern musste sie ihm nicht auf die Nase binden.

»Wie du willst. Für dich gilt dasselbe.« Er setzte sich Laila gegenüber und musterte sie. »Ihr seht euch wirklich sehr ähnlich, du und Dietlind.«

Laila hatte Rike dieses Mal gebeten, sie herzurichten. Auch wenn Helmrich die Wahrheit nun kannte, sie hatte sich geschworen, nie wieder unvorbereitet auf die Straße zu treten und sich damit angreifbar zu machen. Diesen Fehler hatte sie einmal gemacht, es durfte kein zweites Mal geben.

»Zumindest fallen alle anderen auf die Täuschung herein.«

»Vermutlich wusstest du nicht, wie Dietlind zu mir stand. Eine Frau, der man sich verbunden fühlt, blickt man genauer an. Nun sag, was ist mit Dietlind geschehen?«

»Sie hat sich aus dem Fenster gestürzt. Das ist alles, was ich weiß.«

»Aber warum?« Helmrich erhob sich und begann, im Zimmer herumzulaufen. Dabei blieb er immer wieder kurz stehen, als führe er seinen ganz eigenen, einsamen Tanz aus mit einer festen Schrittfolge, die nur er kannte. »Wir hätten es geschafft, sie und ich. Wenn sie das Geld nicht von ihrem Vater bekommt, dann treibe ich es anderswo auf, das habe ich ihr gesagt. Warum hat sie mir nicht geglaubt?«

»Es macht mich nervös, dieses Herumgelaufe.«

Helmrich blickte sie irritiert an, dann setzte er sich wieder und trommelte mit den Fingern auf den Tisch, was Laila nicht viel besser fand. Ein weiteres Mal aber wollte sie nichts sagen.

»Dietlind hat Geschäfte gemacht. Ich habe ein Büchlein mit Berechnungen gefunden«, sagte sie, um ihr Gegenüber zum Weiterreden zu bewegen.

»Wir wollten gemeinsam weggehen, nach Italien. Dietlind hat ihren Ehemann gehasst.«

Sie hatte Guntram gehasst? Das war ein ganz neuer Aspekt. Oder hatte Dietlind es lediglich gegenüber Helmrich behauptet, um ihn gewogen zu stimmen? *Hass ist ein großes Wort*, dachte Laila. »Was stand der Reise im Weg?«, fragte sie.

»Sehe ich so aus, als hätte ich genügend Münzen, um eine Frau wie Dietlind auszuhalten, noch dazu in der Fremde? Ich bin ein einfacher Kaufmann. Sie stammt aus dem Adel. Ich habe eine Idee, wie ich genügend erwirtschaften kann, aber das braucht Zeit. Ich habe es ihr immer wieder gesagt, ich brauche Zeit.«

»Vielleicht ist etwas vorgefallen, was ihr deutlich gemacht hat, dass sie nie würde fortgehen können.« Laila war der Gedanke erst jetzt gekommen. Eventuell erklärte das Dietlinds Selbstmord.

Helmrich nahm sich einen Becher und goss ihn mit dem Wein aus der Kanne voll. Er trank ein paar Schlucke. Dann sagte er: »Die Werths sind bereit, mir Geld zu leihen. Ich brauche es, um in der Vorstadt ein Getreidelager zu bauen. Dann kaufe ich günstig Getreideüberschüsse des Rates auf, lagere sie ein, und wenn die Preise im Frühjahr steigen, weil das Getreide knapper wird, verkaufe ich wieder.«

Laila musste an das Gespräch zwischen Maxim, seinem Bruder und den Ratsherren denken. War es da nicht auch um Getreide gegangen? Auch den Namen Werth hatte sie in letzter Zeit mehrfach gehört. Hatte nicht ihre Mutter eine Familie mit diesem Namen erwähnt, und zwar alles andere als wohlwollend?

»Wie soll das gehen? Die Stadt lagert das Getreide von den Bauern im Umland ein, um es an ihre Bewohner weiterzureichen.«

»Ich habe gute Kontakte zum Rat«, winkte Helmrich ab, »und vor allem zum Kornmeister, der Anlieferung und Verteilung überwacht, das ist kein Problem.«

»Was heißt das?«, fragte Laila, ihre Ratlosigkeit war nur zum Teil gespielt.

»Nenn es, wie du willst, von mir aus eine gewagte Spekulation. Aber sie kann Erfolg bedeuten.«

Das hörte sich nicht wirklich nach ehrbaren Geschäften an.

»Du scheinst mir ein aufgewecktes Mädchen zu sein.

Warum kommst du nicht mit mir nach Italien, wenn hier alles zu meiner Zufriedenheit vonstatten gegangen ist?«

»Anstelle von Dietlind?«

Er lachte. »Sie selbst kann es ja nicht mehr.«

Laila spürte eine Gänsehaut auf ihren Armen und fragte sich, ob es von dem zu kleinen Feuer kam, das den Raum nur ungenügend heizte, von der Kälte, die durch die mit Tierhaut abgedichteten Fenster zog, oder ob es die Art war, wie Helmrich von Dietlind und seinen Geschäften sprach. Sie konnte nicht einschätzen, ob ihr Gegenüber lediglich ein Hochstapler war oder ob man seine Pläne ernst nehmen konnte.

»Ihr seid bereit, sie einfach so gegen mich auszutauschen?«, fragte sie und das Frösteln blieb.

»Offenbar können andere das auch, oder nicht? Wer hat dich eigentlich gefunden und beauftragt, diese Rolle zu spielen?«

Laila entschied, dass er genug von ihr erfahren hatte und sie von ihm. Sie war nicht sicher, ob Dietlinds Geschäfte ebenso skrupellos gewesen waren wie seine, aber sie konnte es nicht ausschließen. Diese Frau hatte sich in Lailas Wahrnehmung von einem sanften Menschen, der sich selbst aus Enttäuschung in den Tod stürzte, über eine Rebellin, die sich das langweilige Dasein mit Liebhabern und heimlichen Geschäften versüßte, zu einer Unerbittlichen und Unersättlichen gewandelt. Laila konnte sie nicht fassen.

»Warum hat sie sich selbst getötet?«, fragte sie laut und beobachtete dabei genau Helmrichs Reaktion. Er führte gerade seinen Becher zum Mund und hielt inne.

Eine Falte erschien auf seiner Stirn, glättete sich wieder, dann trank er und antwortete erst danach.

»Ich weiß es nicht.«

Laila hatte sich kurze Zeit später verabschiedet und war nicht mehr auf Helmrichs erneuten Vorschlag eingegangen, dass sie ihn nach Italien begleiten könne. Stattdessen hatte sie ihn über die Familie Werth ausgefragt und erfahren, dass das eine der reichen Familien Ulms war, die im Rat saß und die Geld für Geschäfte an Kaufleute verlieh. Die Andeutungen ihrer Mutter und dem, was Helmrich erzählt hatte, vermischten sich mit dem, was sie über ihren Vater wusste. Ein bankrottes Geschäft, Schulden, er selber verschwunden. Auf der anderen Seite eine reiche Familie, die für dubiose Ideen Geld verlieh. Sie hatte wieder die Szene vor Augen, in der sie den Vater zum letzten Mal gesehen hatte. Aufgewühlt war er gewesen, außer sich, das hatte sie gespürt und ihm helfen wollen, ohne es zu können. Diese hilflose Ohnmacht, die trug sie bis heute mit sich herum. Vielleicht war es an der Zeit, sie zu bekämpfen.

In Gedanken versunken ging sie die Gasse entlang und bemerkte zu spät, dass sie am Haus der Nehlins vorbeigelaufen war. Sie kehrte um und wurde von Maxim begrüßt, der lässig am Türrahmen der Eingangstür lehnte und sie ganz offensichtlich beobachtet hatte.

»So ganz in Gedanken?«, fragte er.

»Weißt du, wo das Haus der Familie Werth steht?« Die Frage hatte sie aus einer Eingebung heraus gestellt.

»Ich würde eher von einem Anwesen sprechen.«

»Bringst du mich dorthin?«

Er zuckte mit den Achseln und setzte sich in Bewegung. »Warum interessierst du dich für die Werths?«

»Deine Mutter hat über sie geredet«, flunkerte Laila.

»Das denke ich mir. Meine Mutter bewundert erfolgreiche Menschen sehr. Die Werths sind eine einflussreiche Familie.«

»Womit verdienen sie ihr Geld?«, fragte Laila, gespannt darauf, ob Maxim ihr dasselbe erzählen würde wie Helmrich.

»Es ist eine alte Ulmer Familie. Die wurden nicht von heute auf morgen reich und einflussreich, das ist langsam gewachsen. Sicher nennen sie auch einiges an Landgütern ihr Eigen, dort wird erwirtschaftet, was auf dem Markt verkauft werden kann.«

»Zum Beispiel Getreide?«

»Das wird an den Rat der Stadt als Abgabe geliefert, zum Teil sicher auch verkauft. Obwohl es neuerdings Bestrebungen gibt, den geschäftlichen Anteil Kaufleuten zu überlassen, was ich nicht befürworte. Zu viele sehen nur ihren eigenen Gewinn. Spekulantentum mit Nahrung aber ist immer gefährlich.«

»Was könnte da geschehen?«

»Dass sich im Falle einer Knappheit nur die Reichen etwas zu essen kaufen können. Überspitzt gesagt.«

Laila dachte über seine Worte nach und darüber, wie freimütig er sie ihr gegenüber äußerte. Immerhin widersprach er damit seinem Bruder, der, gemeinsam mit der Mutter, die Familiengeschäfte zu führen schien und somit doch auch die Richtung vorgab, oder nicht? Laila erinnerte sich sehr wohl daran, dass sie sich vorgenommen hatte, gegenüber Maxim vorsichtig zu sein. Von Helmrich würde sie ihm sicher nichts erzählen, auch wenn sie gerne erfahren hätte, ob Maxim etwas von seinem Nebenbuhler geahnt hatte, ob er nicht vielleicht sogar aktiv versucht hatte, ihn auszuschalten. Oder hatte er sich deshalb von Dietlind getrennt? Weil die weder ihrem Mann noch Maxim treu gewesen war?

Sie kamen in die Frauenstraße mit ihren herrschaftlichen Bauten, an denen Laila mit Kyrilla entlanggeschritten war. In ihrer Gesellschaft hatte sich Laila abgehoben vom übrigen Volk gefühlt, voller Anmut, als gehöre sie selbst zu diesen reichen Leuten. Neben Maxim aber war sie Laila. Und das fühlte sich gut an. Vorsicht hin oder her, sie wollte ihm trauen können.

»Dies hier ist es.« Maxim deutete auf ein Anwesen mit drei Giebeln zur Straße hin und zwei großen hölzernen Toren, die zu einem Innenhof führen mussten. Im Moment waren sie geschlossen. Laila blickte auf die Fassade des gemauerten Steinhauses, die ihr trutzig vorkam mit ihren drei Stockwerken, fast wie der Hauptbau einer Burg und nicht zu vergleichen mit den Verzierungen an Läden und Fensteröffnungen, mit dem kunstvoll gestalteten Fachwerk der angrenzenden Bauten.

»Sie müssen sehr reich sein, diese Werths«, meinte Laila, als sie sich überlegte, wie weit sich das Haus nach hinten erstrecken mochte.

»Es wundert mich, dass Mutter ausgerechnet über die Werths mit dir sprach.«

»Warum?«

»Weil sie die eigentlich nicht ausstehen kann.«

»Ich denke, sie bewundert erfolgreiche Familien.«

»Und das vor allem dann, wenn sie der Familie Nehlin unter die Arme greifen. Die Werths stehen zu weit über uns. Meiner Mutter gefällt nicht, wie sehr sie uns das spüren lassen.«

Wieder diese Offenheit. Er schien es gar nicht zu bemerken, dass man seine Aussagen durchaus auch als Kritik an seiner Familie auffassen konnte.

Einige Meter weiter öffnete sich unvermittelt eines der großen Tore. Zwei Knechte schoben die Holzflügel auf und hatten sichtlich Mühe damit. Maxim zog Laila ein Stück weiter. Sie hatten sich leise unterhalten, aber er wollte wohl dennoch kein Risiko eingehen und unnötig auffallen. Laila hörte das Klappern von Hufen auf dem Steinpflaster und plötzlich erschien in der Toröffnung ein Pferd, weiß wie Neuschnee, die Mähne glänzend gekämmt. Sein Schnauben hinterließ Atemwölkchen in der Luft, es warf unruhig den Kopf hoch und wurde von seinem Reiter mit einem Brummen beruhigt. Der Mann saß aufrecht und blickte über sie hinweg, als habe er sie gar nicht bemerkt. Er war recht jung, trug ein rotes Wams, einen Hut mit Krempe in derselben Farbe. Darin steckten zwei Federn, weiß wie das Pferd. Mit seinen dunklen Lederstiefeln trieb der Mann das Tier an und trabte elegant die Straße entlang. Die Federn wippten im Takt der Bewegung.

»Wer war das?«

»Ein Sohn des Hauses, welcher, weiß ich nicht«, antwortete Maxim.

Die Knechte verschlossen die Tore wieder. Beim Betrachten der drei Giebel wanderte Lailas Blick weiter zum Himmel, an dem graue Wolken hingen und von Schnee kündeten. Nur das nicht, dachte sie. Die letzten

Tage hatten sie einen so klaren Winterhimmel gehabt, die Sonne schien jeden Tag mehr an Kraft zu gewinnen und Laila hatte sie herbeigesehnt, die Wärme des Frühlings. Die dichte Wolkendecke hingegen zeigte ihr, wie weit er noch entfernt war. Sie zog den Umhang enger, weil ihr plötzlich kalt wurde, wegen der Aussicht auf Schnee, wegen des abweisenden Hauses, vor dem sie standen und vielleicht auch, weil sie sich nach der Wärme eines wirklichen Heimes sehnte. Sie rieb sich die kalte Nase, dann blickte sie zu Maxim. »Wie lange soll das noch so weitergehen? Wann wirst du Dietlinds Tod bekannt geben? Was ist überhaupt mit ihrem Körper geschehen?«

»Er lässt sich ohne Schaden verwahren bei den kalten Temperaturen«, antwortete er mit einer Zurückhaltung, die nicht zu seiner vorherigen Offenheit passte.

»Aber ihre Seele, wie kann sie zu Gott kommen, wenn ihr Körper nicht in geweihter Erde ruht?«

»Sie hat sich selbst getötet. Du weißt, dass solche Leute kein Anrecht auf geweihte Erde haben.«

»Aber sie war ein guter Mensch, nicht wahr?«

Maxim zögerte kaum merklich, dann antwortete er: »Natürlich.«

»Vielleicht war sie in Bedrängnis und sah keinen anderen Ausweg.«

»Vermutlich.«

»Niemand darf sie verurteilen. Das Urteil über sie spricht allein Gott.«

»Sicher.«

»Sonst fällt dir nichts dazu ein?«

»Du hast mit allem recht. Die Vorbereitungen laufen, ich bemühe mich. Gefällt es dir denn so wenig bei uns?«

Gefiel es ihr nicht? Die Frage stellte sich nicht, fand sie. Sie bekam sehr viel Geld für eine Aufgabe, die sie so gut es ging erfüllte. Nebenbei lernte sie einiges über die vornehmen Herrschaften und hatte die Hoffnung, dem Rätsel über das, was ihrem Vater widerfahren war, zumindest durch dieses bessere Verständnis einen Schritt näher zu kommen. Sie trug herrliche Kleider, aß wundervolles Essen.

»Ich möchte irgendwann wieder Laila sein.«

Diese Worte entlockten Maxim ein Lächeln. Er hob die Hand und berührte einen kurzen Augenblick ihre Wange. »Bei mir darfst du das sein, in Ordnung?«

Laila nickte, wandte sich ab, blickte erneut zu dem Haus und fragte sich nicht ohne Sorge, ob sich nun zwei von Dietlinds Liebhabern dazu entschlossen hatten, sie als Ersatz zu nehmen.

KAPITEL 18

Maxim hatte nach dem Gespräch mit Laila seine Mutter zu einer Unterredung aufgesucht. Er wusste nicht mehr weiter, hatte das Bedürfnis, sie darüber zu unterrichten, dass Laila ungeduldig wurde. Es fiel ihm selbst immer schwerer, die Rolle von Dietlinds ehemaligem Liebhaber auszufüllen. Natürlich hatte Kyrilla nach dem Warum gefragt. Weil er kein Schauspieler sei, hatte er ihr erklärt. Zu seinem Erstaunen hatte sie es mit einem Nicken akzeptiert, so als habe sie sich bereits dasselbe gedacht. Warum aber, das fragte er sich, hatte sie ihn dann mit dieser Rolle betraut? Um ihm eine Aufgabe zu geben? Sie hatte ihn nach seiner Geschäftspleite in Italien ohne Bedingungen wieder zu Hause aufgenommen. Die Antwort lag demnach eher in der Tatsache, dass er der Einzige war, der für die Rolle infrage kam.

Durch die Fenster im Arbeitsraum hatten sie gesehen, wie es anfing zu schneien. Kyrilla hatte sogleich Johann in die Vorstadt zu den Ställen geschickt, damit er überprüfte, ob der familieneigene Schlitten fahrbereit war. Maxim hatte für sich beschlossen, ihm nach dem Gespräch mit seiner Mutter zu folgen. Er musste raus, ein wenig die kalte Luft einatmen, um den Kopf frei zu bekommen.

Nun trat er auf die Gasse und blickte hoch in das weiße Flockengestöber. Noch lag nicht viel Schnee auf dem Boden und ihm war unklar, ob es für die Fahrt mit einem Schlitten reichen würde. Dieser Schlitten war der ganze Stolz seiner Mutter. Mit ihm nahm sie an den alljährlichen Patrizierfahrten teil, eine Ehre, die ihrem verstorbenen Mann erwiesen wurde und die Guntram als sein offizieller Nachfolger fortführen durfte, da Friedrich, der älteste Sohn der Familie, nicht in Ulm lebte.

Maxim streckte seine Hand aus und beobachtete, wie der Schnee auf seiner Haut schmolz. Unvermittelt musste er an Laila denken und fragte sich, was sie wohl gerade tat. Er war überzeugt davon, dass sie versuchen würde, die Flocken mit der Zunge zu fangen, stünde sie jetzt neben ihm. Er musste lächeln bei der Vorstellung, setzte sich wieder in Bewegung und ging die Gasse entlang in Richtung Vorstadt. Bis zu den Ställen war es ein guter Fußmarsch, der ihm helfen würde, das zu überdenken, was seine Mutter ihm anvertraut hatte.

»Mir ist es auch schon aufgefallen, dass das Mädchen sehr neugierig ist«, hatte Kyrilla über Laila gesagt und Maxim hatte nicht zum ersten Mal das Gefühl, Laila beschützen zu müssen. Aber beschützen wovor? Es war widersinnig und dennoch hielt sich diese Ahnung hartnäckig. Er sah Laila vor sich, wie sie dem jungen Werth hoch zu Ross nachblickte, so als habe sie eine Erscheinung gehabt. Sie konnte sich erstaunlich gut in die Rolle Dietlinds einfinden, doch bei der Begebenheit vor dem Anwesen der Werths war Maxim klar geworden, dass sie eine Rolle spielte, nichts sonst. In Wahrheit musste ihr allein schon der Reichtum im Haus der Nehlins unfassbar vorkommen. Er wusste viel zu wenig über Laila.

Ein Straßenköter blieb neben ihm stehen und kläffte ihn an, folgte ihm ein paar Schritte und wandte sich dann an den nächsten Passanten, einen Mann mit weit hochgezogenem Umhang, auf dem sich der Schnee bereits in weißen Tupfen niedergelassen hatte. Maxim strich sich selbst die Schultern frei, weil er nicht wollte, dass der Schnee ihm den Umhang durchnässte. Dann ging er weiter, sah ein paar Ratsherren vor einem Gasthaus stehen und grüßte höflich. Die Männer nickten zurück, offenbar warteten sie hier auf jemanden.

Er setzte seinen Weg fort und dachte erneut an die Worte seiner Mutter. Auf seinen Vorschlag, die Maskerade endlich zu beenden und Dietlinds Unfalltod nun zu inszenieren, hatte sie zunächst unwirsch reagiert. Als er nicht locker ließ, sagte sie: »Es geht nicht, sie muss weitermachen, dieses Mädchen.«

»Aber warum?« Er kam nicht darauf, was sie meinen könnte, vielmehr fiel ihm auf, dass sie Laila immer nur *dieses Mädchen* nannte. Hatte sie ihren Namen vergessen?

»Dietlinds Selbstmord ist nicht nur schlimm für Guntram und unsere ganze Familie. Denk nach, Junge: Wenn wir Dietlind durch einen Unfall sterben lassen, was geschieht dann mit dem Erbe ihres Vaters?«

»Es geht an die Kirche?«, mutmaßte Maxim.

»Dieser alte Trottel Ingward sitzt auf seinem Anwesen und wartet auf seinen vor Jahren verschollenen Sohn. Der wird nicht zurückkommen. Er muss das akzeptieren.«

»Deshalb soll er Dietlind sein Vermögen vermachen, vielmehr ihrem Ehemann Guntram? Und so lange muss Laila weiter Dietlinds Rolle spielen.« Nun verstand er, worauf seine Mutter hinauswollte. Gefallen fand er an dem Gedanken nicht. »Meinst du nicht, der alte Mann sollte mit seinem Geld machen, was er will?« Doch seine Mutter antwortete nicht und schwieg beharrlich. Weil es ihm zu unangenehm wurde, dieses Schweigen, und er nicht weiter aus dem Fenster starren wollte, fragte er schließlich: »Was schlägst du vor?«

»Das Mädchen muss an Dietlind statt die Unterschrift von dem alten Ingward einfordern. Haben wir das Dokument, so ist es rechtsgültig und wird nach ihrem Tod auf Guntram übergehen, der ohnehin ihr Vormund ist. Wir brauchen dieses Erbschaftsdokument, verstehst du? Unsere Familie kann es sich nicht leisten, dieses Vermögen der Kirche zu überlassen.«

Wie sollte Laila den alten Mann, der sich bei ihrem Besuch so kratzbürstig gezeigt hatte, umstimmen? Am Ende hatte Maxim seiner Mutter dennoch versprochen zu helfen. Seither wog seine Aufgabe noch schwerer, weil er noch weniger wusste, wie er sie bewältigen sollte. Vielleicht war es das, was seine Mutter wollte, dass er sich bewies.

Maxim kam zu den Ställen, die die Familie angemietet hatte. Ein Knecht kümmerte sich dort um Wagen, Schlitten und die Pferde. Es war ein zuverlässiger Mann, den sie nur hin und wieder kontrollieren mussten. Maxim öffnete eine Seitentür und betrat die Scheune. Sogleich schlug ihm die Wärme der Tiere entgegen, die im Innern gespeichert wurde. An der Wand waren Strohballen aufgeschichtet, es roch nach Leder und nach den Pferden. Er konnte Stimmen hören, die begleitet wurden von einem Schnauben und dem Schaben ungeduldiger Hufen. Maxim zog einen Strohhalm aus einem der Ballen und kaute darauf herum. Dann ging er weiter und stieß auf Johann, der sich mit dem Knecht unterhielt. Sie standen beide vor einem stattlichen Schlitten, an dem Johann gerade die Kufen kontrollierte.

Maxim betrachtete das Gefährt, das üblicherweise von einem einzelnen Pferd gezogen wurde. Der Lenker stand hinten auf den Kufen, eine Position, die er selbst gerne einnahm, und war mittels langer Zügel mit dem Tier verbunden. Er mochte dieses fast lautlose Dahingleiten auf dem Schnee, dieses leise Zischen der Kufen. Auch wenn ihm meist die Finger eiskalt wurden. Der Schlitten der Familie Nehlin war in Blau gehalten, mit stufig abgesetzten Seitenwänden und einer hohen Lehne, an die sich ein Polster schmiegte. Zwei Personen konnten dort Platz nehmen. Maxim bemerkte, dass die dunkelblaue Rankenverzierung an einer kleinen Stelle abgeblättert war. Er strich mit dem Finger über die Stelle und wies den Knecht darauf hin, der versprach, sich darum zu kümmern.

Gemeinsam mit Johann trat er schließlich den Rückweg an, sie schwiegen, Maxim war nicht danach, ein Gespräch zu führen. Er dachte wieder an seine Aufgabe, daran, das er Laila nun würde klarmachen müssen, dass sie noch eine ganze Weile gebraucht wurde.

»Dieses Mädchen lässt sich mit Geld ködern«, war der Rat seiner Mutter gewesen. »Sie braucht es, wofür auch immer, aber anscheinend braucht sie es sehr nötig. Mache dir das zunutze.« Auch wenn ihm unwohl dabei war, er würde es versuchen. Zumindest würde ihm Laila auf diese Art noch eine Weile erhalten bleiben und darüber freute er sich ehrlich.

Laila hatte von Guntram eine ganze Weile nichts mehr gehört, ihn nur bei den gemeinsamen Essen gesehen. So kam die Nachricht einer Magd, dass ihr Ehemann abends mit ihr auszugehen wünsche, überraschend, obwohl es sie nicht verwunderte. Irgendwann musste sich wohl auch ein so vielbeschäftigter Mann wie Guntram einmal mit seiner Ehefrau sehen lassen. Auch wenn er ihr ganz offensichtlich ansonsten aus dem Weg ging, ein Umstand, der Laila zwar zugute kam, den sie aber dennoch hinterfragte.

Rike erschien im Laufe des Tages und zeigte mit ihrem so typischen kleinen Lächeln auf den Hocker vor Dietlinds Schreibtisch. Es begann die Prozedur, die Laila mittlerweile kannte. Rike wusch ihr mit einem nassen Tuch Gesicht und Halspartie. Heute entschied sie, dass auch die Haare gesäubert werden mussten und fast bedauerte Laila es, dass sie nicht zu einem Bad genötigt wurde. Sie hatte die Annehmlichkeit des eigens dafür hergerichteten Zimmers bereits zu schätzen gelernt, die Duftwässerchen, die in das aufgewärmte Wasser getan wurden. Dann diese duftende Seife, die sicher der Apotheker hergestellt hatte, nicht der billige Seifensieder, bei dem ihre Mutter immer kaufte. Sie seufzte, stellte sich vor, wie sie in dem Bottich saß. Ob sie als Dietlind nach einem Bad verlangen konnte, wann immer ihr danach der Sinn stand? Bislang hatte sie sich das aus Angst davor, einen Fehler zu machen, nicht getraut.

Rike nässte ihre Haare ein und rubbelte sie danach wieder trocken. Zwischendurch zeigte sie nach draußen, wo der Schnee in dicken Flocken fiel. Laila dachte bei dem Anblick an Irene und hoffte, dass die Gaukler in ihrer Scheune nicht allzu sehr froren. Auch ihre Mutter machte ihr Sorgen, das Dach ihres Häuschens vertrug sicher nicht mehr viel, schon gar keine dicke Schneeschicht. Sie konnte nur hoffen, dass ihr Bruder Jabbo ausreichend vorgesorgt hatte.

Ihre Gedanken wanderten mal in diese, mal in jene Richtung und so wurde ihr die Zeit nicht lang, bis Rike mit ihrer Arbeit fertig war. Sie half Laila beim Anziehen eines himmelblauen Kleides mit ebenso blauer Haube, die um das Kinn zugeknotet wurde. Das Kleid war eines der dezenteren Kleider, nicht für einen Ball geeignet, aber man konnte sich in der Öffentlichkeit damit sehen lassen.

Kurze Zeit später traf sie in der Eingangshalle auf Guntram. Dietlinds Ehemann gab sich gesprächig, erzählte von seiner Arbeit im Rat der Stadt. Laila hörte ihm zu, nickte und gab hier und da einen kurzen Kommentar, damit er sah, dass sie ihm zuhörte. In Wirklichkeit verstand sie nicht sehr viel von dem, was er sagte. Sie hatte bislang noch nie die Gelegenheit gehabt, Näheres darüber zu erfahren, wie der Rat der Stadt Ulm die Geschicke seiner Bürger lenkte. Sie bemerkte immer nur die Auswirkungen der Entscheidungen und das oft genug härter als andere. Wenn man ganz unten in der Hierarchie angelangt war, dann fand die eigene Stimme überhaupt kein Gehör mehr. Dann konnte man wie ihre Mutter froh sein, wenn man das Dach über dem Kopf behielt.

»Wo gehen wir hin?«, fragte Laila schließlich in einer Gesprächspause.

»Ein kleines Beisammensein unter Freunden«, antwortete Guntram und führte das nicht weiter aus, weil sie bereits bei dem Haus dieses Freundes angelangt waren. Keines der teuren Patrizierhäuser, aber doch eines, das sich sehen lassen konnte. Der untere Stock bestand aus Mauerwerk, in dem sich neben der Eingangstür ein Fenster befand. Die grünen Läden standen einladend offen. Die oberen beiden Stockwerke waren in Fachwerk gebaut, wobei Laila den Eindruck hatte, dass die Balken noch nicht sehr alt sein konnten.

Guntram klopfte und eine Magd ließ sie ein. Auch innen schien alles neu zu sein, das Holz der Treppe hatte noch seine helle Farbe und der Putz an den Wänden keinen Graustich vom Rauch der Lampen und des offenen Feuers in der Küche. In der Stube im oberen Stock trafen sie auf zwei weitere Paare und setzten sich zu ihnen an den Tisch, der mit einem bunt bestickten Tuch bedeckt war, bis auf die Kleider der Frauen der einzige Farbtupfer in dem Zimmer. Die Wände hatte man schlicht gehalten und auch die Möbel strahlten eine einfache Eleganz aus.

Die Magd brachte Krüge mit Bier und verdünntem Wein. Dann wurde deftiges Essen aufgetischt und Laila unterhielt sich mit den beiden anderen Frauen. Es fiel ihr leicht, die Schwierigkeiten zu umgehen, die zwangsläufig entstanden, zumal sie die beiden nicht kannte. »Wie geht es Kyrilla?« lautete eine Frage. Laila lächelte und antwortete: »Hervorragend, bis auf die üblichen kleinen Zipperlein, die man im Winter so mit sich herumschleppt. Und wie geht es Eurer Familie?«

Mit solchen Gegenfragen lenkte sie von sich ab und das Gespräch auf diese Art in eine Richtung, in der sie es haben wollte. Sie traute sich sogar, dezent nach der Familie Werth zu fragen, aber bis auf eine durchscheinende Schwärmerei der jüngeren der beiden Frauen für einen der Werth'schen Söhne konnte Laila nichts erfahren. Offenbar stammten beide Frauen aus Kaufmannsfamilien, die auf einer ähnlichen Stufe standen wie die Nehlins. Die Werths aber befanden sich ein gutes Stück darüber, das hörte sie deutlich heraus. Doch das war keine Neuigkeit für sie.

Erst als sie mit Guntram wieder die Gasse betrat und sich von den anderen verabschiedete, bemerkte sie, dass er einiges getrunken hatte. Er schwankte leicht, sie musste ihn stützen, damit es nicht allzu auffällig wurde. Noch war es hell, der Nachtwächter war noch nicht unterwegs und auch sonst war in den Gassen nicht viel los. Der Schneefall hatte nachgelassen, aber offenbar hielt sich jeder, der konnte, in der Nähe eines wärmenden Feuers auf. Die Luft fühlte sich eisig kalt auf Lailas Haut an. Die Nähe zu Guntram war ihr dennoch unangenehm. Er sprach nichts, ließ sich von ihr führen. Ihr war, als schmiege er sich absichtlich eng an sie.

Im Eingangsbereich des Nehlin'schen Hauses legten sie ihre Umhänge ab und ließen sie von einer Magd forttragen. Laila wandte sich mit einem »Ich wünsche eine gute Nacht« zur Treppe und wollte gerade hochgehen, da spürte sie einen harten Griff am Oberarm, der sie am Weitergehen hinderte. Guntram zog sie zu sich. Sie spürte seinen warmen Atem an ihrem Ohr und an der Wange. Es kitzelte sie so unangenehm, dass sie die Schultern hochzog.

»Ich hab dich schon viel zu lange nicht mehr in meinem Bett gesehen«, flüsterte Guntram. Er schien auf einen Schlag wieder nüchtern.

Laila legte ihre Hand beruhigend auf seine. »Ihr habt getrunken, lasst es gut sein.« Sie spürte ihren Herzschlag und hoffte, dass er ihre Angst nicht bemerken würde.

»Du bist mein Eheweib. Du hast mir zu gehorchen!«

Er wollte sie die Stufen hochzerren. Sie lehnte sich instinktiv dagegen, aber er gab sie nicht frei, zog noch mehr, sodass sie sich Fuß und Hüfte am Geländer anschlug. Unvermittelt stand Maxim ihnen im Weg. Wo er so plötzlich herkam, hatte sie nicht mitbekommen.

»Lass sie in Ruhe!« Er hatte offenbar die Worte seines Bruders gehört.

Guntram lachte. Er schien das tatsächlich lustig zu finden. Der Griff um Lailas Arm wurde noch fester. Es tat so weh, dass sie die Zähne zusammenbeißen musste, um keinen Laut von sich zu geben.

»Du hast mir nichts zu befehlen. Aus dem Weg!«

Maxim rührte sich nicht. Stattdessen verschränkte er die Arme vor der Brust und blickte seinen Bruder an. »Du lässt sie in Ruhe!«

Kurz fragte sich Laila, wie er das tun konnte. Verriet er sich nicht damit, dass er sich seinem Bruder so entgegenstellte? Sie war offiziell die Ehefrau. Guntram war im Recht und Maxim ... der Liebhaber. Laila stemmte sich erneut gegen die Kraft, die sie festhielt, und ganz unvermittelt ließ Guntram sie los. Sie stolperte ein paar Schritte, fing sich, sah die Tür, die zum hinteren Gebäudetrakt führte und rettete sich dorthin. Kurz bevor sie in den Gang gelangte, hörte sie, wie Maxim zu seinem Bruder sagte: »Du weißt, was Mutter erwartet.«

Laila rannte den Gang entlang, öffnete die Seitentür, die auf die Gasse führte, und hielt draußen inne. Mittlerweile dämmerte es, ein Mann ging vorbei mit einer Laterne in der Hand, in der ein Talglicht brannte. Er beachtete sie nicht, hielt sie wohl für eine Magd. Laila atmete tief die kalte Luft ein und musste husten. Als sie die dunkle Tornische in der Wand des gegenüberliegenden Anwesens sah, in der sie sich immer mit Irene getroffen hatte, lief sie darauf zu und drückte sich eng an das Holz des Tores. Sie wusste nicht, was sie tun sollte. Alles, nur nicht das Bett teilen mit diesem Kerl. Sie war keine Hure, das hatte sie Maxim doch deutlich genug gesagt. Natürlich konnte der ihr nicht garantieren, dass Guntram ihr fernblieb. Wie auch? Es war naiv gewesen, das zu glauben. Nach der heutigen Szene würde sie sich in dem Haus nicht mehr blicken lassen können. Also was tun? Zur Mutter gehen? Was geschah dann mit Maxim und seinem Lügengebäude?

Der Schneematsch auf dem Boden hatte ihr bereits auf dem Herweg die Schuhe durchnässt, ihre Füße waren eisig. Obwohl sie sich ganz in die Nische kauerte, spürte sie, wie ihr die Kälte in den Körper kroch. Das Kleid war zwar ein Winterkleid, doch den Umhang, den ihr die Magd vorhin abgenommen hatte, ersetzte es nicht. Laila wusste nicht weiter, sie wusste nur eins: Sie würde hier nicht lange bleiben können.

Das Zittern breitete sich langsam aus, sie schlang die Arme um ihren Körper, doch es ließ sich nicht mehr kontrollieren. Schließlich setzte sie sich in Bewegung, ging langsam ein paar Schritte. Unvermittelt wurde die Seitentür zum Haus der Nehlins aufgerissen, Laila war nicht weit davon entfernt und blieb erschrocken stehen. Das Licht einer Öllampe schwankte sanft hin und her.

»Gott sei Dank, da bist du!« Maxim stellte die Tonlampe auf den Boden. Die Umgebung wurde in den sanften Schein des Lichts gehüllt. Sie beschien Maxims Gesicht von unten und ließ es durch die Schatten fremd aussehen. Er ging auf sie zu und zog sie in seine Arme. »Du zitterst ja.«

Natürlich zittere ich bei der Kälte, dachte sie und lehnte sich gegen ihn, um noch mehr von seiner Wärme zu spüren. Er streichelte ihren Rücken und sie musste wieder an Guntram denken.

»Wie soll es jetzt weitergehen?«, fragte sie. Maxim schob sie durch die Tür ins Innere des Hauses. Die Lampe hob er hoch, hängte sie im Flur an eine Vorrichtung und blies sie aus. Dunkelheit umfing sie und die Wärme, die von der Küche in den Flur strahlte. Laila lehnte sich gegen die Wand, rieb sich die Arme warm und wartete, bis sich ihre Augen an die Dunkelheit gewöhnt hatten.

»Dein Bruder wird spätestens jetzt Verdacht geschöpft haben«, sagte sie schließlich.

»Warum sollte er?«, antwortete Maxim ausweichend.

»So wie wir uns aufgeführt haben, hat er sicher gemerkt, dass hier etwas nicht stimmt.«

»Nein, sicher nicht.« Diese Worte kamen zu schnell, als dass er darüber hätte nachdenken können.

Laila gefiel es nicht, wie er ihre Sorge abwiegelte, deshalb fragte sie weiter. »Wie lange soll das noch gut gehen? Wenn Guntram mich in seinem Bett sehen will, so ist es sein gutes Recht. Das weißt du.«

»Er wird dich nicht wieder belästigen.«

»Warum bist du dir da so sicher?«

Maxim schwieg. In der Dunkelheit konnte sie sein Gesicht nicht erkennen, aber offenbar haderte er mit sich, was er ihr sagen sollte. Das Schweigen breitete sich aus und Laila unternahm nichts dagegen. Stattdessen dachte sie darüber nach, dass sie es bedauerte, all dies hier so plötzlich verlassen zu müssen. Nicht nur, weil sie einen solchen Überfluss sicher nie wieder erleben würde, all diese wunderbaren Kleider. Auch Rike war ihr ans Herz gewachsen. Und Maxim, ja den würde sie ebenso vermissen.

»Er weiß es.« Maxims Stimme war so leise, dass sie ihn kaum verstand.

»Er weiß was?«

»Er weiß, dass Dietlind tot ist, ich habe es ihm gestern gesagt.«

»Und dass du ihr Liebhaber warst?«

»Davon ahnt er nichts.«

»Aber …«

»Bitte frag nicht.« Sie spürte, wie er ihre Hände in seine nahm und ihre eiskalten Finger wärmte. »Vertrau mir einfach, bitte.«

»Er weiß, dass Dietlind nicht mehr lebt und dass ich ihre Rolle spiele, und will mich dennoch in sein Bett zerren?«

»Es wird nicht mehr vorkommen, das verspreche ich.«

»Wie willst du es verhindern?« Es stimmte etwas nicht. Der Widerspruch war greifbar, sie versuchte ihn zu fassen. »Wenn dein Bruder alles weiß, wozu brauchst du noch diese Maskerade? War er es nicht, den du täuschen wolltest?«

»Ich muss alle täuschen, Laila, nicht nur ihn. Die Sache ist noch lange nicht ausgestanden, aber versteh mich doch, ich kann nicht mehr sagen.«

Sie lächelte in die Dunkelheit. »Ich soll dir vertrauen, ich weiß.«

»Du bekommst viel Geld dafür, ich kann dir mehr geben, wenn du das verlangst.«

Lailas Lächeln erstarb, war sie wirklich so durchschaubar? Warum sprach er jetzt die Bezahlung an, sie hatte gar nicht daran gedacht, nicht in diesem Moment.

»Ich mache weiter«, sagte sie leise. Er hatte ja recht, sie brauchte die Münzen und es ging sie nichts an, wie er seine Lügen weiter ausbaute. Wenn er eines Tages vielleicht darüber stolperte, war das nicht ihre Sorge. Er bezahlte sie und sie tat das, was er von ihr verlangte. Ohne ein weiteres Wort drehte sie sich um und lief die Stufen hoch, mehr tastend als sehend, aber dennoch so zügig wie es ging. Sie wollte nicht länger in seiner Nähe sein.

In Dietlinds Zimmer angekommen, ließ sie sich auf den Hocker sinken und sah auf das Flämmchen der Talglampe, die Rike ihr angezündet hatte.

»Ich verstricke mich immer mehr in die Schwierigkeiten dieser Leute«, sagte Laila zu sich selbst. »Das ist nicht gut.« Nein, das war es nicht. Die tote Dietlind schien ihr so präsent in diesem Zimmer, fast konnte sie ihre Gegenwart spüren. Aber sie half ihr nicht.

»Ich kann jederzeit gehen«, flüsterte sie. »Wenn es zu viel wird, dann bin ich weg.«

Im Hauch ihres Atems flackerte das Flämmchen, so als stimme es ihren Worten zu. Laila strich mit dem Finger über die Tischoberfläche, dann erhob sie sich, blies das Licht der Lampe aus und begann, sich im Dunkeln zu entkleiden.

KAPITEL 19

Irene schlenderte über den Münsterplatz, auf dem eine festgetretene Schneedecke den Boden überzog. Stellenweise war der Schnee zu einer glatten Fläche gefroren, sodass man Acht geben musste, nicht auszurutschen. Sie war am Mittag zurück nach Ulm gekommen und hatte zunächst bei Miltraut vorbeigeschaut. Dort hatte sie sich aufgewärmt und mit einer heißen Suppe gestärkt.

Nun blickte sie am Eingangsportal des Ulmer Münsters hoch und hielt kurz inne, um den Anblick auf sich wirken zu lassen. Voller Ehrfurcht bekreuzigte sie sich. Sie hatte bislang an keinem Ort, an dem sie gewesen war, etwas Vergleichbares gesehen. In dem kleinen Dorf bei Biberach, wo sie aufgewachsen war, gab es nur eine einfache Kirche. Auch seit sie sich der Gauklertruppe angeschlossen hatte, war sie keinem solch imposanten Bauwerk begegnet.

Sie dachte an ihre Eltern und ihre Geschwister, die noch heute in den Webereien im Umland arbeiteten und den Ulmer Barchent aus Baumwolle und Leinen herstellten. Auch Irene hatte damals geholfen, es war eine eintönige Arbeit gewesen, zumal sie weder Freude noch Gespür für die Stoffherstellung entwickeln konnte. Sie sah sie heute noch vor sich, die Kontormitarbeiter der Ulmer Tuchkaufleute, wie sie mit den Inhabern der Webereien feilschten. In teure Gewänder gekleidet, hatten sie kein Auge für die Armut um sich herum. Für Irene, die schon als Kind gerne herumgesprungen war und andere mit ihrem Tanz und Gesang erfreut hatte, war es keine schwierige Entscheidung gewesen, als sich eine andere Möglichkeit auftat. Trotz magerer Zeiten, die sie seither durchlebt hatte, hatte sie es nie bereut, erst recht nicht, seit sie sich Reginald angeschlossen hatte. Er hatte nach guten Musikern und Tänzerinnen Ausschau gehalten und sie sofort in seine Truppe aufgenommen. Sie empfand das immer noch als großes Glück. Die Stimmung unter den Spielleuten hätte besser nicht sein können. Sie wusste, dass Reginald als immer fröhlicher Kern der Gruppe einen großen Anteil daran trug. Auch deswegen machte sie sich nun Sorgen.

Sie seufzte und setzte sich wieder in Bewegung, musste erneut stehen bleiben, dieses Mal um einen Schlitten passieren zu lassen, der von einem kräftigen Pferd gezogen wurde. Der Schlitten selbst war leer, bis auf den Lenker, welcher ganz hinten stand und mit den Zügeln auf die Kuppe des Tieres schlug. Feste Schneebrocken wirbelten unter den Hufen hoch.

Irene ging weiter, ließ den Platz hinter sich und bog schließlich in die Gasse ein, in der sich das Haus der Nehlins befand. Sie hatte beschlossen, dass sie dieses Mal nicht warten würde, bis Rike aus der Seitentür kam, um irgendeine Besorgung zu machen. Um dem Mädchen unauffällig eine Botschaft für Laila zuzustecken, hatte sie es bislang so gehandhabt. Auch wenn sie ihr nicht mehr traute, Dietlinds Magd war der einzige Weg, der zu Laila führte. Bei Rike wusste sie, dass die Botschaften bei Laila ankamen. Wer sonst noch davon erfuhr, wusste sie zwar nicht, aber das musste sie in Kauf nehmen.

Irene hatte sich von Miltraut ein einfaches Kleid geben lassen, um es gegen ihre bunte Spielmannskleidung auszutauschen. Miltraut hatte Irene ihren Umhang geliehen, so konnte man sie für eine Magd aus gutem Hause halten, unauffällig und ordentlich. Sie trat an die vordere Eingangstür und betätigte den Türklopfer. Es dauerte nicht lange, da öffnete sich die Tür, eine Magd schaute heraus und nickte auffordernd.

»Ich möchte Rike sprechen«, sagte Irene.

Die Magd runzelte kurz die Stirn, dann nickte sie erneut und verschwand. Ein paar Augenblicke später stand Rike vor ihr, sah zu ihr hoch und lächelte vorsichtig, nachdem Irene ein wenig die Kapuze aus dem Gesicht gezogen hatte. Sie hielt dem Mädchen das zusammengerollte Pergament entgegen, welches sie und Laila für ihre Botschaften nutzen. »Für Lai… für Dietlind. Gib es ihr gleich, so rasch wie möglich, hörst du?«

Rike knickste, um zu bestätigen, dass sie den Auftrag verstanden hatte und ihn wie befohlen durchführen würde. Irene verabschiedete sich mit einem »Danke« von ihr. Dann begab sie sich in die Seitengasse und wartete in dem Torbogen. Um sich die Zeit zu verkürzen, schlenderte sie langsam um die Hausecke. Sie wollte nicht in der Kälte herumstehen und Eisfüße bekommen. In Bewegung zu bleiben war das einzig Richtige bei diesem Wetter, sonst fror man fest. Eine Katze kam aus einem Hauseingang und hinterließ Abdrücke ihrer Tatzen auf dem noch lockeren Schnee am Rand der Gasse. Irene blickte ihr nach, wie sie zwischen zwei Häusern verschwand.

Als sie Laila aus der Seitentür kommen sah, in einen teuren Umhang gehüllt und die Kapuze tief ins Gesicht gezogen, fühlte sie sich mit einem Mal unwohl. Schon wieder sollte sie Unwahrheiten erzählen, nur dieses Mal musste sie nicht Reginald täuschen, sondern ihre beste Freundin. Reginald hatte ihr das Versprechen abgenommen, mit niemandem über das, was er ihr erzählte, zu reden. Und sie verstand warum. Das war aber auch das Einzige. Froh war sie darüber nicht.

»Du bist wieder da! Ich freu mich so.« Lailas Atem hinterließ eine weiße Wolke. Sie hatte sich im Warmen aufgehalten, ihr ganzer Körper schien diese Wärme abzustrahlen, sodass Irene ein Stück näher an sie heranrückte. Sie schmiegten sich in der Tornische aneinander und Irene hörte sich an, was Laila ihr Neues zu berichten hatte.

»Dieser Guntram weiß also über deine Rolle Bescheid?«

»Ich finde es auch alles sehr undurchsichtig.«

»Das kannst du laut sagen. Was mich übrigens sehr interessieren würde, ist, für wen Rike spioniert.«

»Misstraust du ihr immer noch? Lass es, sie ist ein nettes Mädchen, das viel durchgemacht haben muss.«

»Und deine Naivität besorgt mich am meisten. Wer nicht hinterfragt, der kann sich auch nicht schützen.« Es entstand eine kurze Gesprächspause, in der Irene überlegte, ob sie zu weit gegangen war. Andererseits konnte es nicht schaden, Laila immer mal wieder daran zu hindern, sich die Dinge schön zu reden. »Reginald hat mir erlaubt, eine Weile hierzubleiben. Ich kann bei deiner Mutter wohnen und helfe ihr im Haushalt.«

»Das ist ja wundervoll!«

Laila blickte sie so freudig an, dass Irene Mühe hatte, ihrem Blick standzuhalten. Sie hoffte, Laila würde nicht nachfragen oder genauere Erklärungen erwarten.

»Er will tatsächlich in dieser Scheune bleiben, kannst du dir das vorstellen? Den Anderen scheint es nichts auszumachen. Ich habe ihm eine Szene gemacht, danach gab es keine Schwierigkeit mehr, ihn zu überreden, mich gehen zu lassen. Deine Mutter freut sich über die Hilfe, ich kann bleiben, solange ich will, sagt sie.«

»Und auf dich wartet Reginald bestimmt.«

Irene war kurz irritiert, so sehr hatte sie sich auf ihre kleine Ansprache konzentriert. Doch dann verstand sie, was Laila meinte. »Auf dich wartet er offenbar auch, wie du siehst.« Die Freundin machte sich also doch noch Gedanken darüber, dass sie die Gauklertruppe verlieren könnte. Das freute Irene nicht nur deshalb, weil es von der Frage ablenkte, warum sie hier in Ulm war. »Hast du eine Aufgabe für mich? Kann ich irgendetwas für dich tun?«

Laila schien kurz nachzudenken, dann antwortete sie: »Du könntest dich in der Stadt umhören. Ich möchte mehr über diese Werths erfahren. Ständig taucht der Name auf.«

»Inwiefern?«

»Sie verleihen Geld, aber zu welchen Konditionen und mit welchem Ziel? Ich habe den Verdacht, dass auch mein Vater in so etwas verwickelt wurde. Vielleicht hat er auf diese Art alles verloren.«

»Du glaubst, die Werths haben ihm Geld geliehen?«

»Ich weiß es nicht.« Lailas Wangen waren gerötet von der Kälte und sie strich sich mit dem Finger einen Tropfen von der Nase. »Mein Vater wollte immer hoch hinaus. Vielleicht, um der Familie meiner Mutter zu zeigen, dass auch ein einfacher Buchbinder es wert ist, ihre hochgeborene Tochter zu heiraten. Meine Großeltern stammten aus angesehenen Ulmer Tuchkaufmannsfamilien.«

»Ich schau, ob ich was herausfinden kann«, antwortete Irene. Gescheiterte Menschen gab es in Ulm genug, da würde sie nur bei den Bettlern am Münster nachfragen müssen. Sicher ließen sich auf diese Art auch Geschichten über eine einflussreiche Familie wie die Werths zusammentragen, doch ob das Laila etwas nutzen würde? Solche Leute hinterließen immer ihre Spur, oder nicht?

»Meinst du, dein Vater lebt noch?«

»Ich weiß es nicht.« Laila schüttelte den Kopf. »Ja, bestimmt. Nur wo, das würd ich gerne wissen.«

Vielleicht unter den Bettlern am Münster, dachte Irene, doch sie sprach es nicht aus. Stattdessen umarmte sie die Freundin und verabschiedete sich von ihr mit den Worten: »Morgen in der zweiten Tageshälfte treffen wir uns bei Miltraut. Wir müssen uns nicht immer hier in der Tornische den Hintern abfrieren.«

Auf dem Rückweg durch die Stadt beschloss sie, ihren Erkundungsrundgang erst am folgenden Vormittag anzugehen. Für heute hatte sie sich genug draußen in der Kälte herumgetrieben. Stattdessen lief sie auf direktem Weg zu Miltrauts Haus und machte sich für den Rest des Tages dort nützlich. Sie spürte, dass Lailas Mutter dankbar für ihre Hilfe war, dafür, dass sie das Putzen und Kochen übernahm. So konnte sie sich mit mehr Ruhe ihrer Arbeit widmen. Abends, als Jabbo von seiner Arbeit kam und sich hungrig über Irenes Eintopf hermachte, saßen sie noch lange beim Feuerschein des Herdfeuers beisammen und erzählten sich Geschichten aus ihrem Alltag.

Früh am folgenden Morgen, nachdem sie zwei Eimer frisches Wasser vom Brunnen geholt und sie vor dem Herd abgestellt hatte, machte Irene sich auf in Richtung

Münster. Sie trug wieder die bunte Kleidung der Spielleute, um Vertrauen zu erwecken bei denen, die ganz unten gelandet waren. Beim Bäcker kaufte sie zwei Laibe Brot, die warm in ihren Händen lagen, und begab sich zum Barfüßerkloster. Dort hatte sie am Tag zuvor eine Gruppe heruntergekommener Gestalten gesehen, denen eine heiße Suppe ausgeteilt wurde. Sie fand die Bettler, die ein Stück weiter in Richtung Münster gezogen waren und dort vor einer Hauswand lagerten. Irene hielt sich nicht mit Geplänkel auf und fragte sie, ob sie ihr etwas über sich und ihr Schicksal erzählen würden.

»Das ist für uns?«, lispelte ein Mann, der statt Zähnen nur abgefaulte Stumpen im Mund hatte. An seiner Hand, die er ausstreckte, fehlten zwei Finger.

Irene ging in die Hocke, auf den kalten Boden wollte sie sich nicht setzen, aber auch nicht stehen bleiben und auf die Menschen herabblicken, die da vor ihr saßen. Sie reichte dem Mann beide Brote, der sogleich damit begann, das Essen an die anderen Bettler zu verteilen. Eine Frau, deren Alter sie nicht schätzen konnte, zu verhärmt sah ihr Gesicht aus, begann schließlich zu sprechen.

»Hast du auch was Härteres zum Draufbeißen für uns?«

»Ich kann euch keine Münzen geben, hab selbst keine«, antwortete Irene und deutete auf ihre Spielmannskluft.

Der Mann mit den Zahnstumpen winkte ab und fragte: »Was willst du hören?«

»Eure Geschichten«, antwortete Irene und versuchte, es sich in der Hocke möglichst bequem zu machen, indem sie die Arme um die Knie schlang. Sie wartete, während die Bettler sich über das Brot hermachten. Es dauerte nicht lange, da meinte die Frau: »Kommt nicht oft vor, dass wer was über uns wissen will. Wirst uns sicher noch sagen, warum.«

Nachdem ihr Irene zugenickt hatte, begann die Frau zu erzählen.

Am frühen Nachmittag verließ Laila ihr Zimmer im Haus der Nehlins und begab sich zum Treppenhaus der Bediensteten. Sie achtete darauf, niemandem zu begegnen, und schlich sich aus der Seitentür. Ein kalter Wind schlug ihr entgegen, sodass sie frösteln musste. Seit sie in einem Haus wohnte, welches gut beheizt wurde, hatte sie den Eindruck, empfindlicher für die Kälte draußen geworden zu sein. Vermutlich würde sie nach der Rückkehr zu den Gauklern eine zusätzliche Decke brauchen, um nicht zu frieren in den kalten Nächten. Oder sie suchte sich unter den Spielleuten einen Ehemann, der sie wärmte. Doch damit hätte sie sich für immer für das ungebundene Leben entschieden. So sehr sie die Gesellschaft der Gaukler vermisste, so sehr fürchtete sie sich vor dieser Entscheidung. Einen Spielmann zu heiraten fühlte sich so falsch an, ohne dass sie den Grund dafür genau benennen konnte.

Unvermittelt musste sie an Maxim denken, stellte sich vor, wie er in Spielmannskluft den Hut schwenkte, sich vor dem Publikum verbeugte und zu einem Lied ansetzte. Sie musste lächeln und schüttelte den Kopf, als sich Maxim plötzlich in Reginald verwandelte und ihr der Gedanke kam, dass Reginald sich genauso verhielt, genauso auftrat, wie sie es sich bei einem Mann aus reichem Haus vorstellte. Wieso wusste sie eigentlich so wenig über ihn? Immerhin hatte sie ihm vertraut, war ein ganzes Jahr unter seiner Führung durch die Lande gezogen. Sie empfand es als merkwürdig, dass sie sich die Frage noch nicht eher gestellt hatte und beschloss, zu gegebener Zeit mit Irene darüber zu sprechen.

Als sie das Häuschen der Mutter betrat, saß Miltraut an ihrem Tisch direkt am Fenster und war mit ihrer Arbeit beschäftigt. Sie blickte hoch.

»Schön dass du kommst, auch wenn du mir immer fremder wirst in deinen teuren Kleidern.«

Laila rieb sich die kalten Finger und legte ihren Umhang ab. Sie wusste nicht, was sie auf die Worte ihrer Mutter antworten sollte, deshalb schwieg sie und beobachtete Miltraut eine Weile. »Wo ist Irene?«, fragte sie.

»Sie wollte sich für dich umhören, hat sie gesagt.«

Da Miltraut keine Anstalten machte, ihre Arbeit zu beenden, ging Laila zum Herdfeuer, legte einen Holzscheit nach und schichtete die anderen, die sich noch im Tragekorb befanden, auf einen Stapel an der Wand. Sie verwarf den Gedanken, draußen Nachschub zu holen. Dafür war ihr Kleid in der Tat zu kostbar, auch wenn sie wieder eines von Dietlinds einfacheren ausgewählt hatte. Stattdessen setzte sie sich an den Tisch.

»Ich muss das hier noch fertig machen«, sagte Miltraut, ohne sich zu Laila umzudrehen. »Heute hat er wieder viel Arbeit gebracht. Der Bursche, der die fertigen Bücher abholt, wird nicht mehr lange auf sich warten lassen.«

Bevor Laila ihre Hilfe anbieten konnte, öffnete sich die Tür und Irene trat ein. Sie schien gerannt zu sein, hastig begrüßte sie die Freundin, dann setzte sie sich ihr gegenüber an den Tisch und atmete ein paar Mal tief ein und aus.

»Du glaubst nicht, wie schlecht es Menschen ergehen kann. Ich habe richtig schlimme Dinge gehört.«

»Wo warst du?«

»Bei den Bettlern am Barfüßerkloster. Eine Frau hat mir erzählt, sie sei eine ehrbare Magd gewesen, doch ihre Herrschaft sei verstorben, und ganz gleich wo sie danach hinkam, sie rutschte immer weiter ab. Am Schlimmsten sei die Hilfsarbeit bei den Gerbern gewesen, meinte sie. Der Gestank habe sie umgebracht, die Gerbstoffe ihre Haut zerstört und so sei sie fortgelaufen. Ich glaube, sie hat das mehr als einmal bereut. In dieser Kälte kein Dach über dem Kopf zu haben, das ist nur schwer zu ertragen.«

»Und bei den Bettlern hast du was über die Werths herausgefunden?«

»Nicht direkt.«

Irene warf einen kurzen Blick zu Miltraut. Obwohl sie immer noch mit dem Rücken zu ihnen arbeitete, wusste Laila, dass sie ihnen zuhörte. Irene schien das auch zu bedenken.

»Einen verarmten Kaufmann habe ich gesprochen«, fuhr sie fort. »Er sagte, man habe ihn zu einem gewagten Geschäft genötigt. Das Geld, welches er dafür leihen musste, konnte er nicht zurückzahlen.«

»Und dann?«

»Er kam in eine Silbermine. Der Mann sah furchtbar aus. Bleich und eingefallen. Er schien mir krank, hat mehrfach Hustenanfälle gehabt, während er mit mir redete. Diese Silbermine gehörte der Familie, die ihn zu dem Geschäft überredet hatte. Er arbeitete dort seine Schulden ab. Danach blieb ihm nichts.«

»Welche Familie?«

»Hat er nicht gesagt. Ihm sei der kümmerliche Rest seines Lebens lieb, meinte er nur. Er nannte keine Namen. Er hat nicht einmal erzählt, an welchem Ort das geschehen ist.«

»In einer Silbermine Schulden abarbeiten. Ob so etwas Ähnliches auch Vater widerfahren ist?« Laila blickte auf den Rücken ihrer Mutter und bemerkte, dass sie in ihrer Arbeit innegehalten hatte. Endlich drehte sie sich um.

»Warum lässt du die alten Geschichten nicht ruhen?«

»Warum sollte ich?«

»Dein Vater wollte nicht, dass wir nachforschen und nachfragen.«

»Aber ich will es. Vater hat auch unser Leben zerstört, schau dich an, wie du arbeitest für einen Hungerlohn.«

»Ich habe ein Dach über dem Kopf und warmes Essen, was brauche ich mehr? Du hast ja eben von Irene gehört, wie es denen ergeht, die wirklich Armut leiden.«

»Ich will es wissen, Mutter.« Laila blickte Miltraut an. »Ich habe mich schon zu oft von dir vertrösten lassen. Sag mir, arbeitet Vater irgendwo die Schulden ab, zum Beispiel in einer Silbermine? Einer Mine, die der Familie Werth gehört? Was weißt du über sein Schicksal? Sag es mir!« Sie hatte die Stimme erhoben und bemerkte es erst, als die Worte bereits draußen waren und Miltraut sie erschrocken anblickte. Laila biss sich auf die Lippe, doch sie sah nicht ein, ihren harschen Ton zurückzunehmen. Schließlich hob ihre Mutter hilflos die Hände und ließ sie wieder sinken.

»Ich weiß nichts. Nur dass er Schulden hatte, die er nicht zurückzahlen konnte. Nicht einmal der Erlös der Buchbinderei reichte dafür aus. Ich weiß nicht, was er getan hat, wofür er das Geld brauchte, ich weiß es nicht, so glaub mir doch.«

Die Stille im Raum war nicht unangenehm. Laila hatte nicht den Eindruck, dass ihre Mutter sie anlog. Trotzdem fragte sie nach. »Ist das wirklich alles?«

Miltraut nickte. Eine ganze Weile saßen sie so da, bis Irene meinte: »Zwangsarbeit, Schulden, die man nicht zurückzahlen kann, Armut und Absturz, das sind alles unschöne Dinge. Aber was willst du mit diesem Wissen nun anfangen, Laila?«

Laila hob nur die Schultern. Sie hatte keine Ahnung. Es würde sich fügen zu gegebener Zeit, zumindest hoffte sie das.

»Wir sollten nach vorne schauen«, sagte Miltraut ruhig. »Und Gott danken für das, was er uns gegeben hat.«

»Ich schaue nach vorne«, antwortete Laila und lächelte. »Das tue ich, keine Sorge.«

KAPITEL 20

Auf dem Rückweg dachte Laila über das Gespräch mit Irene und ihrer Mutter nach. An der Klostermauer des Barfüßerklosters sah sie die Gruppe zerrissener Gestalten, die dort lagerte. Eine Frau lachte heiser. Laila ging langsamer, sprach die Bettler aber nicht an. Was hätte sie auch sagen sollen? »Ich suche meinen Vater, könnt ihr mir dabei helfen?« Absurd, so anständig wie sie gekleidet war, würden diese Menschen sie nur auslachen.

Verstohlen beobachtete sie, wie sich ein Mann zu der Gruppe gesellte, dessen Haare verfilzt über Schultern und Rücken hingen, der wiederum von einem löchrigen Umgang bedeckt wurde. Der Bettler hinkte, stützte sich auf einen grob geschnitzten Stock. Laila fragte sich, ob ihr Vater unter diesen Menschen lebte. Wenn er sich hier in der Stadt aufhielt, dann hätte er sich doch bei seiner Familie gemeldet, oder nicht?

Vielleicht, vielleicht auch nicht. Immerhin stammte auch Miltraut aus einer angesehenen Ulmer Kaufmannsfamilie. Hatte sie ihre Verwandtschaft um Hilfe gebeten nach ihrem finanziellen Absturz? Nein, nie. Zu groß war die Schmach gewesen, das Zugeständnis, den Falschen geheiratet zu haben entgegen der Wünsche der Eltern.

Und ihr Vater? Würde der, krank und am Boden der Gesellschaft angekommen, zu Miltraut gehen und um Hilfe betteln? Oder würde er vielmehr den letzten Rest an Würde erhalten und ihnen seinen Anblick ersparen, damit sie ihn so in Erinnerung behielten wie er früher war, ein anständiges Mannsbild, ausgestattet mit einem guten Beruf und Streben nach Besserem. Laila ging weiter, ohne eine Antwort auf ihre Fragen gefunden zu haben. Sie wusste nicht, was ihr Vater tun würde und was nicht. Letztlich hatte sie ihn kaum gekannt. Sie dachte daran, wie es wäre, ihm jetzt gegenüberzustehen. Würde er sich freuen, sie zu sehen? Würde er sie in den Arm nehmen und sie sein kleines Mädchen nennen, so wie er es früher immer getan hatte?

Beim Haus der Familie Nehlin angekommen, wollte Laila wie so oft unbemerkt durch den Seiteneingang schlüpfen. Doch dieses Mal hörte sie Maxims Stimme, nachdem sie die Tür hinter sich geschlossen hatte, und fühlte sich ertappt.

»Du schleichst dich hier durch den Seiteneingang heimlich herein und hinaus, wo bist du gewesen?« Er stellte sich ihr in den Weg, sodass sie nicht weiter zur Treppe gehen konnte.

»Ich gehe in die Stadt, zeige mich den Leuten, so wie du es verlangt hast«, antwortete sie eine Spur zu trotzig, das war ihr klar. Doch was sollte sie sonst sagen?

»Ich habe nicht von dir verlangt, dich zu jeder Tages- und Abendzeit herumzutreiben. Immer bist du unterwegs, wenn ich dich suche. Was tust du? Gehst du zu deinen Gauklerfreunden? Du hast hier eine Aufgabe zu erfüllen, vergiss das nicht!«

Er war aufgebracht und würde sich nicht durch Ausflüchte beruhigen lassen. In den letzten Tagen war sie einige Male verschwunden, zu Helmrich, ihrer Mutter und Irene. Doch all das konnte sie Maxim nicht erklären. Oder doch? Vielleicht zumindest teilweise.

»Ich suche meinen Vater«, antwortete sie und beobachtete, wie Maxim die Stirn runzelte.

»Ist er dir *abhanden* gekommen?«, fragte er zurück.

»Mein Vater hatte Schulden. Vor Jahren ist er spurlos verschwunden.«

»Das tut mir leid, aber warum glaubst du, ihn auf einmal finden zu können?«

»Was weißt du über die Familie Werth? Verleiht sie Geld, um andere in den Ruin zu treiben?«

Maxim musterte sie und Laila hielt seinem Blick stand. Sie sagte die Wahrheit, das musste er doch spüren. Es war genau das, was sie umtrieb, die Frage, was mit ihrem Vater geschehen sein konnte.

»Das hätten sie kaum nötig, denke ich.«

»Mein Vater hatte eine gut gehende Buchbinderwerkstatt. Die musste er hergeben, sicher ein nicht unbeträchtlicher Wert.«

»Dein Vater war Buchbinder? Hier in Ulm? Warum lebst du dann als Flötenspielerin bei den Spielleuten?«

Sie wollte ihm das alles nicht erklären, es war ihr unangenehm. Was wusste sie denn von ihm? Sie war nicht einmal sicher, ob sie ihm trauen konnte, und das war wenig genug. »Tut das was zur Sache?«, antwortete sie deshalb. »Wichtig ist die Familie Werth. Welche Geschäfte machen sie auf Kosten anderer?«

Maxim fuhr sich mit beiden Händen durch das Haar und ließ die Arme wieder sinken. »Woher soll ich das wissen? Ich war in Italien, habe das Geld von meinem Vater bei einem unnützen Geschäft in den Sand gesetzt.

Was weiß ich von geschäftlichen Gepflogenheiten reicher Ulmer Patrizierfamilien? Für solche Dinge sind andere in unserem Haus zuständig.«

»Die ich aber kaum fragen kann.«

»Wohl wahr.«

»Sag mir wenigstens: Besitzen die Werths eine Silbermine? Lassen sie ihre Schuldner dort arbeiten? Weißt du etwas darüber?«

»Du fragst Sachen. Silberminen, das weiß man doch nur von den Augsburger Fuggern, aber in Ulm? Meines Wissens ist hier niemand so wohlhabend und einflussreich.«

»Vielleicht aber doch.«

»Und du vermutest deinen Vater dort?«

Laila nickte und hatte zum ersten Mal das Gefühl, der Lösung des Rätsels ganz nahe zu sein. Die Frage, ob er noch lebte, ob sie ihn je wiedersehen würde, die hatte sie sich schon lange nicht mehr gestellt. Sie war verdrängt worden in die hinterste Ecke ihrer Gedanken. »Ich will es wissen. Ich will ihn wiedersehen.«

»Das kann ich verstehen.«

Obwohl sie noch ihren Umhang trug, fröstelte Laila. Die Kälte musste aus ihrem Innern kommen, denn im Flur war es warm, die Tür sperrte den Winter aus.

»Kannst du dich umhören?«

»Zumindest kann ich es versuchen. Und du treibst dich nicht mehr ohne mein Wissen in der Gegend herum, in Ordnung?«

Laila nickte und ließ den Umhang von ihren Schultern gleiten. Er nahm ihr das Kleidungsstück ab und ließ sie vorbeigehen.

Kaum hatte sie ihr Zimmer betreten, klopfte es kurz und Rike kam herein. Sie schloss sorgfältig die Tür, kramte in der Tasche ihres einfachen Kleides und hielt Laila einen Zettel hin. Es war eine Botschaft von Helmrich, er müsse sie treffen, schrieb er. Ausgerechnet jetzt, dachte Laila. Sie ging zum Tisch, setzte sich, nahm die Feder aus ihrer Halterung, tunkte sie in die Tinte und zögerte, während sie einen Tintentropfen beobachtete, wie er zurück ins Glas fiel. Helmrichs Art, wie er über unlautere Geschäfte sprach, sein Vorschlag, Laila solle statt Dietlind mit ihm nach Italien gehen, all das hatte ihr bei ihrem letzten Treffen nicht gefallen. Es war unsinnig, sich seinetwegen nun der Gefahr auszusetzen, Maxim zu enttäuschen. Helmrich war Dietlinds Liebhaber gewesen, was auch immer sie sich davon versprochen hatte. Laila aber hatte nichts mit ihm zu schaffen und konnte es sich nicht leisten, ihn weiter heimlich zu treffen.

Sie schrieb eine kurze Nachricht, in der sie bedauerte, momentan unabkömmlich zu sein, und gab die Botschaft zurück an Rike, die sie aufmerksam beobachtet hatte. Laila musste an Irenes Warnung denken.

»Du weißt, wem du das bringen musst«, sagte sie zu dem Mädchen. »Ich werde diesen Mann nicht wieder treffen. Für morgen besorge mir bitte einen Korb, ich möchte nach dem Frühstück auf den Markt gehen.«

Rike bedeutete ihr, dass das Tragen des Korbes ihre Aufgabe sei, sie deshalb mitgehen müsse zum Markt, und Laila widersprach ihr nicht, sondern nickte nur und drängte die Magd, sich mit der Botschaft zu beeilen. Der Marktbesuch sollte Maxim zeigen, dass sie Wort hielt. Wenn Rike sie dabei begleitete, umso besser. Es durfte jeder wissen, dass sie sich anständig verhielt.

Den weiteren Nachmittag verbrachte Laila auf dem Zimmer und vertrieb sich die Zeit damit, Dietlinds Garderobe, die sich im Schrank befand, zu betrachten. Ein ums andere Mal strich sie über weichen Stoff, bewunderte Perlenverzierungen oder gewagte Schnitte und hielt sich die Kleider vor die Brust, machte ein paar Schritte, drehte sich und stellte sich vor, sie sei bei einer Tanzveranstaltung.

Irgendwann wurde ihr das langweilig, sie legte alles sorgfältig zurück und ging zu den Fenstern, um einen Blick nach draußen zu werfen. Es schneite wieder. Sie öffnete eines der Fenster und hielt die Hand nach draußen, um die dicken, weißen Flocken einzufangen. Es kitzelte sie, dort, wo sie auf ihre Haut trafen. Sie war so in ihre Betrachtung versunken, dass sie Rike erst bemerkte, als die Magd neben sie trat und an ihrem Ärmel zupfte. Helmrich hatte geantwortet, dieses Mal war es ein längerer Brief. Nachdem Laila den Beginn überflogen hatte, schickte sie die Magd hinaus, damit sie allein war.

Herr Werth habe seine Zusage zurückgezogen, schrieb Helmrich. Das Geschäft, welches Helmrich ihm vorgeschlagen hatte, sei ihm zu heikel. Jetzt brauche er Geld und sie müsse ihm in Vertretung von Dietlind helfen. Laila hörte auf zu lesen und schaute zum Fenster. Es stand immer noch offen, kalte Luft kam herein, vermischt mit Schneeflocken, die auf dem Holzboden zu kleinen Pfützchen schmolzen. Jetzt sollte sie also in der Verantwortung sein, wie kam Helmrich nur darauf? Dietlind lebte nicht mehr, hatte er das nicht begriffen? Wenn er seine Geschäfte machen wollte, musste er sich jemand anderen suchen, sie spielte hier im Haus nur eine Rolle. Sie war nicht Dietlind, sie tat nur so.

Laila blickte wieder auf den Brief, um weiterzulesen. Helmrich bat sie, anstelle von Dietlind zu deren Vater zu gehen und Geld einzufordern, wie es Dietlinds und sein ursprünglicher Plan gewesen war. Er versprach Laila, sie großzügig zu beteiligen, sie solle nicht leer ausgehen bei dem Geschäft.

Laila ließ den Brief sinken. Wenn sie das richtig verstand, sollte sie etwas tun, was Dietlind selbst bereits ohne Erfolg versucht hatte. Eine merkwürdige Aufforderung, fand sie. Helmrich wollte ihr einen Teil überlassen, doch warum sollte sie ihm überhaupt etwas abgeben, wenn die Sache gelang?

Sie dachte an den alten Mann in seinem Sessel, der so gebrechlich wirkte und doch so harsch mit ihr umgegangen war. Es war nicht richtig, wenn sie ihn um sein Geld erleichterte. Was dachte Helmrich sich nur dabei?

Entschlossen zerriss Laila die Botschaft in kleine Fetzen und warf sie aus dem Fenster, sodass sie mit dem Schnee zu Boden rieselten, von ihm aufgeweicht und bedeckt wurden.

Maxim beobachtete, wie Laila gemeinsam mit Rike am Vormittag das Haus verließ. Er vermutete, dass sie auf den Markt gehen wollten. Dennoch war er neugierig, ob Laila sich an seine Anweisungen halten würde, und beschloss, ihr zu folgen.

Seine Mutter hatte ihn am Abend vorher zu sich gerufen. Sie war ungeduldig geworden und hatte Guntram zu Dietlinds Vater geschickt, um mit ihm über das Testament zu reden.

»Dein Bruder hat Verhandlungsgeschick bewiesen«,

hatte Kyrilla gemeint. »Es wurde Zeit, Ingward ist krank, wer weiß, wie lange er noch unter uns weilen wird.«

Trotz Maxims Ärger über den erfolgreicheren Bruder nötigte ihm dessen Erfolg auch Respekt ab. Ingward hatte ganz unvermittelt eingelenkt und war nach allem bisherigen Widerstand nun doch einverstanden, wollte das Erbschaftsdokument aber nur unter Zeugen und persönlich seiner Tochter überreichen. Vielleicht spürte er den nahen Tod und wollte die Dinge geregelt sehen, Maxim konnte sich den Sinneswandel des Alten nicht anders erklären. Sie würden morgen hinfahren, so war es beschlossen, er musste es nur noch Laila mitteilen.

Die Kälte schlug Maxim entgegen, als er sich im Laufen in seinen Umhang hüllte, den er hastig aus der Truhe neben dem Eingang gezogen hatte. Er musste ein Niesen unterdrücken. Der Neuschnee knirschte unter seinen Schuhen, während er den Frauen folgte, die weiter vorn bereits eine Querstraße erreichten und aus seinem Blickfeld verschwanden. Er holte auf und folgte ihnen. Seine Vermutung wurde bestätigt, als sie den Weg zum Marktplatz einschlugen. Es war leichter für ihn, Laila unbemerkt im Gewühl der Menschen zu beobachten, und er sah, wie sie am Stand einer Kräuterfrau an verschiedenen Sträußen roch und sich mit der Frau unterhielt. Schließlich kaufte sie etwas und Maxim wunderte sich, woher sie die Münzen dafür hatte. Offenbar gab sie das Geld aus, welches er ihr gegeben hatte, denn darüber hinaus hatte er es versäumt, ihr einen kleinen Betrag für Einkäufe zukommen zu lassen. Er nahm sich vor, das umgehend nachzuholen.

Laila schlenderte weiter über den Markt, Rike dicht hinter ihr. Sie blieben beim Bäcker stehen und Laila kaufte eine Honigsemmel für Rike, die sie freudig anstrahlte und sich mit einem Knicks bedankte. Das Mädchen bekam von der Köchin gewiss genug zu essen, aber dennoch schien es erfreut über die Geste. Dietlind wäre nie auf eine solche Idee gekommen.

An einem Stand, an dem verschiedenfarbige Seifen verkauft wurden, hielt Maxim es für angebracht, sich einzumischen. Unauffällig gesellte er sich zu ihnen.

»Welche riecht am besten? Such sie dir aus, ich schenke sie dir.«

Laila blickte zu ihm hoch und lächelte. Wenn sie erkannt hatte, dass er ihr gefolgt war, so behielt sie die Erkenntnis für sich. Sie reagierte ganz unbefangen und deutete auf einen rosafarbenen Seifenblock.

»Dieser hier ist mit Rosenwasser gemacht. Er duftet himmlisch.«

Maxim ließ den Händler ein ordentliches Stück abschneiden und bezahlte die Kostbarkeit, ohne zu zögern.

»Ist das nicht ein bisschen viel und … teuer?«, raunte Laila ihm zu.

»Eine schöne Frau sollte auch gut duften«, antwortete er leichthin und gab das Seifenstück an Rike, die es in ihrem Korb verstaute. Dann schickte er die Magd nach Hause und führte Laila aus dem größten Gedränge heraus.

»Ich habe dich gesucht. Wir werden morgen zu Dietlinds Vater fahren.«

»Bei diesem Wetter?«

»Wir besitzen einen Schlitten, wusstest du das nicht?«

Laila schüttelte den Kopf, sagte aber nichts weiter, deshalb erklärte er ihr in kurzen Worten, dass Ingward eingelenkt hatte. Er beobachtete, wie Laila die Stirn runzelte. Sie schien über seine Worte nachzudenken, doch auch jetzt sagte sie nichts.

»Sei morgen in der Früh bereit. Ich werde dich abholen.«

»Ist das nicht unrecht?«, fragte sie unvermittelt.

»Was ist unrecht?«

»Dem alten Mann sein Geld abzuschwindeln? Seine Tochter lebt nicht mehr. Wer bekommt dieses Geld, wenn er stirbt?«

Sie brachte ihn durcheinander mit dieser Frage. Er wusste nicht, was er ihr antworten sollte. Wer bekam das Geld? Natürlich, diese Frage stellte sich jedem aufmerksamen Menschen. Er konnte ihr kaum erklären, dass Guntram und seine Mutter die Empfänger waren. Obwohl es stimmte.

»Was soll ich denn tun, Laila? Zu ihm gehen und ihm sagen, dass Dietlind sich selbst getötet hat? Dass er seiner Tochter nichts mehr vermachen kann, weil die nicht mehr lebt? So kurz vor seinem Tod auch noch das zweite Kind zu verlieren, soll ich ihm das antun?« Er fühlte sich wie ein Heuchler bei diesen Worten, doch Laila schien ihm zu glauben. Sie zuckte mit den Schultern und blickte auf den Schnee vor sich am Boden. »Lass uns zurückgehen. Es ist kalt.«

»Du solltest endlich eine Lösung finden«, meinte Laila, nachdem sie eine Weile gegangen waren.

»Ich weiß«, antwortete er und war froh, dass sie es dabei bewenden ließ und nicht weiter nachhakte.

KAPITEL 21

LAILA HATTE SICH IN EIN FELL GEKUSCHELT und horchte auf das leise Zischen der Kufen, die auf dem Schnee dahinglitten, auf das Schnauben des Pferdes und Maxims Befehle, die er dem Tier ab und an zurief. Er stand hinter ihr auf dem Schlitten und hielt die Zügel in den Händen. An eine Unterhaltung war so nicht zu denken und ihr war es recht so. Laila war klar, dass er nicht ehrlich gegenüber ihr gewesen war und sie wusste, dass sie bei ihm auch durch hartnäckiges Nachbohren nichts erreichen würde.

Offenbar waren alle hinter dem Erbe des alten Ingwards her. Sicher war es ein nicht unbeträchtliches Vermögen, welches er zu vermachen hatte. Dietlind hatte versucht, einen Teil davon ausbezahlt zu bekommen. Ob sie es tatsächlich mit Helmrich teilen oder für ihre eigenen Geschäfte nutzen wollte, ließ sich nicht mehr herausfinden. Helmrich jedenfalls machte sich trotz Dietlinds Tod immer noch Hoffnungen auf das Geld. Und er wollte sie, Laila, dafür benutzen.

Auf diese Idee schien nicht nur er gekommen zu sein. Bei der Überlegung, wer davon profitierte, wenn sie als Dietlind das Erbdokument von Ingward erhielt, kam man schnell auf den Namen Guntram. Letztlich war er Dietlinds Ehemann. Doch was sollte das alles? Und was in drei Teufels Namen hatte Maxim damit zu tun?

So wenig ihr das alles gefiel, sie hatte keine andere Wahl. Sich zu weigern, hätte den Verlust ihrer Entlohnung bedeutet. Vielleicht musste ihr Vater ausgelöst werden, daher brauchte sie die Münzen mehr als je zuvor. Ein weiterer Punkt, für den sie sich Maxims Wohlwollen sichern musste.

Sie zog den Pelz bis hoch an die Ohren, rutschte noch ein wenig tiefer in den Sitz und beobachtete, wie die Winterlandschaft an ihnen vorbeiglitt. Mit Schnee beladene Bäume ließen hier und da einen Teil ihrer Last herabrieseln, sodass ein Glitzerspiel entstand. Der Himmel war klar, die Wintersonne sandte ihre Strahlen auf die verschneite Landschaft, ohne an dem weißen Kleid Schaden anzurichten. Ein herrlicher Tag für einen Ausflug. Laila war erstaunt darüber, wie schnell der Schlitten auf der Straße vorankam im Gegensatz zu dem Wagen, mit dem sie das erste Mal diese Strecke gefahren waren. Eine sehr angenehme Art zu reisen. Leise begann sie, ein Lied zu summen und bedauerte, dass sie nicht ein wenig Flöte spielen konnte. Sie trug das Instrument bei sich, doch bei dem kalten Fahrtwind wären ihr nur die Finger abgefroren.

Sie erreichten Ingwards Landgut, fuhren durch das Tor in den Hof und hielten vor dem Eingang des Hauptgebäudes. Das Pferd warf den Kopf hoch und schüttelte die Mähne. Sein dichtes Winterfell verdeckte die Konturen der Muskeln. Sogleich öffnete sich die Tür zum Stallgebäude und zwei Knechte kamen heraus. Maxim übergab einem die Zügel, dann half er Laila herunter. Er holte aus dem Schlitten eine Schachtel, die der ähnelte, in der sie beim letzten Mal das Gebäck transportiert hatten, nahm Laila beim Arm und führte sie zum Eingang.

Im Innern begleitete sie eine Magd zu dem Kaminzimmer und ließ sie mit den Worten alleine, sie würde die anderen Herrschaften sogleich informieren. Wie beim ersten Mal saß Ingward in seinem Sessel, eingehüllt in Decken, dem Licht abgewandt. Doch dieses Mal hatte Laila das Gefühl, dass er kräftiger wirkte. Als sie näher kamen, erkannte sie Farbe auf seinen Wangen, er sah frischer aus und gesünder. Seine Augen leuchteten angriffslustig und wieder schien es Laila merkwürdig, dass er nicht mehr richtig sehen konnte. Er schaute viel zu aufgeweckt dafür.

Maxim grüßte und Laila tat es ihm gleich, ließ ihren Worten einen kleinen Knicks folgen, dann wartete sie ab.

»Du bringst mir Gebäck?«, fragte der Alte und auch seine Stimme schien kräftiger geworden zu sein.

»Ein Gruß von meiner Mutter«, antwortete Maxim und stellte das Kästchen auf einen Tisch neben Ingwards Stuhl, auf dem sich wieder ein Glas und eine Karaffe befanden.

»Ich wünschte, ich könnte ihr diesen Gruß entsprechend erwidern. So wie es *ihr* gebührt«, sagte Ingward.

Laila wunderte sich über diese Antwort, sicher hatte er auch eine Köchin, die ihm Leckereien zubereitete. War sie nicht gut genug? Warum stellte er dann keine andere ein? Geld schien er doch genug zu haben. Ingward beugte sich vor und musterte sie.

»Meine werte Tochter«, meinte er schließlich und verzog seine dünnen Lippen zu einem Lächeln. »Dreh dich um, gehe ein paar Schritte und komm hierher zurück.«

Mit einem fragenden Seitenblick auf Maxim gehorchte Laila und schritt durch den Raum bis zur Tür, um dort umzudrehen und zu den beiden Männern zurückzukehren. Maxims Blick, mit dem er ihren erwiderte, war ebenso ratlos.

»Sehr schön.« Ingward rieb sich die Hände. »Legt ein bisschen Holz nach, es ist kalt hier drinnen. Je älter ich werde, desto mehr friere ich.«

Maxim kam seinem Wunsch nach. »Es ist ein weiser Entschluss, Dietlind das Erbe zu übertragen«, sagte er, nachdem er ein Stück Holz ins lodernde Feuer geworfen hatte.

»Oh ja, sehr weise.« Ingward kicherte, was sich merkwürdig anhörte. Es passte nicht zu dem alten Mann, dieses Geräusch. Er wandte sich an Laila. »Ich habe deinen Namen eintragen lassen. Mein Buchhalter wird gleich erscheinen mit zwei Zeugen, damit meine Unterschrift gültig ist. Sobald ich sterbe, bekommst du alles. Taucht aber dein nutzloser Bruder vorher aus seiner Versenkung auf, dann ist dieses Dokument nichtig.«

Es breitete sich Schweigen aus, das nur durch Maxims Räuspern unterbrochen wurde. Laila blickte dem alten Mann in die Augen, er erwiderte den Blick. *Er sieht mich ganz genau*, ging es ihr durch den Kopf. Sie erinnerte sich daran, wie Ingward ihr Gesicht befühlt hatte, wie er sie eben hatte im Raum umhergehen lassen. *Er weiß, dass ich nicht Dietlind bin.*

Die Tür öffnete sich und drei Männer kamen herein, die Ingwards Aufmerksamkeit von Laila ablenkten. Der Buchhalter, von dem er vorhin gesprochen hatte, trug ein zusammengerolltes Pergament und Schreibutensilien. Die beiden anderen Männer wirkten ernsthaft. Sie trugen gute Kleidung, vermutlich waren es Advokaten, die der Hausherr zu sich gerufen hatte. Laila wischte sich mit der Hand den Schweiß aus dem Nacken. Sie fühlte sich, als sei sie im Hochsommer eine gute Strecke gerannt.

Ingward hielt es nicht für nötig, die Männer vorzustellen. Sie nickten ihm zu und stellten sich rechts und links neben ihn, während der Buchhalter das Tischchen mit dem Fuß heranzog und Maxim bat, die darauf stehenden Dinge abzuräumen. Schließlich entrollte er das Pergament, tunkte die Feder in die Tinte und reichte sie Ingward. Der zögerte nicht lang und setzte seine Unterschrift unter das Dokument. Die beiden Zeugen folgten seinem Beispiel. Die Tinte wurde getrocknet, das Dokument gerollt und gesiegelt. Ingward nahm die Rolle an sich, drehte sie in den Händen und reichte sie dann an Maxim, der sie in seinem Beutel verstaute.

»Ich werde gut darauf achtgeben«, meinte er.

»Das denke ich«, antwortete Ingward. »Einen Gruß an die Frau Mutter.« Er winkte mit einer Hand und entließ sie mit dieser Geste.

Laila war erstaunt über dieses abrupte Ende des Gespräches und drehte sich noch einmal um, bevor sie den Raum verließen. Sie sah, wie der alte Mann das Kästchen mit dem Gebäck geöffnet hatte und sein Gesicht darüber beugte, um den Geruch zu erfassen. *Wenn er aber weiß, dass ich nicht Dietlind bin, warum spielt er dann dieses Schauspiel mit?*, dachte sie verwirrt.

Draußen half Maxim ihr in den Schlitten. Laila setzte sich und deckte sich zu. Das Fell schmiegte sich weich an ihre Wange. Maxim nahm seinen Platz hinter ihr ein und schnalzte mit der Zunge, sodass sich das Pferd in Bewegung setzte. Es zog den Schlitten in einem großen Bogen und trabte erneut durch das Tor, sein Atem bildete weiße Wölkchen vor seinen Nüstern.

Nun war dieses von so vielen begehrte Testament in ihren Händen. Vielmehr in Maxims. Warum eigentlich?

Hieß es nicht, Ingward wolle es nur seiner Tochter persönlich geben? Es war alles so undurchschaubar, angefangen von Ingwards seltsamen Bemerkungen. Laila wusste nicht, was sie darüber denken sollte. Sie wusste nur, dass sie sich mehr und mehr wie eine Marionette fühlte, die das tat, was der Puppenspieler von ihr wollte, ohne selbst zu wissen warum und wofür.

Sie musste zu ihrer Mutter. Vielleicht würde sie dort auf Irene treffen. Die Freundin hatte sie ermahnt, sich Hilfe zu holen, nicht alles mit sich selbst auszumachen, und sie hatte recht. Zumindest Irene musste über die neuen Geschehnisse unterrichtet werden. Maxims Verbot hin oder her, zu ihrer Mutter würde er sie wohl gehen lassen.

Die Wachen am Stadttor ließen sie mit einem Winken passieren. Erstaunlich, dachte sich Laila, wie anders man mit einem solchen Gefährt vorankam, von dem jeder sehen konnte, dass es einem wohlhabenden Bürger gehörte. Maxim hatte offenbar beschlossen, sie vor der Haustür abzusetzen und Pferd mit Schlitten erst danach in den Stall zurückzubringen. So glitten sie langsam an den Hausreihen vorbei, bogen mehrmals ab und verlangsamten dann noch mehr ihre Fahrt. Laila richtete sich auf und blickte nach vorn. Eine Gruppe von Menschen stand vor einem der Häuser, dessen offene Tür ein wenig schräg zu hängen schien. Der Schlitten kam zum Stehen, doch die Leute wichen nicht zur Seite, leise redeten sie miteinander, den Blick auf das Haus gerichtet. Erst jetzt erkannte Laila, wo sie sich befanden. Hier wohnte Helmrich, Dietlinds Liebhaber.

Noch bevor sie die Situation weiter erfassen konnte, kamen aus der Tür zwei Männer, einen leblosen Körper mit sich tragend. Sie schleppten ihn zu einem Karren und wuchteten ihn darauf.

»Mein Gott«, flüsterte Laila und erinnerte sich gerade noch rechtzeitig daran, dass sie nicht einfach aufspringen und zu der Gruppe laufen konnte. Was würde Maxim dann denken? Entweder, dass sie über Gebühr neugierig war oder dass sie den Mann kannte. Also beugte sie sich weit aus dem Schlitten, um den am nächsten Schaulustigen zu berühren. Er drehte sich zu ihr um.

»Was ist geschehen?«, fragte sie ihn.

»Ist wohl dem Falschen in die Quere gekommen.« Der Fremde zuckte mit den Schultern. »Der Hausherr. Hat ein Messer in die Brust bekommen. Lebt nicht mehr.«

Laila ließ sich zurücksinken und schloss die Augen. Sie spürte, wie der Schlitten sich wieder in Bewegung setzte, doch sie wollte nichts mehr sehen, wollte die Welt um sich herum aussperren. *Das hat alles nichts mit mir zu tun*, dachte sie immer wieder, bis sie erneut anhielten. Sie spürte ein leichtes Schwanken, als Maxim seinen Platz verließ. Hastig öffnete sie die Augen, versuchte, sich nichts anmerken zu lassen, lächelte verkrampft und ließ sich zur Haustür führen. Drinnen blieb sie stehen und schickte die Magd weg, die ihr den Umhang abnehmen wollte. Das Mädchen knickste und gehorchte. Ein paar Augenblicke wartete Laila, zählte die Stufen ins obere Stockwerk, dann die Gemälde, die neben der Treppe hingen. Als sie damit fertig war, öffnete sie wieder die Tür. Maxim war mit dem Schlitten verschwunden. Unbemerkt machte Laila sich auf den Weg zu ihrer Mutter. Sie musste reden, mit ihr und mit Irene. Dringender denn je.

Sie lief so schnell es der stellenweise glatte Boden zuließ. Zweimal geriet sie ins Rutschen und konnte sich gerade noch abfangen. Doch sie verlangsamte ihre Schritte nicht. Bei ihrer Mutter angekommen, fühlte sie sich nicht viel besser. Sie war außer Atem, legte den Umhang ab und setzte sich mit Irene und Miltraut an den Tisch. Beide spürten, dass etwas geschehen war. Ohne Laila zu unterbrechen, hörten sie ihren Schilderungen zu. Es tat gut, darüber zu sprechen. Als sie geendet hatte, entstand eine kleine Pause.

»Diese vermaledeiten Werths, was hatte er ihnen getan, warum ermorden sie ihn so heimtückisch? Er wollte nur Geld von ihnen leihen, sonst nichts!« Laila wischte sich mit der Hand über die Stirn und bemühte sich um Ruhe.

»Du weißt das doch alles gar nicht«, meinte Miltraut mit ihrer sanften Stimme. »Du weißt nicht, wer dahintersteckt.«

»Eben«, meldete sich Irene zu Wort. »Wie gut kennst du diesen Helmrich? Du weißt nur, dass er Geld brauchte und krumme Geschäfte plante. So einer kann sich mit jedem angelegt haben.«

»Und der bringt ihn dann einfach so um.« Laila blickte in die beiden Gesichter, die sie anschauten. Ihre Mutter hatte besorgt die Stirn gerunzelt. Irene hingegen schien nur neugierig und ein klein wenig ungeduldig. Sie fuhr mit dem Finger immer wieder über den Ärmel ihres Kleides. Laila fragte sich, warum die Freundin derart unruhig war. Sie kannte Helmrich kaum, das stimmte, doch Irene hatte ihn überhaupt nicht gekannt. Aus welchem Grund nahm sie das Geschehen so mit?

»Warum seid ihr eigentlich mit so einem Schlitten in

Ulm unterwegs gewesen? Damit fahren die Reichen doch nur durch die Gassen, wenn sie sich zeigen wollen.«

»Wir waren bei Dietlinds Vater.« Laila bemerkte, dass sie diese Neuigkeit noch gar nicht erwähnt hatte. Helmrichs Tod hatte sie zu sehr davon abgelenkt, der Schreck saß tief. »Ich bin in einem Wald mitten in finsterer Nacht, in dem ich mit jedem Schritt in eine von Wilderern aufgestellte Falle geraten könnte. So fühl ich mich, wirklich.«

»Was wolltet ihr bei Dietlinds Vater?«, hakte Irene nach.

»Das Testament abholen. Er vermacht alles seiner Tochter, wenn er stirbt.«

»Er tut was?« Irenes Augen waren weit geöffnet. Sie starrte Laila an. »Er hat ihr sein Erbe vermacht? Einfach so?«

Irritiert über die heftige Reaktion antwortete Laila: »Warum regst du dich auf? Kann dir doch gleich sein.«

Irene atmete tief durch und legte beide Hände auf den Tisch. Dann besann sie sich, nahm einen Becher, der vor ihr stand, und trank einen Schluck. »Ja, natürlich. Ich fand es nur so … unglaublich.«

»Wenn der Sohn vor dem Tod des Vaters wieder zurückkommt, wird dieses Dokument ungültig. Da er aber seit Jahren verschwunden ist, wird das wohl nicht geschehen. Demnach erbt Guntram Nehlin alles«, ergänzte Laila.

»Eine interessante Wendung«, meinte Miltraut.

Sie saßen noch eine Zeit lang beisammen, doch Irene beteiligte sich nicht mehr an dem Gespräch. Sie schien Laila in sich gekehrt und nachdenklich, so als beschäftige sie etwas. Aber auf Lailas Nachfrage winkte sie nur ab und sagte, ihr sei nicht wohl heute. Laila glaubte ihr nicht. Und sie nahm es der Freundin übel, dass diese sie nicht ins Vertrauen zog.

So blieb sie letztlich alleine mit ihren Sorgen, zumindest fühlte sie sich so, als sie sich schließlich verabschiedete. Sie wählte den kürzesten Weg über den Münsterplatz zu den Nehlins. Ein Botenjunge hastete an ihr vorbei, weiter vorn sah sie einen Schlitten, der rasch den Platz überquerte. Drei Männer standen am Rande und unterhielten sich. Der eine kam ihr bekannt vor. Er wedelte ausladend mit den Händen und die beiden anderen lachten. In dem Moment, in dem sie sein Gesicht von der Seite sah, erinnerte sie sich. Dieser Mann war aus dem Hof des Anwesens der Familie Werth geritten, als sie mit Maxim davorgestanden hatte. Er sei einer der Söhne, hatte Maxim ihr erklärt. Laila blieb stehen. Sie wollte es nicht als Zeichen deuten, aber ihr war klar, dass sie eine solche Gelegenheit nicht so schnell wieder bekommen würde. Dieser Mann konnte ihr vielleicht sagen, was mit ihrem Vater geschehen war. Aber wenn sie zu direkt fragte, würde sie gar nichts erreichen. Also war Schauspielerei angesagt. Sie musste sich nur trauen. Und überzeugend sein.

Rasch blickte sie an sich hinunter, doch da sie immer noch für den Besuch bei Ingward gekleidet war, sah sie entsprechend anständig aus. Wie war das gewesen mit den Frauen auf dem Fest im Hause der Nehlins? Mindestens eine hatte für den jungen Werth geschwärmt. Das war der Ansatzpunkt für sie. Erhobenen Hauptes schritt sie auf die drei Männer zu und lächelte den ersten an, der auf sie aufmerksam wurde. Er lächelte zurück, wollte sich wieder seinen Gesprächspartnern zuwenden, doch sie hakte ein.

»Seid gegrüßt, edle Herren.« Kurz senkte sie den Blick zu Boden, dann sah sie wieder hoch. Alle drei blickten sie an. Sie wandte sich an den jungen Werth und dachte bei sich, dass er in der Tat ein sehr angenehmes Äußeres besaß.

»Ihr kennt mich sicher noch, Herr Werth?«

»Nicht dass ich wüsste«, antwortete der. Laila glaubte, einen amüsierten Unterton herauszuhören und fühlte sich bestärkt. Vielleicht wurde er häufiger von Frauen angesprochen und es gefiel ihm.

»Ach, nein … Ihr macht mich unsagbar traurig.«

»Soso.«

»Oh, wir hatten ein sehr nettes Gespräch. Ihr erzähltet mir von den Silberminen Eurer Familie.«

»Hochstapelei!«, rief einer der beiden anderen Männer, offenbar, um auf sich aufmerksam zu machen. »Silberminen besitzen die Werths nicht, so was haben nur die reichen Familien in Augsburg und Köln. Es ist unlauter, mit Dingen zu prahlen, die man nicht hat.«

Der junge Werth musterte sie immer noch und schien zu überlegen, wo dieses Gespräch stattgefunden haben sollte und worüber sie tatsächlich gesprochen hatten.

»Vielleicht habe ich es falsch verstanden und Ihr meintet die Augsburger«, sagte sie rasch, um ihn von seinen Überlegungen abzulenken.

»Das habt Ihr gewiss. Meine Familie besitzt keine Minen.«

Diese Antwort irritierte Laila, aber noch wollte sie nicht aufgeben.

»Wir sprachen außerdem über Schuldner, erinnert Ihr Euch?«

»Welch merkwürdige Themen erörterst du mit hübschen Frauen?« Der dritte Mann lachte und schlug seinem Freund auf den Rücken.

»Mir ist da noch etwas eingefallen, was ich Euch fragen möchte«, ergänzte Laila. »Was macht Ihr mit den Schuldnern, die Euch die Münzen nicht mehr zurückzahlen können?«

»Mein Vater ist sehr geduldig und umsichtig. Es kommt nicht oft vor, dass so etwas geschieht, wir leihen nicht jedem dahergelaufenen Kaufmann Geld.«

Laila musste an Helmrich denken und daran, dass die Worte in seinem letzten Brief genau das bestätigten. Unlautere Geschäfte unterstützten die Werths nicht, hatte er ihr mitgeteilt. »Und wenn ein Gegenwert vorhanden ist? Angenommen, der Schuldner besäße eine gutgehende Buchbinderwerkstatt.«

»Wenn er eine gutgehende Buchbinderwerkstatt besitzt, dann kann er auch seine Schulden zurückzahlen«, antwortete ihr Gegenüber.

Laila spürte, wie sie jemand an der Schulter fasste und drehte den Kopf. Maxim! Er schien verärgert, Laila konnte es ihm nicht verdenken. Warum musste er auch ausgerechnet jetzt hier auftauchen?

»Seid gegrüßt, Maxim Nehlin«, meinte einer der Männer. Maxim grüßte zurück.

»Das gilt offenbar nicht für jeden.« Laila hatte die Stimme etwas erhoben, damit die Aufmerksamkeit wieder auf sie fiel. »Oder wisst Ihr nicht, was dem alteingesessenen Ulmer Buchbinder Gerulf Dahnke vor Jahren passiert ist?« Sie sah keine andere Möglichkeit mehr, als den Namen ihres Vaters in die Waagschale zu werfen. Maxims Auftauchen drohte, alles zunichte zu machen.

»Dahnke?«, antwortete der Mann, der Maxim angesprochen hatte. »Da müsst Ihr doch nur den werten Herrn Nehlin neben Euch fragen. Meines Wissens hat sein Vater die Werkstatt an einen Günstling verschachert. Meinem hat er sie damals auch angeboten.«

»Wir müssen jetzt gehen«, sagte Maxim hastig. »Meine Schwägerin wird im Haus erwartet.«

»Sicher.« Die drei Männer wandten sich wieder ihrem Gespräch zu und beachteten Laila nicht mehr. Sie ließ sich von Maxim mitziehen, während die Worte des Mannes in ihr Bewusstsein sickerten. Was hatte dieser Kerl da eben behauptet?

»Unsere Buchbinderei wurde von deinem Vater an einen seiner Günstlinge verschachert?« Natürlich, es war so einfach. Sie selbst hatte Kyrilla dabei belauscht, wie sie einem Kaufmann einen Kredit aufgeschwatzt hatte.

»Was weiß denn ich über die Geschäfte meines Vaters? Mich interessiert vielmehr, warum du dich schon wieder herumtreibst. Ich dachte, ich hätte dir das deutlich genug untersagt.«

»Und ich dachte, ich hätte dir deutlich gemacht, dass ich meinen Vater suche. Von deiner Seite kam bislang keine Hilfe, obwohl du es versprochen hattest.«

»Das weiß ich, aber bei denen dort wirst du ihn auch nicht finden.«

»Weil die Familie Nehlin offenbar mehr über sein Schicksal weiß als alle anderen.«

»Die Männer dort reden doch einfach nur so daher. Ist dir dieser Gedanke nicht gekommen, dass sie dich necken, mit dir spielen wollen? Ich weiß nichts von einer Buchbinderei, warum sollte mein Vater sich mit so etwas belastet haben? Meine Mutter will dich sprechen, also komm.«

»Vielleicht, weil er meinem Vater Geld geliehen hatte, was der nicht zurückzahlen konnte.« Kleine Teilchen fügten sich zusammen und ergaben ein Bild, das stimmig war.

Maxim sagte nichts mehr, den ganzen Weg über. Er führte sie schließlich in Dietlinds Zimmer und hieß sie, dort zu warten. Endlich alleine atmete sie tief durch und rieb sich die erhitzten Wangen. Das Klirren des Glases, gegen das eine Münze geschlagen wurde, kam ihr in den Sinn. Ihr Vater hatte das Geräusch nicht ertragen können und hier im Haus war es ihr zum ersten Mal wieder begegnet. Die Werkstatt ihres Vaters war an einen Günstling der Nehlins verschachert worden, doch wo war ihr Vater abgeblieben? Was wusste Kyrilla davon? Und überhaupt, warum wollte die Hausherrin sie sprechen, das war noch nie vorgekommen, seit sie die Rolle Dietlinds übernommen hatte.

Es wurde ihr alles zu viel. In einem Anflug von Ungeduld öffnete sie die Zimmertür und hielt inne. An der gegenüberliegenden Wand lehnte Johann. Er blickte sie an mit seinem undurchdringlichen Gesichtsausdruck. Laila lächelte unsicher, dann schob sie die Tür wieder zu und hielt ihre zitternde Hand dagegen. Was auch immer nun geschehen würde, weg konnte sie jedenfalls nicht mehr.

KAPITEL 22

Irene hatte sich gleich nach Lailas Aufbruch fertig gemacht, Lailas dicken Wollumhang aus der Truhe geholt und ihre Stiefel angezogen. Sie küsste Miltraut auf die Wange und versprach, am nächsten Tag wiederzukommen. Jetzt aber müsse sie nach Reginald sehen. Er mache ihr Sorgen. Miltraut fragte nicht nach dem Warum. Sie bedrängte Irene nicht, ihr zu erzählen, was denn los sei. Das mochte sie so an Lailas Mutter, ebenso wie die Ruhe, die sie ausstrahlte, obwohl auch sie sich gewiss Sorgen machte nach Lailas Besuch.

Irene passierte das Stadttor und überquerte die Donau auf der Brücke. Es pfiff ein feuchtkalter Wind über das Wasser, der die Finger klamm machte und die Nase rot färbte. Die Menschen, die ihr entgegenkamen, hatten ihre Umhänge eng um sich geschlungen und die Kapuzen ins Gesicht gezogen. Man konnte Fremde kaum von Bekannten unterscheiden. Wenigstens schneite es nicht.

Auf der Straße kam Irene nicht so gut voran wie sonst. Sie bemühte sich, in den ausgefahrenen Furchen zu gehen, denn im Tiefschnee war das Laufen anstrengender. Aber sie musste häufig ausweichen, wenn ein Schlitten oder ein Wagen passieren wollte und der Lenker ihr zurief, sie solle beiseite gehen.

Der Winterhimmel war nur mit wenigen Wolkenfetzen bedeckt, welche die Sonne immer wieder durchscheinen ließen. Die weißverschneiten Felder am Straßenrand erstreckten sich weit bis zum nächsten Gehöft, der nächsten Ansiedlung oder einem Waldstück. Irene konnte die Spuren eines Hasen erkennen, als sie mal wieder in den Tiefschnee ausweichen musste. Das Pfotenmuster zog sich als Band über die weiße Fläche.

Kurz vor dem Bauernhof, in dem die Gaukler untergekommen waren, begegnete sie dem dicken Emmerich am Waldrand. Er schien ihr gar nicht mehr so dick wie sein Name vermuten ließ, offenbar setzte ihm die karge Winterkost zu. Unter den Bäumen, dort wo kaum Schnee lag, sammelte er Holz ein und legte es auf einen kleinen Haufen. Er bemerkte sie erst, als sie ihm einen Gruß zurief.

»Wie gut, dass du zurück bist«, meinte er und richtete sich auf. Seine Knollennase leuchtete rot, er schien Schnupfen zu haben.

»Ist etwas geschehen?«

»Du musst ihn aufmuntern, unseren Reginald. Ist wie ausgewechselt, so hab ich ihn noch nicht erlebt.«

»Warum?«

»Er redet viel mit unserem Ältesten. Kommt mir so vor, als wolle er aufgeben.«

»Reginald? Unsinn! Wo soll er denn hin ohne uns?«

»Wer weiß.« Emmerich wandte sich wieder seiner Arbeit zu und Irene blickte zu dem Hof mit den angrenzenden Scheunen. Aus einer stieg Rauch oben aus dem Dach. Also hatten sie das Feuer mittlerweile nach drinnen verlegt. Obwohl sie sich auf ein bisschen Wärme freute, blieb sie stehen und dachte über die Worte Emmerichs nach. Was würde aus ihr werden, wenn Reginald dorthin zurückging, wo er hingehörte? Mitnehmen konnte er sie nicht. Wenn sie ihm aber nun die Neuigkeiten berichtete, die sie erfahren hatte, was würde er dann tun?

Sie setzte sich langsam in Bewegung und ging auf die Scheune zu. Als sie das Tor öffnete, kam ihr warme Luft entgegen und der gerufene Befehl: »Rein oder raus, aber mach die Tür wieder zu!«

Sie gehorchte und sah sich um. An der Wand lagen immer noch die gestapelten Heuballen, im hinteren Bereich hatten sie sich auf Heu eine Schlafecke eingerichtet. In der Mitte der Scheune befand sich ein offenes Feuer in einem Steintrog, dessen Rauch nach oben stieg und durch ein Loch im Dach abzog. Es roch nach verbranntem Holz und einer Hühnersuppe, die eine der Frauen in einem Topf über dem Feuer zubereitete. Irene wurde unvermittelt von hinten hochgehoben und im Kreis gedreht.

»Schön, dass du endlich kommst«, flüsterte Reginald ihr ins Ohr. Er setzte sie ab. Da alle anderen sie beobachteten, begnügte sie sich mit einem Kuss auf seine Wange. Dann ging sie auf das Feuer zu und hielt die eiskalten Hände in die Wärme.

»Ist was geschehen?« Reginald war ihr gefolgt und hatte sich neben sie gestellt.

»Später«, antwortete sie. »Erst will ich mich am Feuer und mit Suppe wärmen.«

Eine Weile später zog sie Reginald nach draußen. Sie suchten sich einen ungestörten Platz und Irene erzählte ihm alles, was sie erfahren hatte. Sie fing mit Lailas Vater an, den Vermutungen, die sie hatten, und Lailas Bemühungen, ihn zu finden.

»Wenn er Kreditgeschäfte mit den Werths gemacht hat, kann ihm nichts geschehen sein. Ist eine anständige Familie, von denen habe ich noch nie etwas Schlechtes gehört.«

»Aber?«

»Hat er welche mit den Nehlins getätigt, kann es ihm schlechter ergangen sein. Die setzen Schuldner auch gerne zu Fronarbeiten ein.«

Sie redeten noch eine Weile darüber, doch schließlich ließ sich das eigentlich Wichtige, was sie ihm sagen musste, nicht mehr aufschieben. Reginald wurde sehr nachdenklich bei ihren Worten. Er legte den Arm um ihre Schultern und zog sie an sich, vergrub sein Gesicht in ihren Haaren und mit einem Mal fühlte sie sich ruhiger. Wie hatte sie daran zweifeln können, dass er sie liebte? Er würde einen gemeinsamen Weg für sie finden, auch wenn sie nicht wusste, wie der aussehen sollte. Irene strich ihm über das Haar und sagte leise: »Du musst die Verantwortung übernehmen. Es wird Zeit.«

Laila kam es wie eine Ewigkeit vor, doch endlich öffnete Maxim die Tür und bedeutete ihr, ihm zu folgen. Auf dem Flur blickte sie sich um, aber Johann war nicht mehr zu sehen. Maxim führte sie einen Stock tiefer in das Arbeitszimmer, an dessen Tür Laila das Gespräch Kyrillas mit dem Kaufmann belauscht hatte. Heute war die Hausherrin allein. Kyrilla saß an einem großen Tisch und bearbeitete gerade die Korrespondenz. Sie reagierte nicht auf das Eintreten der beiden. Maxim stand hinter Laila und trotz allem, was geschehen war, fühlte sich seine Gegenwart tröstlich an. Sie dachte daran, wie er sie bei ihrer Wagenfahrt in den Arm genommen hatte, als es ihr so übel geworden war. Er hatte sich um sie gekümmert, nicht nur dieses eine Mal. Konnte ihr Gefühl sie derart trügen?

Sie musste Ruhe bewahren. Um sich abzulenken, ließ sie den Blick über ein Regal an der Wand wandern, in dem Bücher standen. Die Sammlung war bei weitem nicht so imposant wie die von Ingward, doch auch diese Bücher konnten sich sehen lassen. Nur hier standen sie wie unbenutzt, während man bei Ingward den Eindruck gehabt hatte, er würde regelmäßig in ihnen blättern.

Endlich schaute Kyrilla sie an. Laila spürte den Blick mehr, als dass sie die Bewegung wahrnahm.

»Es wird Zeit, die Maskerade zu beenden.«

Kyrillas Ton war ruhig. Merkwürdigerweise hatte Laila das Gefühl, diese Stimme biete ihr an, sich fallen zu lassen, Vertrauen zu haben. *Tue einfach das, was ich von dir verlange, und alles wird gut*, schien sie ihr zu sagen. Laila öffnete den Mund, wusste nicht, was sie antworten sollte, und schloss ihn wieder. Ihr Gegenüber lächelte.

»Ich wusste von Beginn an, dass du nicht Dietlind bist. Du hast deine Rolle gut gespielt.«

Endlich verstand Laila, worauf sie hinauswollte. Die Erkenntnis verursachte ihr Unbehagen. Hieß das, Kyrilla hatte sie die ganze Zeit getäuscht? Die wenigen Begebenheiten fielen ihr ein, bei denen sie mit ihr allein gewesen war. Ihr gemeinsamer Gang zum Schneider, die Essen an der Tafel, bei denen Kyrilla sie kaum beachtet hatte, all das sollte gespielt gewesen sein? Sie schüttelte den Kopf, blickte ihrem Gegenüber fest in die Augen.

»Das verwundert dich?«, sagte Kyrilla, nachdem sie Lailas Blick mühelos standgehalten hatte. »Du machst mir damit ein Kompliment, heißt es doch, dass auch ich meine Rolle gut gespielt habe.« Sie lachte leise.

»Ihr wusstet, dass Dietlind nicht mehr lebt?«, fragte Laila vorsichtig.

»Natürlich. Wir wollten dich nicht zu sehr verwirren, deshalb dieses kleine Arrangement mit meinem Sohn.«

»Aber warum redet Ihr nun?«

»Es ist besser so. Wir brauchen dich und wollen ehrlich mit dir sein, Kind.« Sie machte erneut eine Pause, doch Laila spürte, dass diese Unterbrechung nicht dazu gedacht war, dass sie dumme Fragen stellte. Also wartete sie ab, bis Kyrilla erneut zu sprechen begann.

»Ingward, dieser alte Trottel, wartet schon lange auf seinen verschollenen Sohn. Er sollte sein Erbe antreten. Doch er kam von einer Reise nicht zurück, kein Mensch weiß, was mit ihm geschehen ist. Wäre Ingward nun gestorben, wäre sein gesamtes Vermögen an die Kirche gegangen. Mit Verlaub, seine Tochter Dietlind hat einen anständigen Mann geheiratet. Guntram hat alle Möglichkeiten, als angesehenes Ratsmitglied zu den ersten Bürgern der Stadt zu gehören. Aber das kostet Geld, wie du dir sicher denken kannst. Dietlind hat ihn immer dabei unterstützt. Sie war stolz auf ihn. Deshalb ist es rechtens, wenn du ihre Rolle spielst.«

»Um ihrem Mann das Erbe zu sichern«, vervollständigte Laila und wusste nicht, ob ihr Einwurf nun mutig oder nur unsäglich dumm war.

»Sie hätte es so gewollt.«

Da war sich Laila nicht sicher. Doch war in diesem Spiel hier überhaupt noch etwas sicher? Lag noch einer der Spielsteine an dem ihm zugedachten Platz? Oder hatten sie nicht vielmehr in einem lustigen Reigen begonnen, ihre Plätze zu tauschen?

»Ich habe dich verwirrt, das tut mir leid.«

Laila zuckte mit den Achseln und wusste wieder keine Antwort. *Verschwinde aus diesem Haus*, war alles, was sie sich selber raten konnte, ein Rat, den ihre Freundin Irene ihr bereits vor geraumer Zeit gegeben hatte, wie sie sich eingestehen musste. Die Stimme Kyrillas holte sie zurück, fesselte sie, sodass sie zuhören musste.

»Du bekommst viel Geld von uns. Ich weiß, dass du dieses Geld brauchst. Vermutlich möchtest du nicht weiterhin in ärmlichen Verhältnissen leben. Du möchtest sicher eines von Dietlinds Kleidern behalten, ich schenke dir sogar drei. Du darfst sie dir selber aussuchen. Ich werde dir deinen Lohn in regelmäßigen Abständen auszahlen, solange es nötig ist, Ingward zu täuschen. Wenn er stirbt, bist du entlassen und kannst gehen, wohin du willst.«

»Und wenn ich jetzt gehen will?«

Kyrilla blickte sie nachdenklich an. Dann machte sie eine unvermittelte Handbewegung und sagte nur: »Geh. Es hält dich niemand auf.«

Laila rührte sich nicht, ihre Füße weigerten sich, ihr zu gehorchen, so erschrocken war sie. Nein, weg konnte sie nicht, nicht einfach so. »Wo ist mein Vater, Gerulf Dahnke, Ihr wisst es doch, oder?«, flüsterte Laila, weil ihr die Stimme vor Aufregung versagte.

Maxim mischte sich ein. »Sie hat vorhin von ein paar Leuten um den jungen Werth gehört, unsere Familie hätte die Buchbinderwerkstatt ihres Vaters verkauft. Ich habe ihr schon erklärt, dass das absurd ist, doch sie will nicht hören.«

Laila drehte sich zu ihm um und sah ihn an, doch er hatte den Blick fest auf seine Mutter gerichtet.

»Deinen Vater suchst du? Ich habe den Namen nie gehört«, antwortete Kyrilla. »Ein Buchbinder war er? Ganz sicher ein guter. Ich werde mich umhören, Mädchen. Du siehst, wir haben einander beide nötig und können uns gegenseitig helfen. Ich verlasse mich auf dich, so wie du dich auf mich verlassen kannst.«

Kyrilla nickte ihrem Sohn zu. Laila spürte Maxims Griff an ihrem Arm. Er zog sie aus dem Raum und brachte sie zurück in Dietlinds Zimmer. Im Flur drehte er sich nochmal um und sagte: »Es tut mir leid.«

Doch bevor Laila reagieren konnte, war er davongeeilt. Es tat ihm leid. Dieser elende Heuchler. *In der Hölle schmoren sollst du!* Er hatte sie belogen und betrogen von Beginn an. Diese ganze Komödie war von seiner Mutter inszeniert, er hatte sie brav mitgespielt. Von wegen, er war Dietlinds Liebhaber. Nie im Leben war er das gewesen, Dietlind hatte nur Helmrich gehabt, niemanden sonst.

Laila holte tief Luft, um sich zu beruhigen. Sie fühlte sich gefangen und konnte sich mit einem Mal sehr gut vorstellen, wie es Dietlind ergangen war.

KAPITEL 23

Maxim floh vor Laila, zumindest hatte er das Gefühl, als er die Treppen hinunterlief. Er konnte ihren vorwurfsvollen Blick nicht ertragen und dachte bei sich, wenn sie ihn angeschrien hätte, wäre es ihm lieber gewesen. Dann hätte er sie an den Schultern festhalten und sie beruhigen können. Auch wenn das vermutlich nicht mehr viel gebracht hätte.

Unten im Eingangsbereich hielt er inne, drehte sich zurück zur Treppe, wusste nicht wohin. Er sah das Gemälde, das seinen Vater zeigte. Die helle, hohe Stirn umrahmt von dunklen Haaren, der kritische Blick aus den eisblauen Augen, die schmalen Lippen halb verdeckt von einem Bart, thronte er ruhig und erhaben an der Wand und behielt alles im Blickfeld. *Wie früher*, dachte Maxim. *Mein Vater hat alles im Griff*. Er selbst hatte nicht das Gefühl, dass er noch einen Funken Kontrolle besaß. Die Dinge waren ihm entglitten.

Er ertastete das zusammengerollte Erbschaftsdokument in seinem Beutel und korrigierte sich. Ein bisschen Kontrolle besaß er sehr wohl noch. Seiner Mutter hatte er gesagt, der beste Aufbewahrungsort für dieses wichtige Dokument sei an seinem Körper, er werde darauf achtgeben. Er hatte nicht vor, dieses Testament vorschnell in andere Hände zu geben.

Aus der Truhe neben der Tür nahm er seinen Umhang, griff sich eine Laterne mit einem brennenden Talglicht, die neben der Tür stand, und verließ das Haus. Draußen auf der Gasse schlug ihm die kalte Winterluft entgegen. Es dämmerte bereits. Ein Pferdewagen fuhr vorüber, der Wagenlenker trieb das Tier an, so als habe er es eilig. Vermutlich drängten ihn die in Decken gehüllten Insassen dazu. Maxim konnte nicht erkennen, wer sich da durch die Gegend fahren ließ.

Unschlüssig lief er ein paar Schritte. Dann wandte er sich um und ging in die Seitengasse neben dem Haus. Unter dem Fenster von Dietlinds Zimmer hielt er inne und schaute nach oben. Er glaubte, einen kleinen Lichtschimmer zu erkennen, der durch die Ritzen der geschlossenen Läden kam. Aber er konnte sich täuschen. Was Laila wohl nun tat, was sie wohl dachte?

Er blickte auf den Boden und musste an Dietlind denken, reglos auf dem Karren, von Johann zugedeckt. Hier unten war sie gestorben, war so unglücklich gefallen, dass sie mit dem Kopf aufgeschlagen war.

Wieder schaute er hoch. Auch Laila stand nun unter Druck. Seine Mutter hatte ihr keine Wahl gelassen, so freundlich sie agierte, so hart war das, was sie verlangte. Sie und Guntram führten das fort, was der Vater begonnen hatte. Sie wollten Ansehen für die Familie, einen dauerhaften Platz im Rat, ausreichend Geld, um den Aufstieg weiter zu finanzieren. Wie nebensächlich ihm dieses Streben doch war. Ob Dietlind das auch so empfunden hatte? Nein, wohl kaum, war sie doch selbst genug in der Prunk- und Ruhmsucht gefangen gewesen.

Laila war aus anderem Holz geschnitzt. Er hoffte, dass sie gehorchen würde. Zu ihrem eigenen Besten. Und er hoffte, sie würde ihm verzeihen. Er handelte genauso im Auftrag seiner Mutter, wie sie es nun tat. Und auch er hatte keine andere Wahl. Das musste sie doch einsehen, oder?

Maxim ging langsam zurück und beschloss, noch einen kleinen Spaziergang zu unternehmen. Ein bisschen den Kopf mittels der Kälte aufklaren, das würde ihm guttun.

Gerade, als er in die Hauptgasse einbog, kam ein Botenjunge auf ihn zu. Er schien auf ihn gewartet zu haben, denn er blieb stehen und sprach ihn direkt an: »Ihr seid doch Maxim Nehlin?«

Maxim bejahte und nahm die Botschaft entgegen, die der Junge ihm hinhielt. Dann nestelte er eine Münze aus seinem Beutel und gab sie dem Kerl, der mit einem Grinsen nickte und sich umdrehte.

»He, will der Absender keine Antwort?«, rief ihm Maxim hinterher, nun doch verwundert, von wem diese Botschaft wohl kam. Der Junge verschwand um die nächste Ecke. Maxim hob die Laterne, um mithilfe ihres Lichtscheins die wenigen Zeilen zu entziffern. Er solle sofort in das Gasthaus *Zum Goldenen Ochsen* kommen, stand da. Es gebe Neuigkeiten von seinem Geschäft in Venedig. Unterschrieben war das Ganze nicht und Maxim fühlte sich zurückversetzt in die Zeit, in der er in Italien als Kaufmann tätig gewesen war. Erst viel zu spät war ihm aufgegangen, dass man ihn dort nicht wirklich ernst genommen hatte. Ausgenommen hatte man ihn in seiner Unerfahrenheit, das traf es wohl eher. Ein williges Opfer, dem die Skrupellosigkeit seines Vaters fehlte.

Er steckte den Pergamentfetzen ein und machte sich auf den Weg. Vom *Goldenen Ochsen* hatte er noch nie gehört, daher musste er sich durchfragen bis zum Fischerviertel. Das Schild des Gasthauses hing schief an nur einer Kette, die Läden waren geschlossen, und doch hörte er Stimmen und Musik, die von innen kamen. Offenbar war die Gaststube gut gefüllt. Als er die Tür öffnete, drang Rauch vom offenen Feuer, vermischt mit dem Geruch nach Essen und feuchten Kleidern zu ihm vor. Langsam bekam er eine Ahnung davon, wer ihn hier erwartete. Er blieb im Eingang stehen und sah sich die Leute an, die im Raum an Tischen saßen, sich lautstark unterhielten oder sich mit ihren Bechern zuprosteten. Von Maxim nahm niemand Notiz und er konnte kein bekanntes Gesicht ausmachen. Eine Schankmagd zeterte, als ihr ein Gast zu nahe kam. Sie füllte einen Krug mit Wasser, goss ihn über dem aufdringlichen Kerl aus mit dem Hinweis, das würde sein Gemüt wohl abkühlen oder was auch immer bei ihm in Wallung geraten sei. Die anderen Männer am Tisch lachten und prosteten ihr zu.

In einer Ecke stand ein einsamer Fidelspieler und untermalte die Geräusche mit seiner Musik. An einem Tisch direkt am Fenster saßen nur zwei Männer, zu denen Maxim sich gesellte. Er bestellte ein Bier, das ihm zu seinem Erstaunen gar nicht schlecht schmeckte. Die Flößer waren raue Gesellen, aber beim Bier ließen sie offenbar nicht mit sich spaßen, das musste schmackhaft sein. Sicher konnte man in dieser Lokalität auch anständig essen. Aber Maxim verspürte keinen Hunger. Es wunderte ihn nicht, als er schließlich die bekannte Stimme hörte, die er erwartet hatte.

»Gut, dass du gekommen bist«, raunte ihm der Mann zu und setzte sich neben ihn. »Partner, ich habe Neuigkeiten für dich.«

»Das ist ein Witz. Ich weiß, du willst mit mir scherzen, sag, glaubst du wirklich, ich würde dir immer noch vertrauen? Nach allem, was geschehen ist?«

»Ich bin nicht Schuld an deiner Misere.«

»Kauf Seide! War das nicht dein Rat? Entschuldige, ich mag mich irren, aber meintest nicht du, dass die Seide das Gold von morgen sei, ungefährlich zu transportieren und heiß begehrt in hohen Kreisen?«

»Es ist verständlich, dass du verärgert bist.«

»So? Und was verschafft mir die Ehre deiner späten Erkenntnis?« Maxim tat einen weiteren Schluck und versuchte damit, seinen Unmut hinunterzuspülen. Dieser Mann neben ihm, mit dem er gemeinsam von Ulm aus aufgebrochen war, um in Venedig das große Geld zu machen, dieser Mann war es nicht wert, dass man sich über ihn aufregte.

»Ich habe dir gesagt, Seide sei ein einträgliches Geschäft. Aber dass jedes einträgliche Geschäft auch ein Risiko birgt, hättest du dir denken müssen.«

»Und warum habe ich kein Geld mehr und du schwimmst darin? Vielleicht war die Seide ja doch nicht so vergammelt, wie ihr es mir glauben machen wolltet. Nur wer kommt schon gegen einen Mob von Seeleuten an, die einen daran hindern, das Schiff zu betreten und die Ware zu prüfen?«

»Auch ich habe mein Geld verloren. Aber siehst du, ich bin ehrlich mit dir. Das, was ich noch losschlagen konnte nach deinem plötzlichen Aufbruch, das teile ich redlich mit dir.«

Der Mann schob ein Papier auf den Tisch, das Maxim im Schein des Talglichtes, welches er auf dem Tisch abgestellt hatte, als Wechsel erkannte.

»Ist der echt?«

»Du wirst diese Summe zurückerhalten, wenn du den Wechsel einlöst.«

Maxim nahm das Dokument auf und betrachtete es. »Es ist ein Bruchteil von meinem Einsatz.« Aber es war wenigstens etwas, ergänzte er in Gedanken.

»Mehr blieb nicht übrig, glaub es mir. Nimm es und sei mir wieder gewogen.«

Maxim blickte seinen Freund an. Die Schatten unter seinen Augen waren tiefer geworden, er wirkte mager, offenbar hatte er die Reise über die Alpen im Winter gewagt. *Das würde zu ihm passen*, dachte Maxim, *immer für ein Abenteuer gut*. Er legte ihm eine Hand auf den Arm. »Lass gut sein. Ich trage dir nichts nach.« Den Wechsel verstaute er in seinem Beutel. Als er trinken wollte, bemerkte er, dass sein Becher leer war und winkte der Magd. »Erzähl, wie ist es dir auf der Heimreise ergangen? Mein Bruder Guntram plant auch eine Fahrt nach Italien.«

»Guntram ist jetzt im Rat der Stadt, so hörte ich? Ein einflussreicher Posten.«

Daher also weht der Wind, dachte Maxim. Doch es war ihm gleich, warum sich sein ehemaliger Geschäftspartner mit ihm gut stellen wollte, wichtig war nur, dass er wieder ein wenig Geld besaß. Für ein neues Geschäft brauchte er noch sehr viel mehr. Doch da würden sich Mittel und Wege finden und er schwor sich, die Münzen dieses Mal klüger zu nutzen. Das Bier kam und er prostete seinem Nebenmann zu, während er dessen Schilderungen von der Heimreise lauschte.

Laila richtete sich im Bett auf und blickte sich um. Sie hatte kaum geschlafen, zumindest schien es ihr, als habe sie sich die ganze Nacht nur im Bett herumgewälzt. Fahles Morgenlicht drang durch die Ritzen der Läden und sie fühlte sich eingesperrt. Die Kassettendecke kam ihr auf einmal viel niedriger vor, das Bett erdrückte den Raum, nur der kleine Schreibtisch hatte sich nicht verändert. Er stand verloren in einer Ecke, seine feinen Intarsienarbeiten glänzten um die Wette mit der dunklen Oberfläche, angeleuchtet von einem Sonnenstrahl, der durch eine Ladenritze fiel. Frisch poliert, ging es Laila durch den Kopf. Sauber, frisch poliert, abgestaubt, so wie der Boden, wie die Truhen, in denen Kleidung lag, die täglich aufgeschüttelt wurde. Hier war alles so perfekt, warum fiel ihr das jetzt erst auf? Sie hatte sich davon täuschen lassen. Schaute man unter die Oberfläche, so kam ein ganz anderes Bild zum Vorschein.

Sie erhob sich, ging zu einer Schüssel mit Wasser und wusch sich Gesicht und Hals. Dann blickte sie sich wieder um. Normalerweise half ihr Rike beim Anziehen, doch offenbar war es noch so früh, dass die Magd noch nicht mit ihr rechnete. Laila war froh darum. Sie ging zu dem Fenster mit dem defekten Laden und spähte durch die Ritzen. Draußen war es bereits helllichter Tag, es musste später sein, als sie gedacht hatte, wo also blieb Rike?

Laila ließ sich auf den Hocker vor dem Tisch sinken und starrte auf ihre Hände. Sie dachte an das Gespräch mit Kyrilla am Tag zuvor. Dietlind hatte also nur einen einzigen Liebhaber gehabt, nämlich Helmrich. Maxim hingegen hatte sich nur den Anweisungen seiner Mutter gefügt und vor Laila so getan, als sei er die treibende

Kraft hinter ihrem Maskenspiel. Er musste so tun, als hätte er etwas zu verbergen. Eine Liebschaft mit Dietlind bot sich da an. Laila schüttelte über sich selbst den Kopf. Warum hatte sie nicht früher die Dinge hinterfragt? Maxim war ein lausiger Schauspieler, mehr als einmal hatte er sich unverständlich benommen, doch sie hatte ihm weiter geglaubt. Wie ein dummes Huhn. Und nun fügte sich alles zusammen.

Helmrich war ermordet worden. Von wem, das hatten die zuständigen Stellen bei ihren Nachforschungen nicht herausfinden können. Man vermutete einen dubiosen Geschäftspartner, der sich betrogen fühlte und nun über alle Berge war. Laila dachte an die Botschaften, die sie sich gegenseitig gesandt hatten. Rike hatte sie überbracht. Wer mochte diese Zeilen außerdem noch gelesen haben? Wem hatte die Magd sie noch gezeigt, wer wusste von allem, während Laila dachte, ihre und Dietlinds Geheimnisse blieben unentdeckt? Kyrilla natürlich. Die Antwort lag auf der Hand.

Musste Helmrich sterben, weil er zunächst Dietlind und dann sie beeinflusst hatte? Oder weil er betrogen hatte und jemand ihn dafür zur Rechenschaft gezogen hatte? Sehr schlau war sie gewesen. Und grenzenlos naiv. Wie ein dummes Huhn, das alle Körner aufpickt, die man ihm hinwirft, auch die vergifteten. Sie musste an Irene denken, die sie vor Rike gewarnt hatte, und beglückwünschte die Freundin zu ihrer Menschenkenntnis.

»Ach, Irene, wenn ich doch nur mit dir reden könnte«, sagte sie leise. Aber wie? Sie kam hier nicht mehr unbemerkt hinaus.

Laila erhob sich, suchte in einer Truhe nach dem gestrigen Gewand und schlüpfte hinein. Die Haare bearbeitete sie mit einem Kamm, bis sie weich und glänzend waren, dann steckte sie die Strähnen so gut es ging hoch. In diesem Moment klopfte es und Rike kam in den Raum. Sie wich Lailas Blick aus, als sie mit einem Knicks grüßte. Dann deutete sie auf den Hocker, damit Laila sich setzte, und machte sich an ihre Arbeit. Es ziepte, als sie Lailas Haare mit einer Hast bearbeitete, die ungewöhnlich für sie war. Laila sagte nichts. Sie konnte nicht wütend auf Rike sein. Das Mädchen war nur ein kleiner Spielstein auf dem Brett und tat, was man ihr auftrug.

Während sie dasaß und Rike machen ließ, wanderten ihre Gedanken wieder zu Kyrilla. Laila hatte keine Ahnung, ob sie in einem goldenen Käfig gefangen war oder ob sie tatsächlich eine Wahl hatte, wie Kyrilla ihr angedeutet hatte. Was wäre, wenn sie jetzt aufstünde und ginge? Würden die Nehlins sie ziehen lassen, einfach so? War sie mit ihrem Wissen nicht viel zu gefährlich? Kyrilla kannte ihren Namen. Laila hatte ihr den Nachnamen ihres Vaters genannt und zweifelte keinen Augenblick daran, dass die Hausherrin sich an ihn erinnern würde. Andererseits taugte sie nicht als Zeugin, sie war eine Gauklerin, damit wäre sie im Vergleich zu Kyrilla jeder Glaubwürdigkeit beraubt, ganz gleich, was sie behaupten würde.

Wenn sie blieb und wie gewünscht weiter die Rolle von Dietlind spielte, was geschehen würde, wenn Ingward starb und man sie nicht mehr brauchte? Wäre sie dann einfach so entlassen – mit dem versprochenen Geld?

Und woher waren sie eigentlich so sicher, dass Ingward nicht noch ein paar Jahre lebte?

Fragen über Fragen, die sich in Lailas Kopf verhedderten und zu einem unlösbaren Knäuel verknoteten. Bei keiner einzigen kannte sie die Antwort.

Eine Weile später, beim gemeinsamen Mittagessen, verhielten sich alle wie immer. Kyrilla beachtete Laila nicht und unterhielt sich mit Guntram, Johann saß mit undurchdringlichem Gesicht daneben und schien in seiner eigenen Welt verhaftet. Nur Maxim fehlte, sein Platz blieb leer.

Jeder in diesem Raum hat ein Ziel, dachte Laila. Selbst Rike hatte es, sie war von Kyrilla aus welchem Grauen auch immer befreit worden und dankte es ihr mit bedingungsloser Loyalität. Guntram wollte sich seinen Platz im Rat auf Dauer sichern, brauchte hierfür enorme Summen und wurde dabei von Kyrilla unterstützt. Sie alle trieb etwas an. *Was ist eigentlich mein Ziel?*, fragte sich Laila. Und mit einem Mal lichtete sich das Wirrwarr in ihrem Kopf. Sie wollte ihren Vater finden und ihrer Mutter helfen. Wie auch immer sie das bewerkstelligen konnte. Sie musste in diesem Haus bleiben.

Laila zupfte an einer Hähnchenkeule, schob ein Stück in den Mund und kaute bedächtig darauf herum. Dabei sah sie sich verstohlen die anderen Personen an, die mit ihr um den Tisch saßen. *Was wäre, wenn ich euch einfach noch eine zweite kleine Schauspielerei böte, eine, mit der ihr nicht rechnet?* Ja, das fühlte sich gut an. Sie war keine Puppe, die tat, was man ihr auftrug. Sie war Schauspielerin. Es wurde Zeit, sich das bewusst zu machen und die Herausforderung anzunehmen. Ab sofort spielte sie ihre eigene Rolle, eine, die sie nach ihren Vorstellungen gestaltete. Solange Ingward noch lebte, brauchten die Nehlins sie als Dietlind. Diese Zeit würde sie in ihrem Sinne nutzen.

KAPITEL 24

Irene hatte darauf bestanden, zuerst zum Landgut der Nehlins zu wandern. Reginalds Worte über die Fronarbeit hatten einen Verdacht in ihr geweckt, dem sie nachforschen wollte, auch wenn sie lieber gleich zurück in die Stadt gegangen wäre, um in Lailas Nähe zu sein. Sie hoffte, Laila würde sie nicht vermissen und sich denken können, dass sie nicht einfach so fortblieb, sondern Wichtiges zu tun hatte. Sie hatte immer noch den Auftrag, Lailas Vater zu suchen. Die Neuigkeiten führten sie auf eine Spur, der sie unbedingt nachgehen musste. Reginald war einverstanden und gemeinsam schmiedeten sie einen Plan.

Bei dem Wetter war die Strecke beschwerlich und sie würden sicher bis morgen brauchen, um nach Ulm zu kommen. Glücklicherweise wusste Reginald, wo sich das Landgut befand. Früh am Morgen hatten sie die Gaukler verlassen. Da sie nicht wussten, wann sie zurückkehren würden, hatte Reginald alles an den Ältesten übergeben, die Münzen und die Verantwortung. Die Gruppe würde an den Bodensee weiterziehen, um dort im Frühling gleich einige Dorffeste mitzunehmen. Irene fühlte sich seltsam aus ihrer Welt herausgelöst. Für Reginald war es keine Frage gewesen, dass sie ihn begleitete. Für sie hingegen schon. Doch sie hatte sie nicht laut gestellt, nur im Stillen. Sie hatte für sich entschieden, dass der Bodensee nicht weit und für sie immer erreichbar war. Auch wenn sie eine Weile fehlte, für sie würde die Gauklertruppe immer eine Verwendung haben.

Das waren tröstliche Gedanken, doch sie halfen nicht bei der Ungewissheit, in der ihre eigene, Reginalds und auch Lailas Zukunft lag. Sie stapfte durch den Schnee, den bunten Umhang eng um den Körper geschlungen und den Blick zu Boden gerichtet, um das Gesicht nicht völlig schutzlos dem kalten Wind auszusetzen. Reginald vor ihr fing ein wenig von der Kälte ab, sie hielt sich dicht hinter ihm und hing weiter ihren Gedanken nach. Ihre größte Sorge war, dass Reginald ihrer überdrüssig wurde, sobald alles überstanden war. Ihre zweitgrößte Angst kreiste um Laila.

Gegen Mittag machten sie Rast und setzten sich auf ein paar Baumstämme am Wegesrand. Ihr war kalt und sie sehnte sich nach einem wärmenden Feuer. Mit klammen Fingern hielt sie das Stück Brot in den Händen, welches Reginald ihr abgebrochen hatte. Die meisten Münzen hatte er bei den Gauklern gelassen. Irene wusste nicht, wie er in Ulm überleben wollte, doch sie fragte nicht nach. Irgendwann zwischen den eisigen Schritten im Schnee war ihr klar geworden, dass sie ihm vertrauen musste, ganz gleich, was auch kommen mochte.

Unvermittelt erhob sich Reginald und kniete sich vor ihr in den Schnee. Er nahm ihre Hände in seine und blickte sie an. Es war nicht nötig, etwas zu sagen.

Sie erreichten das südlich von Ulm gelegene Landgut der Nehlins am frühen Nachmittag. Gemeinsam passierten sie den Torbogen, der auf einen Hof führte. Ein Wohnhaus und mehrere Wirtschaftsgebäude standen eng beieinander, insgesamt wirkte das Anwesen nicht übermäßig wohlhabend. Aber sicher erwirtschaftete es mit den umliegenden Feldern einen ansehnlichen Überschuss. Reginald schritt so forsch aus, dass Irene ihm kaum folgen konnte. Vor der Eingangstür des Wohnhauses blieb er stehen und betätigte den Türklopfer. Das Klacken hallte über den Hof und wurde abgelöst durch ein regelmäßiges Klock-klock-klock. Das Geräusch kam von links hinter dem Haus und hörte sich an, als schlage jemand Holzstücke mit einer Axt klein.

Nach einer Weile wurde die Tür geöffnet und Reginald verbeugte sich tief.

Im Türrahmen stand eine junge Magd, die ihn verwirrt ansah. »Was wollt ihr?«, fragte sie.

»Mit Verlaub, wir sind weit gereiste Spielleute und möchten Eurer Herrschaft aufwarten, wir beherrschen das Flötenspiel, den Tanz und kleine Schaustücke.«

»Einen Moment«, die Frau verschwand und schien sich hinter der Tür mit jemandem zu beraten. Schließlich ließ sich eine ältere Magd blicken und machte eine abwehrende Handbewegung in Reginalds Richtung.

»Verschwindet. Wir brauchen hier keine Zerstreuung!« Damit drehte sie sich um und schlug die Tür hinter sich zu.

Reginald blickte Irene an. »Jetzt sind wir genauso schlau wie vorher.«

»Nicht ganz«, meinte Irene leise. Dann winkte sie Reginald, ihr zu folgen. Gemeinsam liefen sie zur Hausecke und schauten auf den daneben liegenden kleinen Platz. Dort arbeitete ein Mann, der gerade Holzstücke vom Boden aufsammelte und sie in einem Tragekorb stapelte. Neben ihm lag eine Axt. Seine kräftigen Oberarme zeugten davon, dass er körperliche Tätigkeiten gewohnt war, obwohl sich unter der Kappe graue Haarsträhnen zeigten. Sein Körper wirkte zu dünn und er trug nur ein einfaches Hemd, trotz der Kälte. Als er Irene und Reginald bemerkte, hielt er inne. Er sah sie mit demselben Blick an, der Irene so vertraut war. In diesem Moment wusste sie, dass sie mit ihrem Verdacht recht gehabt hatte.

»Ihr seid Gerulf, Lailas Vater«, stellte sie fest.

Der Mann stand da ohne Regung. Schließlich bückte er sich, richtete ein neues Holzstück und kam wieder hoch. Sein Gesicht sah verhärmt aus und seine Stimme klang so, als spreche er nur das Nötigste.

»Ich habe keine Tochter. Ich habe keine Familie. Ich gehöre auf diesen Hof und darf nicht mit Euch sprechen.« Er wollte sich wieder seiner Arbeit zuwenden, schien aber zu überlegen. Dann starrte er Irene forschend an, so als wolle er prüfen, ob er ihr trauen könne. »Wie geht es ihr?«, fragte er schließlich.

»Gut«, Irene musste lächeln. »Sehr gut.«

»Weißt du, wo sie ihre Toten begraben?«, mischte sich Reginald ein. Offenbar war ihm ein Gedanke gekommen, dennoch hätte Irene ihn treten können für sein Verhalten. Immerhin hatten sie Lailas Vater gefunden, auch wenn sie vermutlich nichts für ihn tun konnten.

Auf Gerulfs Stirn erschienen Falten. »Im Familiengrab«, antwortete er.

»Wo ist das?«

»Hinter dem Anwesen. Die Richtung.«

Reginald drehte sich um und verschwand durch den Torbogen hinter der Mauer, die den Hof und die Gebäude umgab. Offenbar lag der Friedhof außerhalb. Irene wollte ihm folgen, doch Gerulf hielt sie zurück.

»Sag ihr nichts. Ich lebe nicht mehr. Ich habe keine Tochter. Bitte.«

Mit diesen Worten wandte er sich ab, Irene ließ ihn gewähren. Sie folgte Reginald, fand ihn an einem Grab, das sich unter Bäumen auf einem kleinen ummauerten Familienfriedhof befand, und dieses Mal war sie es, die seine Hand ergriff, um sie zu drücken.

Sie wusste nicht, wie lange sie so standen. Ihre Füße schienen eingefroren und einzig ihre Hand, die Reginalds fest umklammerte, fühlte sich warm an.

»Wir müssen weiter«, sagte sie schließlich, in dem Wissen, dass sie hier nicht würden übernachten können. Sie mussten bis zur Dunkelheit nach Ulm kommen und nach der Strecke, die sie bereits gelaufen waren an diesem Tag, würde der Rest anstrengend werden. Reginald nickte. Als sie wieder am Tor vorbeikamen, hielt Irene inne und beobachtete Gerulf, wie er einen Korb mit Holz über den Hof trug. Ihre Blicke trafen sich, doch er schüttelte nur den Kopf und wandte sich ab.

Auf dem weiteren Weg schien es Irene, dass nun auch ihre Gedanken eingefroren waren. Sie setzte einen Fuß vor den anderen, den Blick auf den Boden gerichtet. Ihr schmerzte die eiskalte Nase, die Finger waren taub. Irgendwann hoffte sie nur noch, sie würden rechtzeitig durch das Stadttor kommen, bevor es für die Nacht verriegelt wurde. Kurz vor der Dämmerung kamen sie schließlich in Ulm an. Der Torwächter ließ sie ein und Reginald zog Irene beiseite.

»Ich bringe dich zu Lailas Mutter und werde selbst bei einem Freund übernachten. Morgen komme ich wieder.«

Irene war zu erschöpft, um ihm zu widersprechen. Sie konnte nur noch an das warme Herdfeuer denken, das Miltrauts Häuschen erwärmte. Und sie dachte an die Neuigkeit, die sie überbringen würde. Ob es eine gute Neuigkeit war, wusste sie nicht. Was passiert war, konnte nicht ungeschehen gemacht werden. Aber es war immer besser, die Wahrheit zu kennen.

Miltraut empfing sie mit der ihr üblichen Ruhe. Sie hätte auch Reginald in ihrem Heim aufgenommen, doch der lehnte ab und verschwand in der immer dunkler werdenden Gasse. Irene hielt erst einmal ihre Hände über das Herdfeuer. Ihr Gesicht begann zu glühen und sie spürte, wie die Wärme langsam ihren Körper zurückeroberte.

Dann schilderte Irene die Neuigkeiten und die Entdeckungen, die sie gemacht hatte. Irgendwann begann Miltraut, von früher zu erzählen. Davon, dass Sieglinde, ihre Mutter, sie immer gewarnt hatte und dass die Tante aus Paris die einzige gewesen war, die zu ihr gehalten hatte, als sie sich für ein Leben mit Gerulf entschied. Sie saßen am Herdfeuer und tranken erhitzten Wein, der sauer schmeckte und doch tröstlich den Magen wärmte. Schließlich ging Miltraut zu Bett. Irene hingegen konnte noch nicht schlafen. Die Ereignisse hatten sie zu sehr aufgewühlt. Plötzlich fiel ihr ein, dass Laila noch gar nicht wusste, dass sie ihren Vater gefunden hatten. Sie schüttelte den Kopf über sich selbst. Wie hatte sie das vergessen können? Was saß sie hier am Feuer, betäubt von der Wärme und dem Wein, und vergaß, dass ihre Freundin mindestens ebenso dringend von den Neuigkeiten erfahren musste wie ihre Mutter? Irene erhob sich. Sie fühlte sich matt und zerschlagen. Draußen war es stockdunkel und sicher noch kälter als tagsüber. Nein, sie konnte da jetzt nicht hinaus. Sie würde morgen gehen.

Die Stunden zogen sich endlos. Am Tag zuvor hatte sich Laila die meiste Zeit in Dietlinds Zimmer aufgehalten und kannte nun jede einzelne Holzritze im Dielenboden. Gegen Abend war sie immer wieder zum Fenster gegangen, um hinunter zu schauen. Sie hoffte, Irene würde sich wieder im Torbogen einfinden, ihrem geheimen Treffpunkt. Doch es kam niemand.

Trotz ihres Entschlusses, den Nehlins die Stirn zu bieten, war sie bislang in der Ausführung nicht weit gekommen. Sie saß hier fest, hatte keinen Kontakt mehr zur Außenwelt, jede Botschaft von ihr würde von Kyrilla abgefangen werden. Damit brachte sie auch Irene in Gefahr. Was also sollte sie tun?

Sie ging wieder ans Fenster und schaute hinunter. Die Dämmerung setzte ein, doch in der Gasse neben dem Haus befand sich kein Mensch. Laila trommelte mit den Fingern auf dem Holzrahmen und dachte nach. Sie musste Irene informieren und dazu brauchte sie einen Menschen, der ihr dabei half, und sei es unwissentlich. Einen, mit dem sie hier heraus kam, auf die Straße, auf den Markt und weiß Gott wohin!

Sie biss sich auf die Knöchel und mahnte sich zur Ruhe. Als Erstes musste sie die Botschaft schreiben. Dann würde sie Maxim einwickeln, damit er sie zu einem Spaziergang begleitete. Alles Weitere konnte sie nicht planen, das musste sich ergeben oder eben nicht.

Sie setzte sich an den Schreibtisch, nahm aus der Truhe

darunter ein Papier, legte es auf die Holzoberfläche und tunkte die Feder in die Tinte.

Sei vorsichtig!, begann sie den Text. *Ich werde beobachtet. Keine direkte Kontaktaufnahme!* Dann schilderte sie knapp, was sich ereignet hatte. Als sie damit fertig war, wusste sie nicht weiter. Sie beließ es dabei und trocknete die Tinte. Dann rollte sie das Papier zusammen und knotete einen Faden darum. So gesichert verstaute sie es in ihrem Beutel, den sie am Gürtel trug.

Sie erhob sich wieder, ging erneut ans Fenster. Es wurde immer dunkler und sie wollte sich schon abwenden, als sie endlich die ersehnte dunkle Gestalt sah, die sich an der gegenüberliegenden Hauswand entlang drückte und dann im Schatten des Torbogens verschwand. War das Irene? Sollte sie ihren Namen rufen? Laila verwarf den Gedanken, von hier oben ein Gespräch zu führen. Sie würde noch so leise reden können, die Gefahr, dass jemand im Haus sie dabei entdeckte, war zu groß. Stattdessen öffnete sie das Fenster und versuchte zu erkennen, wer sich dort unten befand. Sie winkte und meinte, eine leichte Bewegung als Antwort zu bekommen. Dann hatte sie eine Idee. Hastig sah sie sich im Zimmer um. Sie brauchte etwas, um den Brief zu beschweren. Rasch ging sie zu der Truhe neben dem Bett und durchwühlte ihre Sachen. Die Flöte legte sie gleich wieder zurück, dann ertastete sie Irenes Messer. Sie hob es heraus und wickelte es aus. Die Klinge glänzte im Talglicht, das auf dem Tischchen brannte. Sie überlegte, ob sie den Brief einfach an das Messer binden sollte. Dann fiel ihr Blick auf das Tuch, in dem es eingewickelt gewesen war. Ja, das würde auch gehen.

Mit zittrigen Händen knotete sie den Brief an dem zusammengeknüllten Tuch fest und warf beides mit Schwung aus dem Fenster in Richtung Toreinfahrt. Ein paar Herzschläge lang hielt sie die Luft an. Dann sah sie eine Bewegung. Wieder tat sich eine Weile nichts. Plötzlich löste sich ein Schatten von der Wand und blieb abwartend stehen. Als Laila sich nicht rührte, winkte die Gestalt noch einmal kurz nach oben und verschwand in der Dunkelheit.

Laila blickte ihr nach und fragte sich, wie es nun weitergehen würde. Was plante Kyrilla? Sie hatte das Testament und sie verfügte über Laila, die Dietlinds Rolle spielte. Nun musste nur noch Ingward sterben, dann war für Kyrilla alles perfekt.

Laila schloss Laden und Fenster und ging zurück zu der Truhe, neben der sie das Messer abgelegt hatte. Sie nahm es hoch, strich vorsichtig mit dem Finger über das glatte Metall. Es war keine große Waffe, doch sicher eine wirksame, wenn man sie zu handhaben wusste. Und vielleicht auch dann, wenn man nicht wusste, wie man damit umging. Besser als keine Waffe war es allemal. Sie schob es in ihren Gürtel und prüfte, ob es von Stofffalten verdeckt wurde. Ja, so würde es gehen. Und nun brauchte sie Schlaf. Maxim war der, den sie als Erstes täuschen musste. Morgen würde ihre neue Rolle beginnen, eine, deren Gelingen wichtiger war als alles, was sie bislang gespielt hatte. Dafür brauchte sie ausreichend Ruhe.

KAPITEL 25

Es war stockdunkel, als Laila erwachte. Sie richtete sich hastig auf, spürte ihren Herzschlag, ihr Nachthemd war am Rücken nass geschwitzt. Panisch tastete sie neben sich, versuchte sich zu orientieren und fühlte sich wie in einem Sack eingesperrt und verschnürt. Sie bemühte sich, tief zu atmen, hatte das Gefühl, keine Luft zu bekommen, erhob sich, stolperte aus dem Bett, rempelte in ihrer Hast gegen die Truhe daneben und hielt inne. Die rasenden Gedanken im Kopf beruhigten sich ein wenig, als ihr klar wurde, wo sie sich befand. Sie hatte von Kerkern geträumt, von Gefangenen, die um ihr Leben schrien, spürte noch die Handschellen aus Eisen, die in ihr Fleisch schnitten, ihr das Blut abschnürten, sodass ihre Hände taub geworden waren.

Einmal tief durchatmen, befahl sie sich erneut. Dann ließ sie sich auf das Bett sinken und entzündete mit zitternden Fingern das Talglicht. Im warmen Lichtschein konnte sie die Möbel erkennen, den kleinen Schreibtisch an der Wand mit dem Hocker davor. Doch die Beklemmung war immer noch da. Dieses Gefühl, nicht richtig atmen zu können, eingesperrt zu sein, nichts tun zu können als zu warten bis … ja bis was geschah? Sie hatte keine Antwort auf diese Frage.

Wie spät mochte es sein? Sie fühlte sich hellwach und wollte sich nicht wieder hinlegen. Das Licht wieder zu löschen, um den dunklen Gespenstern erneut Raum zu geben, das kam nicht infrage. Sie schloss die Augen, bekreuzigte sich und sprach leise ein Gebet. War diese Angst ein Zeichen von Gott, welches ihr sagen sollte, dass sie sich auf dem falschen Weg befand? Sie schüttelte den Kopf, nein, sie wusste, was das alles bedeutete. Es war eine Warnung.

Laila erhob sich, zog sich an und steckte die Haare notdürftig hoch, ohne sie vorher zu kämmen; dann nahm sie das Talglämpchen in eine Hand und öffnete die Tür. Vorsichtig spähte sie auf den dunklen Flur, nichts regte sich. Sie betrat ihn, schloss die Tür hinter sich und blieb stehen.

Hier draußen fiel ihr das Atmen ein wenig leichter, das Gefühl von Enge verschwand, als sie den langen Gang erblickte, der von ihrem Licht nur ein Stück weit beleuchtet wurde und nach hinten raus in der Schwärze der Nacht verschwand. Das gab ihr das Gefühl, als ginge er endlos so weiter.

Sie lauschte auf die Geräusche. Irgendwo knarzte ein Dielenboden, es klapperte kurz. Aus Guntrams Zimmer kam ein gurgelndes Schnarchen. Ihn hatte sie kaum gesehen in den letzten Tagen. Sie war froh darum, dieser Mann war ihr unheimlich. Er schien nicht um Dietlind zu trauern, machte vielmehr weiter wie bisher. Was war er für ein Mensch? Sie konnte es nicht sagen.

Nach einer Weile des Zögerns beschloss sie, sich im unteren Stock an der Seitentür zu vergewissern, dass sie das Haus jederzeit verlassen konnte. Sie musste etwas gegen das Gefühl des Eingesperrtseins tun. Ein bisschen frische Luft durch die geöffnete Nebentür würde ihr sicher helfen, das spürte sie.

Sie bemühte sich, so lautlos wie möglich aufzutreten, als sie zur Dienstbotentreppe ging. Im engen Treppenhaus wurde die Beklemmung wieder stärker. Laila achtete trotzdem darauf, dass die Stufen nicht unter einer zu hastigen Bewegung knarrten. Unten angekommen, blieb sie wieder stehen und horchte. Aus der halb geöffneten Küchentür drang ein Lichtschein. Wer um Himmels Willen hielt sich mitten in der Nacht außer ihr hier unten auf? War es doch schon später, als sie dachte, und die Köchin hatte bereits ihren Dienst angetreten?

Obwohl sie immer noch Angst vor der Dunkelheit hatte, löschte Laila ihr Licht. Dann bewegte sie sich auf die Küchentür zu, drückte sich so gut es ging an die Wand, um nicht entdeckt zu werden. Sie spähte durch den Spalt und sah, wie jemand mit dem Rücken zu ihr an einem Tisch hantierte. Es war Johann. Als er ein paar Schritte beiseite tat, wohl um etwas zu holen, konnte Laila ein Kästchen erkennen. Es war noch nicht ganz mit Gebäck gefüllt, der Rest lag daneben in einer Holzschale. Vor dem Kästchen stand ein kleiner Flakon aus grünem Glas.

Johann kam zurück. Laila beobachtete, wie er den Flakon hochhob. Dann verdeckte sein Körper erneut das Geschehen. Schließlich verstaute er das Gefäß in seinem Beutel – und mit einem Mal wusste sie, was er da tat. Die Erkenntnis war so ungeheuerlich, dass ihr die Luft wegblieb. *Ich muss hier verschwinden*, dachte sie. *Wenn er mich jetzt in diesem Flur entdeckt, ist alles zu spät.*

Leise machte sie sich auf den Rückweg. Die Stufen musste sie in der Dunkelheit ertasten, doch sie fühlte sich mit einem Mal ruhig. Vermutlich war es die Gefahr, die ihre Sinne schärfte und ihr half, ohne zu stolpern oben anzukommen. Auch im Flur war es stockfinster. Guntrams leises Schnarchen wies ihr den Weg. Als sie endlich zurück in Dietlinds Zimmer war, ließ sie sich vor Erleichterung auf den Boden sinken, stellte die Lampe neben sich und bedeckte mit beiden Händen ihr Gesicht. Sie spürte, wie das Zittern zurückkam.

»Mein Gott«, flüsterte sie. »Wie dumm man sein kann.«

Ja, sie war dumm gewesen. Schon beim ersten Mal, als sie Johann in der Küche beim Verpacken des Gebäcks erwischt hatte, hätte sie misstrauisch werden müssen. Spätestens aber auf der Rückfahrt, als es ihr so elend wurde, nachdem sie ein Stück davon gegessen hatte. Es lag alles so klar auf der Hand.

Hier in dem Haus würde niemand darauf warten, dass Ingward eines natürlichen Todes starb. Der zähe Bock konnte es noch Jahre machen und ihnen das Geld vorenthalten. Nein, es war viel einfacher. Sie wollten ihn vergiften.

»Die Krankheit, natürlich«, murmelte sie. Ingward war nicht krank. Er war schleichend vergiftet worden, immer wieder, mit geringen Dosen im Gebäck, gesandt mit schönen Grüßen aus dem Hause Nehlin. Sie hätten ihn sonst nie zu der Unterschrift unter dem Testament überreden können. Er musste gespürt haben, dass er nicht mehr lange zu leben hatte.

Wie perfide.

Laila lehnte sich zurück mit dem Kopf gegen die Wand und blickte in den dunklen Raum, in dem die Möbel nur als Schatten erkennbar waren. Sie wollte nicht daran denken, welche Rolle Dietlind bei all dem gespielt hatte. Für heute hatte sie genug Erkenntnisse gewonnen, sie konnte nicht noch mehr Abgründe vertragen. In was für eine Schlangengrube war sie hier nur geraten? Und was würde mit ihr geschehen, wenn Ingward erst gestorben war und die Nehlins sie nicht mehr brauchten?

Sie erhob sich. Ruhe bewahren, sagte sie sich, und entzündete erneut das kleine Talglicht. Eines jedenfalls war sicher. Ingward würde nicht das Opfer dieser skrupellosen Familie werden, dafür würde sie sorgen. Einen unschuldigen Mann zu vergiften, um an sein Geld zu kommen, das ging zu weit.

Gleich nach dem Frühstück trödelte Laila im Eingangsbereich des Hauses herum, in der Hoffnung, irgendwann auf Maxim zu treffen. Sie hatte in der Nacht beschlossen, ihren ursprünglichen Plan weiterzuverfolgen und Maxim für sich zu gewinnen. Es war ihre einzige Möglichkeit zu handeln, auch wenn ihr nicht klar war, ob er in all die Machenschaften der Familie eingeweiht war. Sie besah sich die Bilder, die an der Wand aufgereiht hingen. Besonders das größte davon weckte ihr Interesse. Es war das Porträt eines Mannes, dem Guntram wie aus dem Gesicht geschnitten schien. Kein Wunder, dass er als Nachfolger auserkoren wurde, obwohl es doch noch einen älteren Sohn in der Familie gab. Wenn sie nicht alles täuschte, dann war dieser Mann Guntrams Vater, der ehemalige Hausherr, mit dem der Aufstieg der Familie begonnen hatte. Laila spürte das aufgewärmte Metall von Irenes Messer an der Haut, als sie sich bewegte. Es steckte nun in ihrem Ärmel, am Unterarm mit einem Band festgebunden. Dies, so hatte sie entschieden, war ein besserer und unauffälligerer Platz, um es bei sich zu tragen.

Sie starrte auf das Bild und dachte an das Geräusch einer an Glas geschlagenen Münze. Dieser Mann dort war es gewesen, der ihren Vater ruiniert hatte. Und nun gingen seine Frau und seine Nachkommen den von ihm eingeschlagenen Weg weiter.

»Das ist mein Vater«, hörte sie plötzlich Maxims Stimme neben sich. Er deutete auf das Bild.

Sie hatte ihn nicht kommen hören. »Das denke ich mir«, antwortete sie und besann sich, in ihre Rolle zu schlüpfen. Die eigenen Gedanken und Gefühle musste sie beiseiteschieben und sich ganz konzentrieren. »Er und Guntram sehen sich jedenfalls sehr ähnlich. Ein stattlicher Mann.« Durchsetzungsfähig und skrupellos, setzte sie für sich hintendran. Ein Mann, der kein Mitleid kannte.

»Das war er.« Maxim schaute hoch zu dem Bild. Sein Ausdruck war nachdenklich.

»Sicher hat er das Beste für seine Familie getan.«

»Er war sehr ehrgeizig.«

Wie Guntram? Wie Kyrilla? Oder wie Maxim? »Das muss nicht das Schlechteste sein.«

»Es ist manchmal etwas anstrengend.«

»Ein Familienoberhaupt in seiner Stellung muss sich durchsetzen können, oder nicht?« Laila schüttelte innerlich den Kopf und befahl sich selbst, sich zusammenzureißen. Das, was sie hier ablieferte, war unterste Schmierenkomödie. Sie setzte ein offenes Lächeln auf und hakte sich ein wenig zu schwungvoll bei Maxim ein. »Sag, magst du mich nicht ein wenig nach draußen begleiten? Mir fällt hier die Decke auf den Kopf.«

»Wohin willst du denn?« Er schien verblüfft über ihre Fröhlichkeit, als habe er ihr Entgegenkommen nicht erwartet. Kein Wunder. Eigentlich hätte sie ihn meiden müssen, nachdem klar geworden war, wie sehr er sie belogen hatte. Nur passte das nicht in ihre Pläne. Sein Lächeln war offen und ehrlich, anscheinend freute er sich.

»Ach, nur ein wenig spazieren gehen, heute ist so ein herrlicher Tag.« Es war bewölkt, zumindest heute Morgen, als sie aus dem Fenster gesehen hatte, war es draußen trübe und neblig gewesen.

»Na dann.« Maxim holte aus der Truhe neben dem Eingang zwei Umhänge, legte ihr einen um und strich den Stoff an ihren Schultern glatt. Mit einem Mal fühlte Laila sich genauso schuldig, wie er sich ihrer Meinung nach fühlen sollte. Sie täuschte ihn doch auch. Seiner ehrlichen Freude setzte sie nur ihre verärgerten Gedanken entgegen. Sie zog sich die Kapuze über den Kopf. *Nicht weich werden, Laila. Du darfst ihm nicht trauen. Er hat dich nach Strich und Faden an der Nase herumgeführt. Und du weißt nicht, ob er das nicht immer noch tut.*

Draußen hatte sich das Wetter kaum gebessert, nur der Nebel zog sich langsam zurück.

»Wunderschöner Tag, hm?«, neckte Maxim sie und sie musste lachen.

»Für jemand, der immer drinnen hocken muss, ist jedes Wetter wunderschön.«

»Manche sitzen gerne hinter warmen Feuern.«

»Und manche eben nicht.«

»Dann wird es dir sicher nichts ausmachen, mich morgen zum alten Ingward zu begleiten.«

Ihre Freude war gespielt, als sie antwortete: »Nein, das stört mich sicher nicht.« Maxim war es also, der das vergiftete Gebäck abliefern und somit den Tod Ingwards herbeiführen würde. Und er wollte sie mitnehmen. Es wurde ernst und wenn er wusste, was er da tat, dann war er ganz schön abgebrüht. Eine Gänsehaut bildete sich in Lailas Nacken. »Sind wir zu einem bestimmten Anlass dort?«

Maxim machte eine wegwerfende Handbewegung. »Der übliche Besuch.«

Natürlich. Sie spürte, wie ihr übel wurde vor Anspannung und nahm sich zusammen. Gemeinsam schlenderten sie in Richtung Markt. Laila lenkte Maxim dorthin, weil sie hoffte, dort vielleicht auf Irene zu treffen. Durch den Brief von gestern war die Freundin gewarnt und würde sicher vermuten, dass Laila alles daran setzte, um sie zu sehen.

Der Morgen war bereits fortgeschritten, dennoch war das Marktleben noch in vollem Gange. Bäuerinnen priesen ihre Rüben an und ihr lebendes Vieh, ein Quacksalber übertönte alle mit seinem »Kauft meine Mittelchen, sie helfen gegen Gicht und Ziehen im Rücken!« Der Gewürzhändler hatte sich darauf verlegt, seine Kundinnen mit einem Singsang zu umgarnen. Vielleicht meinte er auch nur eine besonders hübsche junge Frau, die an seiner Auslage stehen geblieben war und neugierig die vielen bunten Gewürze in den Tonschälchen begutachtete.

Laila blickte sich um, während sie an den Ständen vorbeigingen. Bei einem Tuchhändler blieb sie stehen und wurde sogleich von ihm angesprochen. Doch sie hörte nur mit halbem Ohr zu und prüfte weiter die Stoffe vor sich. Maxim hingegen begann ein Gespräch. Er fragte nach Seide, wie man sie am besten lagerte, wie man sie transportierte, woher sie kam und ob der Mann welche im Angebot hätte.

Laila ließ die beiden reden und beschloss, dass es sicher hilfreich war, eine Weile an einer Stelle zu bleiben, dann würde Irene sie leichter finden. Ihr Plan ging auf. Irene stand plötzlich ein paar Schritte hinter ihr und nickte ihr unmerklich zu. Mit einem Seitenblick zu Maxim versicherte Laila sich, dass der immer noch beschäftigt war, und gab Irene ein Zeichen. Scheinbar suchend ging sie zum Ende des Standes.

»Ich muss mit dir reden!«, hörte sie leise Irenes Stimme neben sich.

»Morgen fahren wir zu Ingward«, unterbrach Laila sie hastig, ohne den Blick von den Stoffen zu nehmen. »Sie wollen ihn vergiften. Du musst mir helfen.« Das war das Wichtigste, was sie loswerden musste. Alles andere war zweitrangig.

Am anderen Tischende verabschiedete sich Maxim von dem Händler, gab ihm die Hand und wandte sich dann suchend um. Laila schritt rasch auf ihn zu und hakte sich wieder unter.

»Schöne Sachen hat er.«

»Er kennt sich mit Seide aus«, meinte Maxim und pfiff fröhlich eine leise Melodie.

»Ist das von Wichtigkeit?«

»Ich habe mein Geld mit dieser Art von Stoff verloren, wusstest du das nicht?«

Natürlich wusste sie es nicht, woher auch. Aber um ihn abzulenken, fragte sie nach. Er erzählte bereitwillig von seiner Zeit in Italien, dem Freund, dem er vertraut hatte und dem Schiff mit der verdorbenen Ladung, die er sich nicht hatte ansehen dürfen. Es entstand ein Bild vor ihren Augen von einem jungen Mann, der weder die

Skrupellosigkeit noch die berechnende Vorgehensweise von seiner Familie geerbt hatte. Und wenn sie ihn so von der Seite betrachtete, dann sah er ihnen noch nicht einmal sehr ähnlich. *Trotzdem*, ermahnte sie sich, *ich darf ihm nicht trauen*.

KAPITEL 26

In dieser Nacht hatte Laila besser geschlafen. Vor dem Zubettgehen hatte sie Rike gebeten, das Lämpchen neu zu füllen, damit das Licht den Raum die ganze Nacht in einen warmen Schein tauchen konnte. Immer, wenn Laila erwachte, konnte sie ihre Umgebung erkennen. Das beruhigte sie zwar ein wenig, das Gefühl, gefangen zu sein, aber blieb. Doch es beeinträchtigte sie nicht mehr so, dass sie nicht den nötigen Schlaf finden konnte.

Nun saß sie nachdenklich auf dem Hocker und ließ sich von Rike herrichten. Sie hatte kaum einen Blick mit ihr gewechselt, ließ sie einfach ihre Arbeit tun. Die fröhliche Zuneigung, die sie für die Magd empfunden hatte, war gewichen. Rike schien das zu spüren. Sie versah ihre Arbeit mit Ernst und knickste nur kurz zur Begrüßung. Laila war es recht so.

Eine Weile später trat sie vor die Tür und machte sich auf den Weg zum Stadttor. Sie wollten dieses Mal nicht mit dem Schlitten, sondern wieder mit dem Wagen fahren. Es hatte in den letzten Tagen keinen Neuschnee gegeben. Laila hatte mit Maxim verabredet, ihn am Stadttor zu treffen, so musste er den Wagen nicht durch die Stadt lenken. Sie hatte die Hoffnung gehabt, dass er ihr das Kästchen mit dem Gebäck überlassen würde. Dann hätte sie das vergiftete Zeug in den nächsten Graben geschüttet und den Behälter nicht mehr aus den Händen gegeben, damit niemand bemerkte, dass er leer war. Zu ihrer Enttäuschung aber hatte Maxim das Gebäck an sich genommen.

Sie ließ sich Zeit, grüßte nach hier und da und fühlte sich innerlich so angespannt, dass sie glaubte, ihr Lächeln gefriere auf den Lippen. Und doch schien keiner etwas zu merken. Eine Frau, die ihr bekannt vorkam und die sie dennoch nicht einordnen konnte, wollte sich mit ihr unterhalten, aber sie wimmelte sie höflich ab. Sie werde erwartet, erklärte sie.

»Dann ein andermal«, meinte die Fremde, doch Laila hörte an ihrem Ton, dass sie es ihr übel nahm.

Auf dem Münsterplatz blieb sie kurz stehen, in der Hoffnung, vielleicht auf Irene zu treffen. Doch da sie nicht allzu lange ausharren konnte, brachte es nichts. Was die Freundin nun wohl unternehmen würde? Dass sie nicht untätig bleiben würde, dessen war Laila sich sicher.

Laila tastete nach ihrer Flöte, die sie in ihren Beutel gesteckt hatte. Sie hatte das Gefühl, das Instrument transportiere eine Botschaft aus ihrem früheren Leben, so als wolle es ihr sagen: »Halt aus, ich warte auf dich.«

Am Barfüßerkloster lagerte wieder die Gruppe von Bettlern. Spontan nahm Laila eine Münze aus ihrem Beutel und hielt sie ihnen hin. Ein Mann, der nicht mehr alle Finger besaß, griff danach und sagte: »Danke Euch, holde Frau. Mein guter Segen sei Euch gewiss.«

Sein Segen sei ihr gewiss, vielleicht war der Mann ja einmal Prediger gewesen. Laila beschloss, es als gutes Omen zu nehmen, nickte und ging weiter. Vor dem Stadttor musste sie eine ganze Weile warten, bis Maxim endlich mit dem Wagen kam. Das Pferd warf unruhig den Kopf hoch, es war dasselbe nervöse Tier wie beim letzten Mal.

Maxim half ihr hoch auf die Bank neben sich, dann schnalzte er mit der Zunge und der Wagen setzte sich in Bewegung.

»Magst du dieses Pferd? Es verhält sich, als habe es zu viel Hafer gefressen«, meinte sie nach einiger Zeit.

»Mein Bruder kann nicht mit ihm umgehen, er mag die Viecher lieber ruhig. Deshalb steht es oft zu lange im Stall. Aber ich komme klar mit ihm.«

Laila hielt sich fest und wünschte sich das sanfte Gleiten des Schlittens zurück. Doch das Tier beruhigte sich mit der Zeit und das Ruckeln ließ nach. Laila sah sich verstohlen im Wagen um und versuchte herauszufinden, wo Maxim das Gebäck verstaut hatte. Hinten lag eine Decke über der Ladefläche und sie vermutete das Kästchen darunter, denn unter der Bank zu ihren Füßen konnte sie nichts entdecken. Sie fluchte innerlich. Wie sollte sie heimlich nach hinten greifen und es öffnen? Sie musste das Zeug während der Fahrt loswerden. Ingward durfte auf keinen Fall davon essen.

Sie zermarterte sich den Kopf, während sie nach vorn starrte und ihr nichts einfiel, was sie hätte tun können. Immer näher kamen sie ihrem Ziel. Sie hatte keine Idee.

»Kannst du kurz halten?«, fragte sie schließlich.

Maxim nickte und steuerte den Wagen etwas seitlich auf das angrenzende Feld, das von einer Schneedecke bedeckt war. Laila stieg hinunter, ging ein paar Schritte an der Ladefläche entlang und blickte sich dann um. Maxim musterte sie neugierig von oben. Es bereitete ihr kein Problem, eine strenge Miene aufzusetzen. In gespielter Entrüstung stemmte sie sie Hände in die Hüften. »Schau in eine andere Richtung, wenn eine Dame sich erleichtern muss!«

Gute Idee, lobte sie sich, als Maxim beschwichtigend die Hand hochhielt und sich nach vorn drehte. Rasch stellte sie sich an der Wagenseite auf die Zehenspitzen und tastete unter die Decke. Ihre Finger erspürten das Holz des Kastens, doch sie konnte ihn nicht zu sich ziehen, er war zu weit von ihr entfernt, immer wieder rutschte sie an der glatten Oberfläche ab.

»Du brauchst aber lang«, meinte Maxim nach einer Weile, den Blick immer noch nach vorn gerichtet.

Laila machte einen letzten beherzten Versuch, an das Kästchen zu kommen, dabei geriet der Wagen in Bewegung, weil sie sich versehentlich dagegen lehnte. Maxim drehte sich um und zog die Brauen zusammen.

»Hast du Hunger? Dann sag doch was«, meinte er verwirrt, griff unter die Decke und zog einen Korb hervor, der mit einem Tuch abgedeckt war. »Die Köchin hat uns was eingepackt.«

Laila atmete erleichtert aus und nickte. Sie hoffte, dass Maxim die Röte in ihrem Gesicht der Kälte zuschrieb. Dann kletterte sie wieder auf den Wagen und nahm den Korb auf den Schoß. Sie nahm sich ein Brot mit Schinken und biss hinein. Dabei tat sie so, als sei ihr Hunger so groß, dass sie es kaum erwarten konnte, den ersten Bissen hinunterzuschlucken und einen zweiten zu tun. In Wirklichkeit wollte das Essen kaum durch ihre enge Kehle.

Viel zu schnell erreichten sie das Landgut. Das Pferd trabte durch das Tor in den Hof und blieb tänzelnd stehen.

»Du solltest dem Knecht helfen, das Tier ist wirklich ein bisschen wild heute«, meinte sie.

Die Tür des Stalles ging auf, ein Junge lugte durch den Spalt und verschwand gleich wieder. Laila ergriff die Gelegenheit, drehte sich auf der Bank nach hinten und schlug die Decke zurück. Hastig beugte sie sich noch ein Stück weiter und nahm das Kästchen an sich. Auch als Maxim es ihr abnehmen wollte, damit sie leichter auf den Boden kam, gab sie es nicht aus den Händen. Nun kam der Junge mit dem Stallknecht zurück, doch Maxim machte keine Anstalten, ihnen mit dem Pferd zu helfen.

»Meinst du wirklich, sie kommen allein zurecht?«, wiederholte Laila noch mal, ohne Hoffnung, dass sie damit etwas erreichen würde.

Maxim sah sie nur kurz von der Seite an und erwiderte: »Natürlich, das ist ihr tägliches Brot.«

Gemeinsam schritten sie auf die Eingangstür zu und betätigten den Türklopfer. Laila hielt den Behälter mit dem Gebäck umklammert und wusste nicht weiter. Jeder Versuch, den Inhalt loszuwerden, war fehlgeschlagen. Maxim eine Weile anderweitig zu beschäftigen, damit sie Ingward warnen konnte, war auch nicht möglich. Wenn es so weiterging, blieb ihr nur der Weg, Ingward öffentlich in Maxims Gegenwart zu warnen. Sie hatte das vermeiden wollen. Wenn Kyrilla mitbekam, dass sie ihren Plan vereitelte, was würde sie dann tun? Die erhoffte Entlohnung konnte Laila dann vergessen, schlimmstenfalls würde Kyrilla sich an ihr und ihrer Familie rächen.

Laila biss sich auf die Lippe und folgte der Magd, die ihnen geöffnet hatte. Ingward stand auf einen Stock gestützt im Raum und blickte durch das Fenster nach draußen. Das Feuer im Kamin loderte wie die Male davor und auch der Sessel stand wieder an demselben Platz, das Tischchen daneben war leer. Ingward drehte sich zu ihnen um, als die Magd den Besuch ankündigte. Er starrte sie an, ging dann mithilfe des Stockes ein paar Schritte, tastete mit der Hand und ließ sich in den Sessel sinken. Er sah aus wie ein alter Mann, aber er war nicht mehr krank.

»Seid gegrüßt, Vater«, sagte Laila mit fester Stimme. »Wir wollten Euch besuchen.«

»Und mir wieder den feinen Gruß aus der Küche der Nehlins bringen?«

»Ja … Nein …«, Laila blickte zu Maxim, der neben ihr stand und das Wort ergriff.

»Es scheint Euch besser zu gehen, das freut mich.«

»Mich auch«, antwortete Ingward. »Gib mir den Kasten, mach schon!«, befahl er Laila.

Sie gehorchte widerstrebend, blieb neben Ingward stehen, der den Behälter öffnete. Der Duft nach frischem Gebäck stieg ihr in die Nase, so verlockend, dass sie zu ahnen begann, warum der Alte es so gerne aß. Möglichst unauffällig beugte sie sich zu ihm hinunter und sagte leise, in der Hoffnung, dass Maxim nichts verstand: »Ihr dürft nicht davon essen, es ist vergiftet.«

Maxim war gerade damit beschäftigt, einen Holzscheit auf das Feuer zu legen. Er drehte sich um und runzelte die Stirn, sagte aber nichts.

Ingward blickte Laila mit erstaunlich klarem Blick an und erklärte laut: »Du musst nicht so leise reden, Mädchen. Sag es frei heraus, was dich bedrückt.«

Er weiß es, dachte Laila und erinnerte sich daran, dass er sich schon beim letzten Besuch recht merkwürdig benommen hatte. Deshalb ging es ihm so gut, er hatte schon längere Zeit nicht mehr von dem Gebäck gegessen. Irgendetwas musste sein Misstrauen hervorgerufen haben. Das bedeutete aber auch, dass Laila sich hier ganz umsonst in Gefahr begab.

Maxim gesellte sich zu ihnen. »Was ist?«

Das Lachen des Alten kam Laila ziemlich schadenfroh vor. »Sie will, dass Ihr dieses Gebäck probiert, Maxim Nehlin.«

Ingward hielt den Kasten hoch und Laila beobachtete mit wachsendem Entsetzen, dass er es offenbar ernst meinte. Maxim schien immer noch irritiert, griff aber in den Behälter und nahm ein Gebäckstück heraus.

Sie starrte den alten Mann an, der sie lauernd beobachtete, so als amüsiere er sich über die Situation. Er wusste genau, was er tat. Er hatte sie alle durchschaut.

»Nein!«, schrie Laila, als Maxim abbeißen wollte. Sie schlug mit aller Kraft gegen seine Hand, sodass er das Gebäck fallen ließ. »Es ist vergiftet«, sagte sie.

»Es ist was?« Maxim schaute ungläubig auf den Kasten in Ingwards Händen.

»Ich habe mit der letzten Fuhre sämtliche Mäuse in meinem Keller erledigt«, meinte der alte Mann, nickte wissend und klopfte ein paar Mal laut mit dem Stock auf den Boden.

»Ihr hättet ihn davon essen lassen«, stellte Laila fest und wusste, dass es die Wahrheit war, noch bevor Ingward ihr antwortete.

»Maxim mich ebenso, oder nicht?«

»Er wusste nichts von dem Gift, das habt Ihr doch bemerkt.«

»Seid Ihr von Sinnen, wer sollte Gift dort hineingetan haben?«, mischte sich Maxim wieder ein.

»Johann«, antwortete Laila. »Ich habe ihn dabei beobachtet.« Sie dachte fieberhaft nach. Dieser alte Mann war nicht so unbedarft, wie sie gedacht hatte. Mit ihrem unbedingten Willen, ihn zu retten, hatte sie sich in eine schwierige Situation gebracht. Plötzlich erschienen zwei Knechte im Raum, offenbar durch das Klopfen mit dem Stock herbeigerufen.

»Sperrt ihn in den Stall, ich kümmere mich später um den jungen Mann«, befahl Ingward.

Maxim ließ sich überrumpeln und wurde weggeführt. Laila hatte das deutliche Gefühl, einen Fehler begangen zu haben. Ruhig beobachtete sie den Alten, der sich schließlich wieder ihr zuwandte, nachdem die Männer und Maxim den Raum verlassen hatten. Er deutete mit dem Stock auf einen Stuhl und sie setzte sich ihm gegenüber. Ingward stellte den Kasten auf den Tisch neben sich und nickte ihr anerkennend zu.

»Du hast mich warnen wollen, das rechne ich dir hoch an. Nun sag mir aber, wer bist du und was ist mit meiner Tochter geschehen? Warum kommt sie nicht mehr her und schickt stattdessen dich?«

»Sie lebt nicht mehr«, antwortete Laila. »Sie ist aus dem Fenster gesprungen und hat sich damit selber getötet, weil sie einen Liebhaber hatte.«

Ingward schien von einem Augenblick zum nächsten in der Bewegung erstarrt. Eine ganze Zeit lang konnte man nur das Knistern des Feuers hören und eine Magd, die draußen etwas rief. Als der alte Mann wieder sprach, wirkte seine Stimme weniger fest, doch seine Worte waren genauso hart wie sein Verhalten zuvor.

»Das wird sie mir büßen.«

Laila wusste nicht, wen er damit meinte, und fragte vorsichtig: »Wer?«

»Schickt mir eine Doppelgängerin und glaubt, ich würde mich von ihr täuschen lassen. Will mich durch vergiftetes Gebäck töten, weißt du, Mädchen«, nun wurde sein Blick wieder klarer. »Meine Tochter war ganz anders als du. Andere magst du täuschen, mich nicht. Wie konnte Kyrilla Nehlin das wagen? Was ist geschehen mit Dietlind? Erzähle es mir genau.«

Laila gab ihm eine Zusammenfassung von dem, was sie wusste und wovon sie glaubte, dass es ihr nicht noch mehr Probleme bereiten würde, wenn auch er es erfuhr. »Ihr könnt nichts mehr tun«, beendete sie ihre Erklärungen schließlich.

»Was ich tun kann und was nicht, ist wohl meine Angelegenheit. Ich war sehr neugierig darauf, was geschehen würde, wenn Familie Nehlin das so vehement begehrte Testament in den Händen hält. Ich werde sie mit diesem Kasten hier zur Rede stellen und sie ihr eigenes Gebäck essen lassen.« Er deutete neben sich auf das Tischchen.

»Ich bin hier, weil ich Euch warnen wollte.«

»Was willst du von mir? Wirst genug Lohn für deine Dienste bekommen haben.«

»Wenn Ihr Kyrilla zur Rede stellt, wird sie sich denken, dass die Warnung von mir kam. Sie wird sich an mir rächen«, versuchte Laila zu erklären, obwohl es aussichtslos war, das sah sie auch.

»Was geht mich das an? Es geht hier um meine Familie! Nicht um eine dahergelaufene Magd, wie du es wohl bist. Was willst du noch hier? Scher dich fort! Sei froh, dass ich dich einfach so gehen lasse.«

Der alte Mann wedelte mit seinem Stock und nun sah Laila, dass Tränen auf seinen Wangen glänzten. So ganz gefühllos war er also doch nicht, der Tod seiner Tochter ging ihm nahe.

»Ich werde dieses vermaledeite Gebäck an ihren Sohn verfüttern. Sie hat meine Tochter in den Tod getrieben. Warum sollte es ihr anders ergehen als mir?«

Maxim war in seiner Gewalt. Wenn Ingward das ernst meinte, was er da von sich gab, dann musste sie handeln. Geschickt wich Laila seinen Stockhieben aus, mit denen er sie daran hindern wollte, näher zu kommen. Sie ergriff das Holzkästchen auf dem Tisch. Mit Schwung und der gekonnten Wurftechnik einer Gauklerin landete das Behältnis mitsamt Inhalt im Kaminfeuer und ging sofort in Flammen auf. Ingward zeterte und schlug weiter mit dem Stock nach ihr, doch sie hatte keine Schwierigkeiten, ihm zu entkommen. Wenigstens die Beweise waren nun vernichtet und mit ihnen die Möglichkeit, noch mehr Unheil anzurichten.

Draußen im Flur hielt sie keuchend inne. Nach der Anspannung und der Angst von der Hinfahrt war ihr jetzt zum Heulen zumute. Wenn sie aus dieser Sache je noch einmal herauskam, würde sie … Sie konnte den Gedanken nicht zu Ende denken, denn zwei Gestalten eilten ihr entgegen und beanspruchten ihre Aufmerksamkeit.

KAPITEL 27

»DORT IST SIE! LAILA!« Irene kam auf sie zugelaufen und umarmte sie. Laila war so erleichtert, dass sie die Freundin fest drückte. Sie wusste immer noch nicht, wie es weitergehen sollte, aber sie war froh, nicht mehr allein zu sein.

»Wie geht es ihm, ist alles in Ordnung?«, hörte sie Reginald neben sich und war verwundert darüber, was der Spielmann hier tat. Bevor sie ihm antworten konnte, verschwand er in dem Raum, aus dem sie eben gekommen war und in dem Ingward sich noch immer befand.

»Was ist geschehen?« Irenes Gesichtsausdruck spiegelte Besorgnis. Sie wusste nichts und doch war es so tröstlich, dass sie da war.

»Ich wollte ihn warnen. Johann hat das Gebäck vergiftet. Ich habe ihn dabei beobachtet.«

»Lebt Ingward noch? Geht es ihm gut?«

»Meine Warnung war keine Überraschung für ihn. Er hat auch gewusst, dass ich nicht Dietlind bin. Er hat uns alle durchschaut.«

Irene atmete erleichtert aus. »Das ist doch wunderbar, dann fügt sich jetzt alles.«

»Das glaube ich kaum«, antwortete Laila.

»Warum?«

»Ich habe mich ganz und gar unnötig in Gefahr gebracht. Wenn Kyrilla nun das Gefühl bekommt, ich hätte sie und ihren Plan verraten, wer weiß, was sie dann mit mir tut. Ich habe alles verloren. Wäre ich nicht hergekommen, hätte ich heimlich verschwinden können, keiner hätte mehr nach mir gefragt, aber so?«

»Warum sollte Kyrilla dich verdächtigen?«

»Ingward schwört Rache und will sie zur Rede stellen. Dass er sich dabei nicht um mich und mein Schicksal schert, hat er mir sehr deutlich zu verstehen gegeben. Ich weiß nicht, ob ihm der Kummer so zusetzt oder ob er einfach ein widerlicher Mensch ist, aber ich befürchte Letzteres.«

Irene nickte. »So etwas befürchte ich auch.«

Bevor Laila nachfragen konnte, was sie mit ihren Worten meinte, hörten sie aus dem Raum hinter sich laute Stimmen, doch man konnte nicht verstehen, worüber gesprochen wurde. Irene zog Laila weiter in Richtung Hauseingang. Sie waren immer noch allein. Niemand vom Personal ließ sich blicken.

»Das Ganze ist noch ein wenig schwieriger, als du denkst«, meinte die Freundin und öffnete die Haustür. Laila nahm sich ihren Umhang und legte ihn über die Schultern.

»Warum gehen wir raus?«

»Die Wände haben Ohren und sie müssen nicht alles mitbekommen. Was glaubst du, warum sich keine Magd sehen lässt?«

»Weil sie uns belauschen.«

Laila wunderte sich über Irenes Misstrauen, schließlich kannte sie weder Ingward noch dieses Anwesen. Doch sie fragte nicht nach. Sie war zu neugierig auf das, was die Freundin ihr erzählen wollte. Gemeinsam gingen sie ein paar Schritte in Richtung Stall und Laila musste an

Maxim denken, als sie das Gebäude sah. Hier irgendwo wurde er festgehalten, aber wo?

»Wir haben deinen Vater gefunden.« Irene sprach nun so leise, dass Laila sich dicht zu ihr beugen musste.

»*Meinen* Vater?«, fragte sie verständnislos.

»Er leistet Fronarbeit auf dem Gut der Nehlins, dort, wo sie auch Dietlind begraben haben. Offenbar muss er seine Schulden abarbeiten und es sieht nicht so aus, als würden sie ihn bald gehen lassen.«

»Du hast meinen Vater gesehen? Er lebt? Wie sieht er aus? Was hat er gesagt?«

»Ihm scheint es gut zu gehen. Du siehst ihm ähnlich. Ich habe ich gleich erkannt, als er mich angeschaut hat.«

»Was hat er gesagt?«

»Das tut jetzt nichts zur Sache, wichtig ist die Frage, was wir unternehmen sollen.«

Laila versuchte zu begreifen. Ihr Vater war auf dem Gut der Nehlins. Wollte sie ihn jemals auslösen, würde der Weg über Kyrilla führen. Sie brauchte dringend deren Wohlwollen. Ingward würde keine Rücksicht nehmen, im Gegenteil, dem würde es noch Spaß machen, Laila ans Messer zu liefern. Diese ach so hohen Herrschaften waren doch alle gleich, dachte sie.

»Das heißt, wir werden ihn nie wiedersehen, wenn es mir nicht gelingt, Kyrilla gewogen zu stimmen, sie auf irgendeine Art davon zu überzeugen, dass sie mir vertrauen kann, dass ich loyal an ihrer Seite stehe.« So wie Rike, ergänzte sie in Gedanken. Nimm dir ein Beispiel an der Magd, vielleicht hilft es, sich in sie hineinzuversetzen.

»Du solltest mit Kyrilla reden.«

»Wie habt ihr ihn gefunden?«

»Ich hatte einen Verdacht. Es gibt übrigens noch etwas, was ich dir sagen muss: Reginald ist Ingwards verlorener Sohn.«

Auch diese zweite Neuigkeit musste Laila erst verkraften. Sie redeten noch eine ganze Weile. Schließlich stand Lailas Entscheidung fest. Sie würde zurück nach Ulm fahren und bei Kyrilla vorsprechen, um sie vor Ingward zu warnen.

Mit dem Versprechen, Ingward so lange wie möglich auf dem Gut festzuhalten, verabschiedete sich Irene. »Mir wird schon was einfallen, beeil dich«, sagte sie, bevor sie im Haus verschwand.

Beeil dich war ein guter Rat, aber wie sie das bewerkstelligen sollte, war Laila unklar. Ihr Blick fiel auf den Wagen, mit dem sie hergekommen waren. Er stand neben dem Stall, das Pferd hatte der Knecht offenbar nach drinnen geführt. Aber selbst wenn der Karren abfahrbereit gewesen wäre, so einen Wagen hatte sie noch nie gelenkt und mit einem wilden Pferd davor war die Sache aussichtslos.

Ich brauche Maxim, dachte sie. *Ohne ihn komme ich hier nicht weg*. Sie öffnete die Tür zum Stall und hörte das Schnauben der Tiere. Das Pferd der Nehlins stand ganz vorn in einem Verschlag und schaute nach hinten zu ihr, als sie eintrat. Ungeduldig scharrte es mit dem Vorderhuf und warf den Kopf hoch.

Der Stallknecht kam aus einer Box und blickte zu ihr her. Laila spürte das Messer, das immer noch an ihrem Arm befestigt war, und verwarf den Gedanken, den Knecht damit anzugehen. Er war zu groß und stark für sie. Es gab also nur eine Möglichkeit. Sie richtete sich auf, reckte das Kinn etwas höher und stemmte die Hände in die Hüften.

»Spannt mir das Tier dort an. Warum steht es hier drinnen, wusstest du nicht, dass ich heute nach Ulm zurückfahre?«

Der Stallknecht zögerte kurz, dann schien er ihren Befehl zu akzeptieren, denn er ging zu dem Pferd der Nehlins und band es los. Tänzelnd ging es ein paar Schritte rückwärts.

»Sag mir, wo der Mann ist, der mich begleitet hat.«

»Der Herr hat befohlen, dass wir ihn einsperren.«

»Ich bin die Tochter des Hauses und befehle, dass du ihn freilässt. Wie soll ich ohne Wagenlenker zurück nach Hause kommen?« Lailas Wangen hatten sich gerötet, sie spürte die Hitze und hoffte, der Mann würde es nicht als Zeichen ihrer Nervosität deuten. Nach kurzem Zögern deutete er in den hinteren Stallbereich und ging mit dem Pferd an ihr vorbei nach draußen.

Laila rannte nach hinten und kam an eine Tür, die in einen weiteren Raum führte. Der schwere Riegel bereitete ihr Mühe, sie konnte ihn erst beim zweiten Anlauf heben und zur Seite schieben. Maxim schien dahinter gewartet zu haben, er kam ihr entgegen, als sie die Tür öffnete. Seine Hände waren gefesselt, dennoch hob er sie hoch und strich ihr mit den Fingern über die Wange. Laila lehnte sich an ihn und schloss kurz die Augen, doch sie wusste, dass ihnen keine Zeit mehr blieb. Schnell löste sie das Messer von ihrem Arm und durchtrennte die Stricke. Sie musste auch hierfür alle Kraft aufwenden. Dann steckte sie die Waffe in ihren Gürtel.

»Beeil dich, bevor der Knecht es sich anders überlegt.«

Maxim antwortete nicht. Er ging voraus in den Hof und half ihr auf den Wagen. Dann zog er sich selber hoch und gab dem Pferd das Zeichen loszutraben. Der Stallknecht hielt sie nicht auf, blickte ihnen nur düster hinterher. Sie passierten den Torbogen und ließen das Gehöft hinter sich.

»Du wusstest wirklich nichts von dem vergifteten Gebäck, nicht wahr?«, fragte sie Maxim, als sie ein Stück zwischen sich und das Gehöft gebracht hatten.

»Und wenn du recht damit hast, kann ich mir nur erklären, dass Johann verrückt geworden ist. Vielleicht hat er geglaubt, meiner Mutter damit einen Gefallen zu tun. Er war in seiner Rolle als ihr Vertrauter schon mehr als einmal übereifrig, und dieses Mal wird sie nicht vermeiden können, ihn zur Rechenschaft zu ziehen.«

»Er war übereifrig?«, hakte Laila nach. »Meinst du damit die Sache mit Dietlind?«

»Ich glaube, das war ein Unfall. Niemand wollte, dass sie stirbt, meine Mutter zu allerletzt. Dietlind war aufmüpfig, sie sollte eine Weile aus Ulm verschwinden, sonst nichts.«

»Und Johann war bei ihr, als sie aus dem Fenster sprang.«

»Er hat sie zum Haus begleitet.«

Es entstand eine Pause, in der Laila ihren Gedanken nachhing. Möglich war das, was Maxim da ausführte, schon. Dann wäre Kyrilla Opfer ihrer eigenen Intrigen geworden. Aber war das auch wahrscheinlich? Oder steckte doch mehr dahinter?

»Wir müssen deine Mutter warnen. Ingward wird sich bald auf den Weg nach Ulm machen.«

»Auch das noch«, antwortete Maxim. »Warum hast du mir nichts erzählt? Wir hätten doch gemeinsam das Gebäck verschwinden lassen können.«

Weil ich dir nicht mehr trauen kann, dachte Laila. Sollte sie das wirklich aussprechen? »Du hast mir lange Zeit etwas vorgespielt, woher sollte ich wissen, woran ich bei dir bin?«

Nach dieser Frage fuhren sie den Rest des Weges schweigend. Der Wagen kam auf dem gefrorenen Schnee gut voran. Jetzt war Laila froh um das wilde Pferd, das sie ohne Bockigkeit zügig nach Ulm zog. Immer wieder drehte sie sich um, doch es kam kein zweiter Wagen hinter ihnen her.

Als sie vor den Toren Ulms ankamen, hatte Laila zumindest eine ungefähre Vorstellung davon, wie sie vorgehen wollte. Sie bedeutete Maxim, dass er anhalten solle.

»Ich werde zu Fuß weitergehen, dann bin ich schneller. Komm du so bald wie möglich nach.« Bevor er widersprechen konnte, rutsche sie vom Wagen und lief zügig auf das Stadttor zu. Die Wachen grüßte sie mit einem huldvollen Nicken und die Männer ließen sie passieren. *Ich werde immer besser*, dachte sie, raffte den Rock und rannte los.

Sie lief so schnell, dass sie bald schon kaum mehr atmen konnte und wieder langsamer machen musste. Die kalte Luft schnitt ihr in die Lunge, ihre Brust schmerzte und sie musste husten. Eine Frau, die gerade eine Decke ausschüttelte, blickte erstaunt von ihrer Tätigkeit hoch, doch Laila war es gleich, was sie dachte. Sie brauchte Zeit, um alleine mit Kyrilla zu reden. Sie durfte hier nicht herumtrödeln. Im Geiste ging sie den Weg, den sie nehmen musste, es dauerte alles so lange. Ein Haus reihte sich ans nächste, die Gassen nahmen kein Ende. Sie bog ab, rannte wieder geradeaus, bog erneut ab, stolperte fast über eine Katze und rempelte gegen einen Mann, der sie an den Schultern hielt, damit sie nicht fiel. Sie bedankte sich hastig.

Vor dem Haus der Nehlins ging ihr Atem stoßweise, dennoch betätigte sie sofort den Türklopfer, der mit einem dumpfen Klacken ihr Ankommen ankündigte. Kurze Zeit später öffnete sich die Tür. Eine Magd ließ sie ein. Wenn sie sich darüber wunderte, wie abgehetzt Laila aussah, so ließ sie es sich nicht anmerken. Sie nahm den Umhang entgegen. Die Wärme im Haus ließ Lailas Gesicht glühen, ihr Rücken war nass geschwitzt.

»Wo ist die Hausherrin?«, fragte sie die Magd.

»Im Arbeitszimmer«, kam die Antwort.

Laila nickte und begann, die Treppe in den nächsten Stock hochzulaufen. Vor dem Arbeitszimmer angekommen, konnte sie Kyrilla hinter dem Tisch sitzen sehen. Sie las etwas, hatte die Stirn gerunzelt und den Kopf etwas schief gelegt. Laila ballte kurz die Hände zu Fäusten, dann trat sie ein und schloss die Tür hinter sich.

Kyrilla blickte hoch und ließ das Pergament sinken, das sie in der einen Hand gehalten hatte. Sie schien erstaunt, doch sie sagte nichts, schaute nur aufmerksam zu Laila. Im Raum war es kühler als im Eingangsbereich des Hauses. Vermutlich hatte deshalb die Tür offen gestanden. Kyrilla war immer noch still und Laila spürte wieder die Ausstrahlung, die von dieser Frau ausging und die sie schon bei ihrem ersten Zusammentreffen auf dem Marktplatz in ihren Bann gezogen hatte. *Wie macht sie das nur*?, fragte sich Laila und grüßte.

»Was gibt es?«, fragte Kyrilla.

Auf der Herfahrt hatte Laila sich überlegt, wie sie vorgehen wollte. Maxims Worte über Johann hatten ihr dabei geholfen. Die Ergebenheit, die den Diener vielleicht zu falschen Taten verleitet hatte, war das letzte Steinchen im Spiel, welches ihr noch gefehlt hatte. Diese Frau war stark und sie fühlte sich mächtig, aber sie war nicht unbesiegbar.

»Ich habe Johann dabei beobachtet, wie er das Gebäck für Dietlinds Vater vergiftet hat.« Laila machte eine Pause. Dann fügte sie an: »Sicher wusstet Ihr nichts davon und er wollte Euch nur helfen, ohne zu bemerken, mit welch unsinniger Tat er Euch in Teufels Küche gebracht hätte. Ich habe das Gebäck auf der Fahrt in den Graben geworfen.«

Kyrilla betrachtete sie nachdenklich. Mit dem Finger bearbeitete sie ihr Ohrläppchen und schien es gar nicht zu bemerken. Sie antwortete nicht.

Laila befahl sich, geduldig zu bleiben, doch je länger das Schweigen andauerte, desto weniger war es für sie zu ertragen. Deshalb entschied sie, dass es Zeit war für den nächsten Schritt. »Mein Vater, Gerulf Dahnke, ist von meiner Freundin auf dem Gut Eures Sohnes entdeckt worden. Offenbar hat er bei Euch Schulden und arbeitet sie dort ab. Nach all den Jahren aber dürften da doch keine mehr übrig sein. Ich wäre Euch dankbar, wenn Ihr mir ein Dokument unterschreiben würdet, welches ihn aus Euren Diensten entlässt.« Laila wartete gespannt auf die Reaktion ihres Gegenübers. Sie hatte ihr nicht offen drohen wollen und hoffte, dass die unterschwellige Botschaft trotzdem angekommen war. Noch wusste Kyrilla nicht, dass ihr Plan, Ingward zu beerben, misslungen war. Bislang musste sie noch glauben, dass sie Laila für das Gelingen noch brauchen würde.

»Dein Vater ist auf unserem Gut, bist du sicher? Ich wusste davon nichts. Warum bist du nicht früher zu mir gekommen? Mein Mann hat manchmal etwas rüde Methoden angewandt, die ich noch nie gebilligt habe. Aber weißt du, so mancher Schuldner ist uneinsichtig.« Kyrilla nahm ein unbeschriebenes Papier zur Hand und tunkte die Feder in die Tinte.

Laila dachte an die Begebenheit, bei der sie Kyrilla mit dem Kaufmann belauscht hatte, dem sie einen Kredit aufschwatzen wollte. Was war an dieser Frau ehrlich, was war greifbar? Sie konnte es nicht einschätzen.

Mit schwungvollen Bewegungen schrieb Kyrilla Worte auf das Papier, ließ sie trocknen, fügte einen weiteren Satz an, sodass Laila immer unruhiger wurde. Die Zeit lief ihr davon.

Endlich war Kyrilla fertig und hielt Laila das Papier mit einem Lächeln hin. Die überflog es und nickte, um ihr Einverständnis zu zeigen. Sie spürte, wie das Gefühl des Triumphes vom Magen hochstieg bis in den Kopf und beobachtete, wie Kyrilla das Dokument unterschrieb und siegelte. Dann rollte sie es zusammen und gab es Laila. Für einen Augenblick bildete es eine Verbindung zwischen ihnen, die Laila körperlich spürte.

»Du willst mir noch etwas sagen?«, fragte Kyrilla mit ruhiger Stimme.

Laila nahm das Dokument an sich und dachte an Ingwards Schadenfreude, als er Maxim das giftige Gebäck essen lassen wollte, an seine Überheblichkeit ihr gegenüber, die nur noch übertrumpft wurde von seiner Gleichgültigkeit, was ihr Schicksal anging.

Traue keinem Reichen, die Worte ihrer Mutter gingen

ihr durch den Kopf und sie entschied, dass es besser war, Kyrilla gewogen zu stimmen. Sie hatte erreicht, was sie wollte. Bei allem Weiteren konnte es ihr nur helfen, wenn Kyrilla ihr nicht zürnte.

»Ja, ich will Euch noch etwas sagen«, begann Laila. »Ich muss Euch warnen.«

Einige Zeit später verließ Laila das Haus der Nehlins. Unten an der Tür schaute sie sich noch einmal um, ließ den Blick ein letztes Mal durch die Eingangshalle wandern. Als sie nach draußen trat, fühlte sie sich frei wie schon seit Langem nicht mehr. Das Dokument für ihren Vater fest an sich gedrückt, dachte sie noch einmal daran, wie sie eben vor Kyrilla gestanden hatte. Sie hatte ihr alles erzählt. Zumindest ihre eigene Version. Und gegen die musste Ingward nun erst einmal ankommen.

»Danke, Laila, ich weiß deine Loyalität zu schätzen«, hatte Kyrilla ihr zum Abschied gesagt. »Du kannst jetzt gehen.« Laila bewunderte sie für ihre überlegene Ruhe.

Sie ging ein paar Schritte und kam an die Gasse, in der sie sich immer mit Irene getroffen hatte. Sie blickte an der Hauswand hoch. Dort oben waren die Fenster zu Dietlinds Zimmer, das nun so viele Tage auch ihr Zuhause gewesen war. Was genau war mit Dietlind geschehen? Sie würde es wohl nie mehr erfahren, auch nicht, wer Helmrich getötet hatte.

»Alles in Ordnung?« Unvermittelt stand Maxim neben ihr und berührte sie an der Schulter. Auch er sah abgekämpft aus, als habe er sich beeilt.

»Ich habe meinen Vater gefunden.« Laila rollte das Dokument auf und hielt es ihm so hin, dass er es sehen konnte. Gespannt beobachtete sie, wie sich eine Falte auf seiner Stirn bildete.

Als er fertig gelesen hatte, nahm er ihr sanft das Papier aus der Hand und meinte. »Ich glaube, ich habe etwas gutzumachen. Meine Familie hat dir und deinen Eltern einiges angetan. Ich hoffe, du verzeihst wenigstens mir.«

Laila musste lächeln. »Du hast ja nichts damit zu tun.«

»Mein Vater konnte sehr hart sein.«

»Und deine Mutter kann einen sehr vereinnahmen.«

»Dir hat sie wenigstens Geld dafür gezahlt.«

»Ach, dir nicht?«

»Ich fahre zu meinem Bruder und hole deinen Vater zurück«, meinte Maxim schließlich. »Geh zu deiner Mutter, wir treffen uns dort, ich werde ihn zu euch bringen. Einverstanden?«

Natürlich war sie einverstanden. Ihm würde es viel leichter fallen, Gerulf bei seinem Bruder auszulösen als ihr. Sie wollte sich gerade bedanken, da hörten sie ein Rufen und das Wiehern eines Pferdes hinter sich. Ein Schlitten kam vor dem Haus der Nehlins zum Stehen. Ohne sie zu beachten, stieg Reginald herunter und half Ingward auszusteigen.

»Vielleicht sollte ich meiner Mutter beistehen«, meinte Maxim, doch Laila hielt ihn zurück, während sie beobachteten, wie die beiden Männer ins Haus gelassen wurden.

»Sie wird sich wehren können, ich habe sie vorgewarnt. Außerdem wird Reginald die beiden schon auseinander halten.«

»Reginald? Der Spielmann da?«, fragte Maxim irritiert.

»Reginald ist Ingwards Sohn! Irene hat es mir erst vorhin gesagt, sie wusste es schon seit längerer Zeit. Der Verschollene, der die Nase voll vom adligen Leben hatte und sich von meiner Freundin die ganze Zeit auf dem Laufenden halten ließ. Mit ihr hab ich deswegen noch ein Hühnchen zu rupfen.«

»Na dann«, meinte Maxim. »Mache ich mich mal auf den Weg. Wir sehen uns.«

EPILOG

Laila erreichte das Haus ihrer Mutter und hielt an. Sie trug immer noch Dietlinds Kleid und doch fühlte sie sich wieder ganz wie Laila, die Tochter des Buchbinders, die Flötenspielerin, die Gauklerin. Ihre Rolle bei den Nehlins war beendet. Sie hatte den versprochenen Lohn nicht bekommen, doch was sie nun in Händen hielt, war viel mehr, als sie sich je erhofft hatte. Sie erinnerte sich an den Tag, an dem ihr Vater verschwunden war. Genau an dieser Stelle hatte sie gestanden, die Hand an der Tür, um sie zu öffnen.

Laila hörte Stimmen aus dem Inneren. Irene erzählte etwas, offenbar hatte sie sich von Reginald absetzen lassen und war gleich zu Miltraut geeilt, um sie von den Geschehnissen zu unterrichten. Es war gut, sie hier alle versammelt zu wissen. Die Gruppe am Tisch verstummte, als Laila das Haus betrat. Miltraut, Jabbo und Irene, alle sahen sie zu ihr her, Irene hatte die Arme noch gestikulierend in der Höhe und ließ sie langsam sinken.

»Habe ich Ingward lange genug aufgehalten? Hat die Zeit gereicht?«

Laila legte ihren Umhang ab, setzte sich zu ihnen an den Tisch, nahm von ihrer Mutter einen Becher mit heißem Wein entgegen und sagte: »Kyrilla lässt Vater frei. Er hat von jetzt an auch keine Schulden mehr bei den Nehlins.«

In der Stille, die auf ihre Worte folgte, konnte sie das Knistern des Feuers hören und das Pfeifen des Windes durch die mit Tierhaut geschützten Fenster.

»Kommt er her?«, fragte Miltraut.

Laila nickte und beobachtete, wie ihr Bruder nervös seinen Becher in den Händen drehte.

»Wollt ihr hören, wie es weiterging?«, fragte Irene und zwinkerte. Laila nickte ihr dankbar zu. Die Freundin war halt mit Leib und Seele Gauklerin, mit einem guten Gespür dafür, wann Ablenkung angebracht war. Sie schmückte in bunten Farben aus, wie Reginald ihr das Versprechen abgenommen hatte, nichts zu verraten, wie sie zu Ingward kamen und wie der sich verhalten hatte. »Unmöglich, dieser Kerl«, schimpfte sie schließlich. »Und so was ist der Vater meines Liebsten.«

»Wie war das noch mal: Trau keinem Reichen?«, warf Laila ein und freute sich über das Lächeln, das die Lippen ihrer Mutter umspielte. Irene flachste mit, doch Laila konnte sich denken, dass die Freundin sich Sorgen um ihre Zukunft mit Reginald machte. Sie würde ihr helfen, komme was wolle, so viel stand fest.

»Reginald ist also der Sohn von Ingward«, fasste Miltraut zusammen. »Dann war ja Kyrillas Intrige zum Scheitern verurteilt, zumindest ab dem Zeitpunkt, ab dem er wieder auftauchte.«

»So sieht es aus«, antwortete Irene. »Wäre Ingward vorher gestorben, hätte Dietlind geerbt und Kyrillas Plan wäre aufgegangen.«

»Und Dietlind? Was hat die in diesem Spiel für eine Rolle gespielt? Warum musste sie sterben?«

»Das werden wir nie erfahren«, antwortete Irene. »Jedenfalls hat Laila Reginald schon immer an seine Schwester erinnert. Er mochte Dietlind sehr, wenn sie auch kein einfacher Mensch war, wie er sagt.«

Die Tür ging langsam auf, Laila konnte es von ihrem Platz aus sehen, noch bevor es den anderen auffiel. Maxim betrat den Raum, gefolgt von einem Mann, dessen Statur kräftiger wirkte, als sie es in Erinnerung hatte. Sein Haar war ergraut und auch sein Gesicht sah älter aus. Trotzdem war ihr diese Gestalt so vertraut. Sie sprang auf, sodass der Stuhl nach hinten umkippte. Jetzt drehten sich auch die anderen drei um und starrten die Neuankömmlinge an. Laila lief um den Tisch auf ihren Vater zu und umarmte ihn so stürmisch, dass er einen Schritt zurückwich. Nur zögernd erwiderte er die Umarmung, dann schob er sie von sich weg, um sie zu betrachten.

Irene hielt sich im Hintergrund und blieb sitzen, doch Miltraut und Jabbo erhoben sich. Jabbo begrüßte Gerulf mit einem kräftigen Schulterklopfen, als hätten sie sich erst letzte Woche in der Schenke getroffen. Doch an der Art, wie er ihn ansah, konnte Laila erkennen, wie unfassbar auch er dieses Wiedersehen fand.

»Es ist so viel geschehen«, murmelte Gerulf. »Ihr seid so groß geworden.«

Miltraut trat neben ihn, legte ihren Arm um seine Schultern und führte ihn zum Tisch, damit er sich setzte. Auch ihm schenkte sie erwärmten Wein in einen Becher. Laila stand neben Maxim und während die anderen sich wieder um den Tisch versammelten, blieb sie stehen und zögerte. Wenn er jetzt durch diese Tür in die Kälte trat, würde er wohl für immer aus ihrem Leben verschwinden.

»Brauchst du Dietlinds Kleid? Willst du warten, bis ich es ausgezogen habe?«, fragte sie hilflos.

Er beugte sich zu ihr, sodass nur sie seine Worte verstehen konnte, und neckte sie: »Ausziehen darfst du es gerne, aber ich dachte, du gehörst zu anständigen Spielleuten. Und findest du nicht, dass hier etwas zu viel Publikum ist? Eine Privatvorstellung wäre mir lieber.«

Sein Atem kitzelte sie, so dicht waren seine Lippen an ihrem Ohr. Als sie den Kopf drehte, berührten sich ihre Wangen.

»Nehlin!«, hörte sie die raue Stimme ihres Vaters. »Nun mach schon, komm her und gesell dich zu uns, dein Wein wird kalt.«

Laila ergriff Maxims Hand und zog ihn mit sich zu den anderen. Ganz gleich, was jetzt kommen würde, sie fühlte sich glücklich, so als hätte sie all das erreicht, wonach sie in ihrem Leben gestrebt hatte. Dabei besaßen sie immer noch nicht mehr Geld, ihr Vater war schuldenfrei, aber die Buchbinderwerkstatt war wohl für immer verloren. Trotzdem war Laila mit sich im Reinen. Sie musste nicht mehr die Welt geraderücken. Ihre hatte sich endlich wieder so eingefügt, wie sie sein sollte. Alles andere lag nicht mehr in ihrer Hand.

ENDE

NACHWORT

Ich habe in meinem Roman bewusst auf keine der bekannten Patrizierfamilien Ulms zurückgegriffen, sondern eine Familie erfunden. Ich wollte eine Geschichte schreiben, die so in dieser Zeit und an diesem Ort hätte spielen können. Ich wollte nicht über geschichtliche Personen und deren letztlich doch mehr oder weniger gut überliefertes Schicksal erzählen. Die realen Personen erscheinen bei mir daher nur am Rande, ihr Wirken und ihr Umfeld habe ich nach bestem Wissen und Gewissen im Text lebendig werden lassen. Wer sich also für die Ulmer Patrizierfamilien interessiert, dem empfehle ich wärmstens das Buch von Stefan Lang: *Die Patrizier der Reichsstadt Ulm*. Ein sehr informatives und spannendes Sachbuch zum Thema, welches mir erhellende Momente bescherte und mir auch erklärte, dass das Wort *Patrizier* sich erst im 18. Jahrhundert durchsetzte. Vorher nannte man die adelsähnlichen Oberschicht-Familien *Geschlechter*. Da ich aber Verwirrung auf Seiten der Leserschaft befürchtete, habe ich im Romantext ausschließlich den Begriff *Patrizier* verwendet.

Noch ein, zwei Worte zu den Spielleuten: Sie stammten aus unterschiedlichen Schichten, es konnten also Arme sein, die sich etwas dazuverdienten, wandernde Kleriker, die nirgendwo eine Anstellung fanden, aber eben auch Menschen adliger Abstammung wie zum Beispiel Oskar von Wolkenstein, den die Abenteuerlust auf die Straße trieb.

Sie wurden als rechtlos angesehen und von der Kirche argwöhnisch betrachtet, denn sie berührten mit ihren Vorführungen und ihrer Musik, die sie mit unterschiedlichsten Instrumenten erzeugten, die Gefühle der Menschen. Das war dem Klerus unheimlich, der fürchtete, dass Menschen, die sich hemmungslos dem Tanz hingaben, der kirchlichen Kontrolle entglitten.

Spielleute wanderten alleine oder in Gruppen durch die Gegend, spielten auf Dorffesten oder zur Fastnachtszeit, trugen ihren Besitz in einem Bündel mit sich oder besaßen einen Handwagen. Oft aber lebten sie auch in Festanstellungen am Hof. Musik und Spielmannskunst wurde gegen Krankheiten wie die Melancholie oder Überarbeitung bei Herrschern verordnet und angewandt.

DANKE!

Wie immer, ein ganz riesiges Dankeschön an Peter Renz für alles!

Ich danke außerdem Julia Abrahams und Natalja Schmidt, meinen Agentinnen, für ihren unermüdlichen Einsatz und für eine sehr angenehme Zusammenarbeit meinem Lektor René Stein.

Meine Schwester Antje ist mittlerweile für mich die universelle Anlaufstation für alle Werbedinge. Danke für: die tolle Homepage, den genialen ersten Coverentwurf, die Flyer mitsamt deren Verbreitung, den Weihnachtsmarkt und dafür, dass ich immer anklopfen kann, wenn ich etwas brauche.

Meinen Testlesern Flori, Meinhard, Nicole, Ralf und Thomas ganz herzlichen Dank für eure Hilfe. Gerade bei diesem Roman war sie sehr wichtig für mich. Es fiel mir nicht immer ganz leicht, den unterschiedlichen Wissensstand der Figuren auseinanderzuhalten und sinnvoll zu Papier zu bringen.

Meiner Mutter danke ich für alles, vor allem dafür, dass sie mir unermüdlich sämtliche Seminare finanziert.

Und natürlich – auch wie immer – Dank an Ralf für deine Geduld mit mir und dafür, dass mir deine *Stütze* das Schreiben ermöglicht. Ich finanziere dir dann die Rente – versprochen!

Weitere Romane finden Sie auf den folgenden Seiten und im Internet: www.gmeiner-verlag.de

C. Gref / M.Schwagmann
Die Seelenwärter
978-3-8392-1576-0

Halle 1805: Julius Weiland, der jüngere Bruder von Unterinspektor Weiland, beginnt ein Medizinstudium an der Friedrichs-Universität zu Halle. Doch an der Lehranstalt geschehen merkwürdige Dinge … Betreibt Erasmus Brackhagen, eine Koryphäe auf dem Gebiet der Nervenkrankheiten, ein geheimes Forschungslabor und experimentiert an den »Irren«, wie die Geisteskranken genannt werden? Ausgerechnet Brackhagen, der widerliche Frischvermählte von Eleonore – der Frau, die Julius um alles in der Welt liebt!

GMEINER

Wir machen's spannend

Unser Lesermagazin

2 x jährlich das Neueste aus der Gmeiner-Bibliothek

24 x 35 cm, 40 S., farbig; inkl. Büchermagazin »nicht nur« für Frauen und HistoJournal

Das KrimiJournal erhalten Sie in Ihrer Buchhandlung oder unter www.gmeiner-verlag.de

GmeinerNewsletter

Neues aus der Welt der Gmeiner-Romane

Haben Sie schon unsere GmeinerNewsletter abonniert?

Monatlich erhalten Sie per E-Mail aktuelle Informationen aus der Welt der Krimis, der historischen Romane und der Frauenromane: Buchtipps, Berichte über Autoren und ihre Arbeit, Veranstaltungshinweise, neue Literaturseiten im Internet und interessante Neuigkeiten.

Die Anmeldung zu den GmeinerNewslettern ist ganz einfach. Direkt auf der Homepage des Gmeiner-Verlags (www.gmeiner-verlag.de) finden Sie das entsprechende Anmeldeformular.

Ihre Meinung ist gefragt!

Mitmachen und gewinnen

Wir möchten Ihnen mit unseren Romanen immer beste Unterhaltung bieten. Sie können uns dabei unterstützen, indem Sie uns Ihre Meinung zu den Gmeiner-Romanen sagen! Senden Sie eine E-Mail an gewinnspiel@gmeiner-verlag.de und teilen Sie uns mit, welches Buch Sie gelesen haben und wie es Ihnen gefallen hat. Alle Einsendungen nehmen automatisch am großen Jahresgewinnspiel mit attraktiven Buchpreisen teil.

GMEINER

Wir machen's spannend

VLMA